改变，从阅读开始

漢唐陽光 · HTYG

韩松精选集 Ⅲ

苦难

江苏凤凰文艺出版社
JIANGSU PHOENIX LITERATURE AND ART PUBLISHING, LTD

总序：怀着感激地活着并写作

今年是我写作科幻小说三十六年。感谢汉唐阳光、未来事务管理局与江苏凤凰文艺出版社的编辑和工作人员，他们以极大的热情和友情，为我出版这个精选集。它包含长篇小说《红色海洋》及《火星照耀美国》，这两部是再版，因为之前的已经卖完了，有读者希望重印；中短篇小说集《苦难》和《冷战与信使》，前者是新作，大多还没有正式发表过，后者包含了我获中国科幻银河奖、全球华语科幻星云奖、世界华人科幻文艺奖、星空奖、引力奖等的作品；随笔杂文集《我一次次活着是为了什么》和诗选《假漂亮和苍蝇拍手》，这两部是新尝试，收录了一些“另类”之作。

这是我第一次出版“文集”，六个封面都是布兔画的，非常精彩，她也是我的作品《地铁》、《高铁》、《火星照耀美国》首版的封面画师。布兔敏感、细腻而神秘，她好像长有另一双眼睛，能见到凡人见不到的世界，她笔下展现出来的艺术魅力，已远远超越科幻。我对她满怀钦佩和感激。

我初中写科幻到现在，一直没有中断。我见证了中国科幻在改革开放后的高潮、跌落与复兴，它是这个国家现代化的晴雨表，也是大国崛起雄心的表达，乃至苦难风暴过后的彩虹映射。大概因为如此，科幻才在今天成了一种火热的社会和文化现象，被许多人讨论。不少人还正在把科幻小说改编拍成电影，以创造一个史无前例的新局面，这里面，就包括我的《红色海洋》、《火星照耀美国》和《冷战与信使》。又一次，中国科幻似乎进入了一个繁华喧腾的时期。我生逢其时，内心弥布纠结的感激。

今年是世界科幻诞生两百周年。这我也赶上了。今年初，我赴瑞士，感谢施建国先生和聂晓阳先生的帮助，我得以来到日内瓦湖畔，谒访了一八一八年玛丽·雪莱女士写作《弗兰肯斯坦》时住过的旧居。湖光山色，宇宙在上，我所看到的万物已存在了一百三十七亿年，人类在这颗星球上也出现了五百万年，我凑巧出生在这段可以用科幻来表达对世界的感触的片刻时光中，参与人类对宇宙的终极思考，怎能不心存感激呢？这似乎专属于西方的科幻，在一百多年前进入中国，如今，中国科幻又反向输入西方。像这部精选集里的一些作品，也被译成外文在国外发表出版。我对译者们致以衷心的谢意，他们证明了科幻是一种世界语言。

也有人担心，科幻在中国的进程，会不会像历史上反复发生的那样，再一次被打断。对此我不能确定，正如难以回答人类未来的命运将会怎样一般。许许多多的科幻已经描述了人类结局的种种可能，有的悲观，有的乐观。不管今后会是怎样，我都要对我现在作为人的活着而拱手称谢，因为我或许本来可能成为一头猪、一只羊的，那样我哪怕对世界有所体悟，也无法用文字表达出来。

这些年里，常常有人问我为什么要写作科幻，怎么坚持下来的，如何跟本职工作协调的。我有时说是因为兴趣和爱好，有时说是由于家人、朋友、同事和领导的鼓励支持，有时说是作为现代人需要有丰富的想象力并关注科技对人性的改变，有时说是我们不应该停留在过去而应该面向未来，有时说是因为要让自己拥有一个跟别人不一样的世界。最近我则是这样觉得的：每个人都有责任，把自己在这个片断宇宙中的经历，尽可能记录下来，留给另一个宇宙中的我看。因此，我要代表那个未知的我，对此刻的我，道一声谢谢。

韩　松

二〇一八年九月二十七日

目录

苦　难

每天早上，秦悔很早就来到办公室。秦悔有一种奇怪的嗜好，就是喜欢从单位大楼这样的高度，往下观察在他之后才来上班的同事们。大家浩浩荡荡乘坐班车前来，大巴就停在楼下马路对面，乘客如士兵出操一样鱼贯下车，在路边站成一排，等待红灯变绿之后，成群结队横穿马路，钟表般迈着正步拥入单位大楼。秦悔就盆植一样站在十五楼办公室窗户边，寂然无语阅览这幅惯常不变的风景。一辆班车驶来，接着下一辆，再下下一辆，直到最后一辆下完人。同事们在这个过程中，就会变化成另外一种人，也就是被秦悔用别样视角，从上往下隔了一段距离，从高空收入眼帘的那种人，他们的体形会变小，而且看上去好像人与人再无分别，身体也成了非常态的一种几何图形。他们虽然还是秦悔的同事，却似乎与他绝然无关起来。

这时秦悔就不那么紧张了。以前他每当上班，就会十分紧张，乃至在走进办公楼时，会因为面部肌肉的收缩而不自然地偷偷怪笑。但自当他找到这样一种观察的乐趣后，心情就松弛了许多。然而愉悦并不会持续太久，待到同事们全部进入大楼，而且上班的那一刻终于真的来临，秦悔就犹如从大梦中惊醒，不得不近距离面对骤然恢复为标准人形的同事。他被迫注视他们张开盛满牙齿而欲说不能的嘴槽；他们一根根的眉毛和一颗颗的眼珠在气流中张皇耸动而无处躲藏；他们那像史前灭绝动物一样的胡须在半空中凝结成放射状；他们徒劳挣扎的躯体就像用马口铁剪出的廉价工艺品；他们那在腹腔中积聚了一夜的腐败气息则通过狭窄的食道喷溢在白色混凝土墙上，被秦悔的肺叶无辜吸收进去……这一切令他忐忑不安，心惊胆战，呼天不应，叩地不灵。

所以每天早上那短暂的片刻，秦悔站在高楼上俯视同事们通过马路，就是他最幸福的时光。他一边观察他们，心里一边滋生一种想法，那就是，幸亏他不是他们。秦悔深知自己仓促一生中历经的苦难。他对每一个苦难都如数家珍，大的也好，小的也罢，似乎人就是为了蒙受苦难，才来到这个世界的。秦悔相信这一点对于同事们也是一样，只是他们平时缄口不言罢了，好像说出来就很丢脸似的，露了底牌，让人笑话，总之都默默独自承受。幸亏秦悔不会同时还是另一个人，不会一边是他自己，一边是他的同事，否则，他就要担负多少的苦难呀。对于如何承受别人的苦难，他完全没有思想准备。感谢生物学法则规定了一个人只能是他自己！

但苦难具有的不确定性和重复性仍令秦悔害怕。他知悉只要有可能的话，每个同事都会把自己的苦难转嫁给他人，而一旦明白转嫁不出去，他们便像戴了锡铁面具一般，把自己匿藏封存起来，喇叭似的嘴里大声宣说从手机上看来的黄段子，用极力掩饰的态度，强撑着开始一天的工作和生活，仿佛他们真的都特别开心，而根本不屑去谈论沉积在每个人心中的那促使他们成为现在这个样子的悲惨之事。这就是单位最为古怪的一幕。因此，那愉快的早间辰光一过，秦悔就会陷入长久的忧郁，担心万一不知何时，他会忽然体会到别人身上的、他独自无法担当的痛楚。所以只有每天早上，秦悔远远隔开了与同事的距离，瞭望他们哗哗横过马路，意识中才有一种放松。一俟大家走完，他就像射精结束后那样全身瘫痪，艰难转过头来，看到他栖身的狭小办公室，像一个窒息的灰色心室，无精打采裸露着，不再搏动。

当然，在这个过程中，有一种异常的现象，也常常引起秦悔的注意。那就是，无论刮风下雨，他都会发现，走过大街的同事们的身后，跟随着一些若隐若现的灰白色影子。这些东西有些像人，飘飘荡荡，迷迷浑浑，有一种蚁动的痉挛感；它们具有依稀的容颜、身躯和肢体轮廓，似乎在溶解、腐蚀、气化，没有悲苦的呼号，没有惨烈的嘶鸣，轻盈而无声地在消失之前，亦步亦趋撵赶秦悔的同事们，从班车中前倾着身子出来，然后一同走过马路。而等待这些东西的无非是虚空和深渊，也就是黑沉沉的单位大楼，高墙深狱一般，将其阻隔了，随后，影子便断绝了与真人的联系，无奈地伫立一会儿，就骤然蒸发，无迹无踪。

令秦悔苦恼不已的是，他无法观察到，在他自己的身后，在他过马路之时，是否也有这样的影子紧随呢？这的确是一件难以知晓的事情，因为秦悔的背上没有生长眼睛。而根据他的了解，这么大清早就爬上大楼十五层，去观察同事上班行为的，全单位只有他一人。意思就是，再没有别人目击秦悔过马路的情形了。这使他陷入无法被证明和被确认的悲戚，可以说，加重了他既有的苦难，上吊一般，把他系入一个解不开的绳套。但是，不久后，秦悔发现，他这样想是错了。因为实际上还有比他来得更早的人，在做同一件事情。这人就是单位的清洁工，一位中年妇女，每天负责清扫各个楼层，凌晨五点就开始忙碌，在大家来上班前干完所有的活，然后她就独自爬上楼顶平台，在一个比秦悔所处位置还要高的地方，静静坐在地面，也像秦悔一样，等待班车的来临，目不转睛观察职工们纷攘下车，越过马路钻进单位大楼。啃，她也沉迷于这种事呢。秦悔终于找到了同道。

秦悔后来才知道，其实，清洁工原本是想要看到她的儿子——他也是秦悔的同事，但有一天，不明原因从这楼上跳了下去。这位母亲以前在一所大学教政治，她的丈夫很早与她离婚了，她只与这么一个儿子相依为命。这孩子为什么要寻短见呢？做母亲的也一头雾水。人和人就是这样的互不了解，包括对亲人身体和精神上的苦难，也一无所知。儿子亡故后，女人便辞掉学校的工作，应聘到秦悔单位来做清洁工了，这样每天早晨干完活，她就坐在楼顶，看班车到来，两眼一眨不眨紧盯下车的人们，仿佛要从中找出她的儿子，就好像他依然活着，她始终坚信这个。她孤零零看到最后一人穿越马路，走进大楼，而这里面并无她的儿子，这时她就长叹一口气，抽出一支香烟，缓缓叼在口中。她眯缝眼睛，慢吞吞吸完烟，才拍拍屁股，若无其事一般，起身回家去了。

不管风霜雨雪，烈日酷暑，女人每天重复做这事，正如同秦悔一样勤勉。当然了，她最先看到的，应该是秦悔的到来。秦悔为了赶早，不乘班车，而坐公交或地铁，披着令人生疑的晨曦，一个人鬼鬼祟祟走进单位办公大楼，被女人收入眼帘。那么，她应该看到秦悔身后的影子了吧？

秦悔察觉了清洁女工的存在，觉得是一种威胁，但也是一种鼓励，就好像她是他的竞争对手，又是同一战壕的战友。于是，秦悔鼓起勇气，决定去与她交流。

“你好。”这天清晨，他爬到楼顶，冲着那枯坐的版画般人形打了一个招呼，心里扑腾起一股隐隐的惧怕及喜悦。她一开始并没有说话，仿佛秦悔的存在及到来与她毫无关系。秦悔走近一些，又轻声说：“早上好。”

“我知道你要来找我。但你并不是他。”她才漠然应答，木偶般稍稍侧过头。

秦悔于是看清了，这是一个面颊塌陷得十分厉害的女人，颧骨像两朵菜花，萎靡不振地撑开，灰白的头发梳得尚算齐整，脸上化了淡妆，但污浊的双眸中看不到关于生活的任何想法。瘦骨嶙峋的女人穿着灰蓝色清洁工制服，又像一件过时的宇航服，看样子从来没有清洗过，足踩一双黑色的带袢儿布鞋，显得她的两脚是那样瘦小，仿佛能让人闻到枯萎的足趾间散发的臭气。

“为什么呢？”秦悔艰难吞下一股恶心无味的口水，控制着颤抖的声音问。

“唉，我看到你身后的影子了。”

“那是什么？”秦悔背上升出一股寒意，却亢奋起来。

“哦，倒也没有什么稀奇，大家身后跟着的影子都差不多嘛。”

“但究竟是什么呢？”

当然秦悔也能看出，同事们身后紧随的，都是人的形状，是盲人一般闭眼走路的人。但是，到底是何物呢？

“是死尸。每个活人的身后，都跟着一个死尸。只有在横过马路时，这种情形才会被位于高处的人看见。死尸们也把过马路当作一件大事来认真对待呢。”

出人意料，女人忽然铿锵地说得来劲儿了。她讲述的这个情况很是奇特，闻所未闻，秦悔竖起耳朵，姑妄听之。女人解释，死尸把马路看作是一个挑战，仿佛它是横贯在人生中的一条大河，它们要努力跨越。

“死尸？你还不如直接说鬼呢，这恐怕好理解一些。”秦悔企图抗辩。

“鬼？这世界上可没有鬼哟。就算是那些传说中的鬼，也与死尸不同。鬼都是幽灵，是超自然的，而死尸可以用技术手段制造出来——这座城里就有一些工厂，它们的流水线，在数控机床的操纵下，专业干着用原子装配死尸的活儿。这是很大的一项产业，属于纳米技术链的一环，只是它很隐秘，普通人未曾听说罢了。现在这个世道啊，人死了本来连尸首也没有呢，都送去火葬场烧掉了。但企业尽力恢复了尸体，让它们有模有样运动起来。只是因为是用亚粒子拼凑的，毕竟跟本色的尸体不同，形态常常不能稳定，看上去像云雾一样的影子，确切讲只能称作准死尸。”

秦悔才发现，他面对的，其实是一个健谈而知性的女人，并没有一味沉浸在孩子过世的悲伤之中。原来，她天天在这里，是观赏死尸来了。听她如此洞悉世界秘密一般说着，秦悔便朝下方的城市看去，见它是一座破碎的、锈红色的巨城，一堆连绵无尽的废墟，充满噩梦深处的混乱嘈杂，花花绿绿的污水横流，灰暗发黄的浓烟覆蔽天空，赤色酸雨不停降下，洒布在坑坑洼洼、树杈一样的建筑物上。看起来，不开发新的制造业，它是无法振兴了。但这就成了兴建死尸工厂的理由吗？死尸与城市形成了和谐的映衬关系。

他正想着，第一辆班车就蛆虫般蠕动到达了，同事们还没完全睡醒，迷迷瞪瞪开始横穿马路，大楼就像一块磁铁，把他们薄饼般的生命牢牢吸附住。秦悔留心去看同事们身后的影子。这时，女人眼中放射出缝衣针似的光芒，说：“你看，死尸们更像是一些积木，跟我儿子小时候玩的一模一样，有点儿傻乎乎的吧。而传说中的鬼，则是有战斗力和灵巧的，跟智能机器人属于同一类型，双马力驱动，充电就可以运行，周身洋溢想象力，无处不去，无孔不入。鬼的脑海和心胸里面，满是奇妙的念头和澎湃的激情。可惜在这个时代，鬼已不存在了。死尸就不同了。它们被造出来后，没有创造力和拼搏精神，缺乏正常的人类感情，也从来想不出什么好点子，因此更适合在这座破败的城市中流浪。它们只是流水线上加工出来的标准产品。这个世界啊，本质上空空荡荡的，刚才说了，原来连尸体也没有呢。但现在被制造出来了，一切就不再一样，世界就可以被填充，未来就仿佛有了希望。”

秦悔又仔细看了一遍，见果然不同凡响，落入他眼中的那些影子，是恹恹的，乍看是一个个具体人物，认真观察则若一群糊状微粒的集合，并无个体特征，它们犹如树皮上停驻的瘤状物，慢慢悠悠拖着步伐，竭力滑动，想要紧紧跟上，又着实跟不太上，被时代落下一大截，最后，连单位办公大楼这样的基本设施都无法进入。人死了就是这样没有办法吧，跟预期中并不相同。原以为，起码比活着时好得多呢，一脚踏入了多少还算自由的新天地，总算要有活力一些吧，却不料是这副样子。然而是谁设计并制造了它们呢？秦悔落魄想着，觉得自己的人生前程并未因此增添希望。

“那么，死人这么跟着我们，是要干什么呢？”他问。

“也不为什么，只是下意识试图跟上活人的步伐吧。”女人说。

“因为留恋活着的时光？还是真的试图跨越生命的河流——他们活着时没能跨过去的？”

“也不尽然。情况比较复杂。大部分，是不甘心呐，本想着要对活人复仇的。自然死的也好，横死的也罢，心中都有一股怨气，无不觉得人世间，这样那样看不惯的事儿，层出不穷，太多太多，方方面面的因素加在一起，才导致他们本来可以多活一年、多活数月、多活几周、多活几天，甚至哪怕多活一个时辰的，却阴差阳错没有活到那一刻。也就是说，每个人都在不该死的时候死了！这你没有想到吧。虽然缺乏统计学上的数据支持，却也实实在在，正在情理之中。谁都没有活到他本该活到的时限和境界。都是冤死鬼啊。”

“那么……”秦悔心忖，那些影子中，有女清洁工儿子的尸体吗？

“我儿子也是这样一种情况。我们今后也会如此。如果把活人的世界定义为苦难的渊薮的话，那么死人就把自己看作是被苦难压碎的失败者。每个人走得都不舒心不服气。于是，当国家提出振兴制造业的计划时，投资商就迎来了机会，得以把死亡改造成一个产业，来满足积聚在阴间的浓浓复仇欲望，要把亡者的不满统统发泄在活人身上。有需求的，就赶紧上吧！快快跟在活人身后吧，伺机扑过来！你看看，人死后的世界还要继续运转，这原本是一个宗教概念，现在却成了一个市场现实。”

女人这样咬牙切齿说着，仿佛是在为她的儿子的自杀而诅咒，但秦悔以为，这又有何用呢？他明明看到的是，死人最后根本没有精神头儿去做任何事了，他们连走进单位办公大楼都办不到。还奢谈什么复仇呢？

秦悔很想了解，是谁开发出了这样一个产业，企业法定代表人是谁，谁给它颁发营业执照，是国有的还是私营的，是怎样一个盈利模式，目标客户是谁，利润如何分配，税收向谁缴纳……他就问清洁工。但她也不甚清楚，只是大概地说，按照市场化原则，产业是一定要向死后空间拓展的，只有把阴阳两个世界合并一起，才能实现产值最大化。越来越认识到，单靠活在阳世的人，循规蹈矩，无精打采，戴着镣铐跳舞，那怎么够呢？城市便无法复兴了。

这时秦晦就对自己身后跟着的那个影子，在畏惧中感到好奇，却不知道，这样对他本人的生存会带来什么影响。在他看来，复仇什么的，说起来是前现代社会的产物，大致属于农耕时代的旧理念，也无法想象，从流水线上跳下来的、缺乏激情的死尸——又不是鬼，会真的做出与活人对决的事情来，至少秦晦从没有见到过，也没有听说。否则，活人怎会过得如此缺乏生气却又无所忌惮呢？

女人对此却有不同看法。她说，唯其如此，人生才趋于完整。如果没有那些尝试复仇的东西跟着——尽管他们什么也干不了——也就是说，没有这样一种比衬和对照，活人就彻底是僵尸了，更是啥也做不了。所以能维持现在这样一个状况，世界没有崩溃掉，有赖于死尸啊。

“正是儿子的死令我认识到自己还活着。”她平静地好像在述说一个事实。

秦晦想，这便是这个产业对生者和死者都具有价值的亮点吗？女人这时抽出一根香烟，麻利地送进嘴里，熟练地用打火机点燃，又问秦晦要不要来一支。他急忙说不会。他们两个就默默坐着，继续看完活人和死尸过马路。秦晦心想，这里的前提是，人死之前，都必须活着，这无法选择，未免太难。他因为看不见自己身后的死尸，而觉得遗憾。但，也许除清洁女工外，还有别人见过吧，可是，也视而不见，或装作视而不见。人家没有兴趣和义务，主动告诉秦晦有关死亡的事情，或者这本不值一提。他颇失望，心想如果能与那死尸说上几句话，了解到这人生前是谁，跟他发生过什么关系，或也会令自己每天的生活稍稍有趣一些。秦晦与单位同事相处，已经厌倦到极点，一句话也不想与他们多说。至于复仇不复仇，却在其次。

后来才知道清洁女工竟有这么一样本事——她能与死尸对话，这是多么的令人惊奇。但按照她的说法，这其实又颇简单，只要瞅准机会，每个人都能做到，因为B大学应用物理工程系正在进行一项实验，向社会招募志愿者。这个实验，也就是把人世间的苦难数字化，把大家日常生活中的悲痛经历，改写成二进制那样的东西，转化为比特符号，在一个叫作“亚里士多德操作系统”的平台上，由人工神经输入大脑，并在颅内微生物群的受控作用下，把许多人的苦难汇聚起来，沉积在一个人的新皮质上，最后转录成可被感知的电信号——这种情形说起来正是秦悔当初担心的，他怕的便是一人承担许多人的苦难，却不料科学已把它变作现实。

“当然了，教授们本想用计算机来做承载体，但后来发现此路不通，因为苦难这种东西啊，本性上是无法用机器来模拟和还原的。它从根本上来讲是非算法的，而像激光的生成那样具有非线性。说到人脑的空间，它是那么的庞大，它用如此之多的神经元来连接，原因就在于它是一个苦难的储容器和放大器，这是经由实验科学最终证明了的猜想。那么，这个社会需要有一些人，去做苦难承接器，去担当许多人的苦难，并把它们放大。目的呢？就是防备人死后变成死尸来复仇啊！通俗来讲，是要凭借技术手段破坏那个死亡产业链。据我所知，这里面有着死尸制造企业的竞争对手的投资。”

女人一字一句讲述，脸庞上浮现出一层与她年龄和风格不尽相称的玩世不恭，又间杂些许淡红色的幸福感，好像由此便可以超越亲人死亡带来的烦忧了，也使秦悔悲哀地觉得，他对她其实一点儿也不了解，他在她面前只是个小厮，只有点头称是的份儿。

女人又说：“总之，我反正一个人了，无所谓了，就去做了这样的一名志愿者，独自汇聚许多人的苦难——首先是你们单位员工的苦难。因为我那孩子是从你们的大楼上跳下去的，这令我觉得他的同事们也都活得很苦，我就来做吃第一只螃蟹的人了，把大家的苦难统统尝一遍吧。我以前不了解我的儿子，不知道他过得这么苦，现在感受了大家的苦，也便懂得他的苦了。这也是一个回报，在我儿子的同事们有一天死的时候，他们就不会觉得那么冤屈了，就不会老想着向活人复仇了。”

“是要告慰你的儿子吗？”

“死人的难受比起活人的难受来，更无法消解。生意人和科学家兴许有别的想法，但我这样做完全是出于无事找事。不然怎么打发剩下的人生啊。”

她说罢，老狐狸一样龇着牙花，徐徐吐出褐黄色的浓烟，空气中立时弥漫起死人骨缝里才会挟携的腥臊气。秦悔想，这女人是在把个人的苦难升华成一种普遍性的悲悯吧？他自己经历的那些苦难，原以为只有他本人才知道的苦难，难道也能为这女人感同身受吗？因为这个，有一天他死了，就不会向包括这女人在内的活人复仇了吗？但凭什么呢？他怕冷似的抱紧胳膊，就像是被剥夺了某种权利。

女人又说：“实验主持者付给志愿者的报酬，不是金钱，而是令志愿者能够与死尸说上话。当然，不是像我们这样面对面交谈。与尸体说话，是一种近于传奇的方式，只能用工业设计的模块来协助完成。唯有苦难承接者和放大者能够做到，因为他们的下皮层和上丘脑已被诱导改变了。实验主持人说，死人本身也是大量苦难在时空中的麇集和投射，只要处于耦合函数包线之内，我们就可以和他们形成谐振。”

“那么，尸体对你说了些什么呢？”

“最多的，还是述说他们的痛苦嘛。我儿子活着时，看上去老老实实，本本分分，心里其实蕴藏着毁灭世界的强烈愿望，但是实际上他什么也不敢做，什么也做不了。死后就无拘无束了，横竖是死嘛，跟在活人身后一通瞎走，看上去死气沉沉毫无干劲，内心却觉得过瘾极了。当然了，复仇是办不到的，所以还是有痛苦。我便来倾听，来安慰。只要耗过七七四十九天，尸体就懒散下来，就什么也不想去做了。作为工业产品，就过了保质期。所以我这样安慰死去的儿子。差不多就行了。珍惜死去的短暂时光吧。能跟着活人走上一程，被我看在眼里，聊一会儿天，可以啦。”

“死尸有没有建立自己的组织？”

“组织这种东西，说起来好像也是有的，但并没有总体目标和纲领，也缺乏班车这样一类工具性的辅助物，所以作为粗制滥造的低劣产品，死人真的很难噢。”

“也许不是工艺的原因吧，而正是因为现实世界中已经有了像你这样的人士，在为别人承担苦难，对吗？所以死人也可以碌碌无为了。”

“噢，倒是也有可能，但这仅仅是一个方面。另外就是那些空白了。”

“空白？”

“在尸体与活人之间，还有一些空白在阻挡双方彼此接近。”

“我没有看见呀。”

“我能看见。这就是苦难承接者和放大者与普通人的不同。”说着，女人就用双手在她与秦悔之间比画出一个箱形物，来表示那种空白，“就如同宇宙中的暗物质，我们是看不见的，但它们存在着。死尸无法实施复仇的工作计划，除了自己变质外，还在于他们与活人之间，存在着这么一段先天的空白。这就把双方隔开来。死尸要追上活人，却被这空白所阻，怎么也追不上。”

“那么，这空白又是怎样产生的呢？也是设计的吗？”

“还不清楚。只知道它的名字叫作遗忘。它却不是死尸制造企业的竞争对手研发的，这个技术很难。它好像来自未来。”

秦悔没有再说什么，只是轻轻点了点头，仿佛理解了这种现象，包括空白或遗忘。他又觉得，像他和女人这样，大清早坐在办公大楼的顶层评价死人，未免带些尴尬的残忍。他们谈论的好像是另一国度的事物，而不再能用“同胞”一类词语来形容言及的对象。女人又狠狠吸烟。秦悔想，她对她儿子的情况谈得不够多，包括他究竟为什么自杀，自杀时的具体情况怎样，善后是怎么做的，均不予讨论。那么她是否真的与那死去的孩子对过话呢？母子二人到底讲了些什么？她已经与复仇者和解了吗？如果换了秦悔，他也有勇气申请去做苦难承接者和放大者吗？但不管怎样，人死之后，生活还要继续，啊，这是好，还是不好呢？

这时朝阳粗糙地从东方的楼顶攀越出来，像一颗虫蚀的果核。天下那些污浊雾气愈发变得浓郁，如同一盆倒扣过来的隔夜馊臭剩汤。一瞬间秦悔意识到，自己莫不然就是这妇人的亡故孩子，他早已不是活人，他作为造出来的尸体，一直在试图接近她、跟上她，聆听她的谈话，重回她的怀抱，这里面有被一层谵迷的暧昧所款待的安逸，却跟复仇有了异趣。他们像一对进行着奇异约会的落魄男女，并不情愿待在一起，却又不得不凑在一块儿。秦悔周身萦动着一头钻进清洁工怀里的冲动，像婴儿一样，企图把这勇敢而懦弱的女人躯体上的那层烟臭味儿吸个干干净净。他不知道自己会不会爱上一名能与死尸对话的中年妇女，他可以叫她妈妈了，而他其实并不了解她，这便是箱形的空白导致的遗忘吧。这种母子恋一般的可能性使秦悔的血液中流淌着由强烈反感而激发的异样兴奋。他之前谈过几个女朋友，都以失败告终。在她们看来，秦悔缺乏成熟的男人味；而秦悔觉得她们太年轻、太肤浅、太稚嫩。现在，却有了清洁女工难得的渊博、沉着与豁达，这使得他身体里分崩离析的荷尔蒙重新聚集起来，就像重重苦难的汇合那样，令蛋白质和核酸也开始发热沸腾。但女人最终强加予秦悔的，却是更为深厚的孤独和烟雾。他们虽然同在单位大楼，却是阴阳两隔一般的人。

女人告诉秦悔，跟着他的那具尸体，是他的爷爷。那老头儿活着时尝尽苦难，也是自杀而亡的。他死前心知，后代的人们会过上好一些的生活，但他等不及了。他为此嫉妒。秦悔的奶奶也死了，爷爷的战友、朋友、同事、上级和敌人也都死了，他只能到后面的时代去找一个活着的亲人来宣泄他的冤屈。不好说这是一个借口，因为死人有死人的逻辑，他们固执地看待问题，他们就是这样被生产出来的，才成了尸体或准尸体。也许他们是对的，活人的世界看上去是好的，却积藏着更多的恶毒、荒谬和缺憾，可以作为复仇的突破口。然而，如同秦悔无法进一步接近身边妈妈样的女人，爷爷现在也无法真的接近秦悔这个孙儿。他只能像根残朽的拐棍一样，若即若离、磕磕绊绊跟在晚辈的身后，眼瞅他每天垂头丧气走过马路，迈进单位办公大楼，独自一人站在十五层，寂寞地眺望城市。

这时秦悔便想到一个问题，那就是如果科学上取得重大突破，使得死亡产业链通过自主创新，有朝一日令每一具死尸都能够真的完成复仇任务，这个覆灭中的世界会不会就因此而得救了呢？为什么死人一定要成为苦难之下的失败者呢？这座城市，不，这个国家应该由阴间的亡者来统治。

但秦悔没有信心把自己的想法向女人提出来。这好像不是由今天的他们所能决定的，也不是由B大学应用物理工程系可以把控的，有关的技术手段统统要在未来才能发明，将掌握在死人欲要复仇的对象——子孙后代们的手中。这里面存有无解的矛盾。这时，秦悔无可奈何地斜眼看到，女人又点燃一支香烟，野猫似的嘴角似笑非笑。

于是，两人只是注视着，活着的人们不断走过马路，就像石子穿越河流，拥挤着向对岸滚滚而去，每天莫不如此。而他们身后的空白后面，跌跌撞撞跟随着一些灰白色影子，就像随风而舞的蝴蝶。秦悔和一个中年妇女，默默地这样观看，就好像在欣赏城市最美的一道风景。

祭 陵

“这么多土！好脏。烦死了。”一路上，我的新婚妻子皱着眉头，捂住鼻孔，躲避从车窗外涌入的滚滚尘土，不停向我抱怨。我们蜜月之旅的首站，选在帝冢。我们正乘长途公共汽车，跋涉在前往目的地的路上。周遭涌起冬云一样的黄土高原。那么，为什么会做此选择呢？简单来讲，或许是因为我讨厌张柏芝、讨厌谢霆锋、讨厌周杰伦、讨厌林志玲……啊，讨厌讨厌。我希望自己的婚姻多一些厚重感，多一些沧桑感，多一些时间感，简单来讲，多一些品位，而不要尽是媚俗和流行。毕竟我是一个获得了历史学博士学位的男人。我很久以来就有一个与众不同的想法：唯帝冢之旅，可保婚姻牢靠长久。我和妻子去帝冢度蜜月，也得到了双方父母的赞许和祝福，作为老人，他们自然是这样期望的。老人嘛，他们不愿意我们出什么差池。要说起来，我的这个女人，以前是在歌厅做小姐的。这没有什么不好公之于众。细究一下倒也奇怪，父母、亲戚、朋友和同事给我介绍了那么多门当户对的，我都兴味索然，却与这个女子相见恨晚。这大概就是人们常说的缘分吧。多么的美满呀。这一定是帝在冥冥中赐福和保佑。

此时，我们坐在前往帝冢的长途汽车上。我试图转移她对枯燥旅行的注意力。越来越多的尘土正在蒙蔽她青春脸庞上的苍凉世故，以及双手十指佩戴的那一大堆金戒指。一路上我向她耐心讲解帝的伟大事迹：“六千年前，我们这片土地上诞生了两个了不起的人物，一个叫帝，一个叫王。他们互相看不起，只好通过决斗来解决问题。你们歌厅不是经常也发生这样的事吗？两个客人为了一个小姐争风吃醋，打了起来；你们歌厅和隔壁歌厅为抢客源，打了起来……总之，要看谁的实力强后台硬了。最后，帝打死了王。这样，才统一了我们这个民族。我们文明的航程就是从那时开始的……”妻子困惑地侧过孔雀似的头颅，装出很感兴趣的样子听我述说，这让我心疼得想立即把她搂进怀里。她其实本来是要我带她去欧洲旅行的，但最终还是依从了我选定的方案，在她心目中，我是一个了不起的文化人，跟她以前接待过的客人大不一样。她相信，我的安排必有长远考虑，能为家庭带来最大幸福，所以，虽然不太情愿，却跟着我吃这趟苦。当然了，在我看来，这其实根本不能叫作吃苦，而是莫大享受，甚至充满神圣感。

然而，乡间道路的确修得太不好了——国家投资大概被地方官员贪污了。本就破烂的汽车抖得快散架，又遇上堵车，走走停停，车厢里弥散着呕吐味儿。帝冢这么重要的地方，竟然没有修高速公路！哗，妻子从我身边像个不倒翁似的荡开去。我皱起眉头，心情也变得有些沉重。车窗外浮现出稀稀拉拉的农民和农用车，还有农舍院墙和电线杆子上的治淋病小广告、饲料产品宣传招贴、计划生育标语……鸡队在散步，猪众在逡巡，羊群在咆哮。诸如此类。这样颠簸了六个小时，帝冢终于到了。我才略松一口气。看过去，是一座毫无伟岸感的大土丘。来此之前我特意上互联网查过资料：它海拔九百余米，满山柏树，计有八万余棵，千年以上的便有三万余棵，不少为历代君主和名士手植。此刻，我果然见着了这些古木，林子间还有许多甲壳虫般闪亮的东西，原来，是大小汽车，载客人来祭陵。像我们这样自个儿搭乘长途公共汽车赶到的，还真是不多。盘山道上，汽笛裂云，黄土蔽日，鸟雀匿踪，天宇昏沉。附近几个水泥厂，正哗啦啦喷吐黑沥沥浊烟。山包下有一个广场，已聚集十万人众，都是来参加祭陵活动的。广场上空飘满五颜六色的广告气球，上面印着大字："帝赐佳酿，金龟子酒""饮先帝美酒，振民族雄风"。附近一条小河已辟成游乐区，肮脏不堪的水面漂游着一条条鹅鸭形状的游船，笨重的船身上也涂满标语。沿了河岸，矗立起一溜硕大的黄色箱体广告，上书"天下名药人人享，先帝良方代代传"。山壁上还垂下红底白字横幅："天土名药，金士美酒，二珍共荐先帝。"岩石边则是一座长达三十米的青色浮雕，题字为"大世界基尼斯之最《先帝医药图》"。据说，帝不仅统一了我们民族，还亲尝百草，发明神药，让我们不得病、多生育、尽形寿，才繁衍至今，蔚为天下大观。

这些非凡的景象使我重新兴奋起来，浑身上下充满壮烈感，乃至勃发了性欲，裤裆砰然顶起。我紧紧拉住妻子，手舞足蹈冲下汽车，一头扎向售票处，花两百元买了两张门票，疾步直扑广场，但入口处已被封堵。原来，为保障祭陵活动顺利进行，实行戒严，而我们没有特别通行证，进不去，却被成群的小贩围住，这帮家伙一拥而上，喧呼土话，向我们兜售"先帝护身金卡"和"先帝纪念香币"。妻子见了，双睛忽闪，嚷叫要买。我正欲掏钱，却一下昏厥过去。原来，我一路颠簸，陪伴女人旅行，已经十分疲劳，初到帝冢，又过分激动，加之被拒于广场外，遂不能自持。过了一阵，我醒来时，看到妻子正用指甲掐我的人中，她的身边还站了一个中年男人，高个子，尖脸蛋，驼着背，像个木偶布袋人，黑粗布棉袄，却缝上一溜翻毛领子，脏兮兮的，脚上穿的不是圆口棉鞋，而是溃烂污浊的耐克牌旅游鞋，露出大脚趾头。他的眼睛仿佛是用两根绒线缝成的十字，看不见眼珠。这怪谲的人见我醒来，露出讨好般神色，背书一样自我介绍，说他是这里的土地神兼守陵人，可以利用职务方便，引领我们进入广场，一人只收一百元。这是成本费，用于购买幻影能量，也就是引力势能在这个时空中的一种表现，维持他作为神的存在及运行。

他说："咋哩，你们不要害怕嘛，作为土地神兼守陵人，国籍也是中国哟，不同的是额来自未来——确切来讲，是未来的边缘。这个概念听上去有些含糊，但意思没错嘛。进一步讲，是生活在未来边缘的中国人。或者说，是为了消除宇宙续存的障碍，而由磁单极发生器复制出来的合伙人，也就是利益攸关方噢，可不是一般人哟——也可以说，是基于文化符码的模因人，以应对中国人基因自然进化业已结束的局面，并用来与宝瓶座阿尔法星球来的智能生化人竞争，可以说，是后生存时代的知识分子，明白？不幸的是，在一场运动中，额和额的朋友被逐出乌托邦，于是回到这个时代来守陵。"

我目瞪口呆倾听这番惊人妙论，难以置信。这些信息，我不曾在网上查到。在我所知的范围内，尚无任何资料对"土地神兼守灵人"做过记载，我在大学没有学到这些内容，导师也从未说起。虽然我早已习惯这个世界的种种不可理喻，但在帝冢，乍然听到以上陈辞，一时难以适应，张口结舌，妻子更是不知所措，等待我拿主意。未来的边缘？运动？后生存时代？模因人？宇宙出了什么问题？与谁合伙？干吗一定要回来守陵，而不去做药材和酒类生意？我心里有一百个问题想要问，可我却不知从何说起。我是学历史的，对未来所知甚少。

寰……”在大浪淘沙般的宏盛诵颂中，一排又一排身着礼服的士兵，捧了花盆扛了花篮举了花圈，挺胸收臀走过来，他们的黑色高统马靴反射出油亮光芒，他们的大腿像钢筋水泥柱一样，他们的小腹是一板平直的，令人肃然起敬。在他们面前，我感到自己渺小得像一粒沙子，眼泪不禁要夺眶而出。广场立时成了花的海洋。各种各样的花蕾，有玫瑰，有月季，有芙蓉，有百合，有牡丹，有蔷薇，有水仙，有玉兰，有杜鹃……勃张着湿漉漉、黏糊糊的雄蕊和雌蕊，我很快失控，裤裆又顶起来。我想起第一次见到妻子的情形。那个燠热无风的夜晚，她和姐妹们微翕娇艳欲滴的红唇，柔弱无力地缩坐在歌厅黑暗潮湿的角落……然后，是我人生的初夜。汗淋淋、臭烘烘的身体，稚嫩如同农贸市场的黄豆芽……我在她身上找到了久违的勇气和自信。然而眼前这些庄严巍峨的花儿，却气宇轩昂，目空一切，使天下的小姐相形见绌：有当地大棚栽种的，也有远方运送来的——广东的木棉花，西藏的藏红花，新疆的雪莲花，云南的山茶花……皆自愿以帝冢为目的地。我们一路上遭遇堵车，就是因为有大量的运花车辆祥云一般连天接地飞驰而至，虽然各个路卡都奉当地政府之命对它们免收通行费，但所有道路仍然水泄不通。另外据说国航、东航、南航和海航的飞机，一天里就向帝冢运送了上万吨鲜花。这是什么样的效率啊！还有从国外运来的，自然，海关对它们进行了严格的防疫检查，以确保没有外来生物入侵。这些花儿代表了海内外亿万民众对帝的敬仰之情。“有人把他想象为白马王子，有人把他当作慈父，当然也有视其为航天员那样的偶像的。在这个时代，他代表了每个人的梦。”我卖弄知识一般，对只有初中学历的妻子说，也是为自己打气，试图把她的注意力从好莱坞影星那儿吸引回来，而这时她已经完全失魂落魄，对我未能事先准备花儿送她而感到不满，另外，毕竟她以前从未见过如此阵仗。小贩又一伙伙跳脚蹿来，齐声高唱：

买花来哟，买花来哟，

朵朵红花多鲜艳。

花儿多香，花儿多鲜。

美丽的花儿红艳艳。

是呀，为什么是花儿呢？这就是祭陵必需的么？我纠结不已，悲伤地意识到历史学白学了。妻子发出一声闷骚怪叫。我赶紧买了一束，正欲献给她，忽然，周围人群像液化气罐一样砰地爆炸了，大家开始嗷嗷狂叫，冲上去哄抢鲜花。这场面实在壮观，我无法用言辞加以形容，那大致就像钱塘江潮把整个世界席卷到了云层之上吧，又仿佛亿万只蚂蚱用血肉之躯把城市融化成一个汪洋。帝创造的文明在疯狂地进行布朗运动。有些人跌跌撞撞奔跑，很快在潮水中倒下，大家就践踏他们的身体前行，欢呼雀跃把花儿抢到手中，高高擎过头顶，分秒不停地招摇。还有人站在别人肩上，僵尸一样金光四耀举起鲜花……我的妻子昆虫般的躯体一激灵，耸动脖子冲我大吼一声："咱们也赶紧去抢哇！不然就没有啦！"不待我动作，她便率先一头突入抢花人行列，手足并用，与陌生人厮拼，到底是小姐出身，勇猛顽强，指甲很快剥落一地，就张嘴用牙来咬。我拿着刚买来的花儿，六神无主急忙跟过去，但已是被熔岩般奔泻的人流分割开来，无法近前，眼睁睁看着妻子把一束花儿攫入手中，爆发出持久而心悸的大笑。我周身冰凉，四肢无力，眼见无数的七彩花瓣大雨般飞扬，又变化作千万股龙卷风，闪电般掠过广场，呼啸着把一些身轻体薄的抢花人刮得不见了影踪。随后我手中的花束也被不知什么人抢走了。我意识到危险迫在眉睫，却毫无办法，视界渐渐模糊。我竭力控制住自己不要再度昏厥过去。这时我隐约看到妻子的红色外衣风筝一样飘落在地面，许多沾满花香的脚步轻飏舞蹈着踩踏上去。我才蓦然觉察到，祭陵仪式已经冲上它的高潮，而我还没有来得及体验及享受呢。

我绝望而不情愿地去寻觅电影导演和他的外国友人，或许是想呼唤他们来救援我的新婚妻子吧，此刻恐怕也只有他们才能担当这个重任。作为一度勇敢冲破世俗的男人，我不得不向我的对手投降。但我看到，在人群的汹汹冲击下，先帝的大殿粉碎性倒塌了，烟尘滚荡，弥天亘地，把导演和他的队伍淹没。祭辞声又断续传来："……世界文明，惟有我先。泽及子孙，日月经天。云蒸霞蔚，荫我儿男。承继我祖，百世绵延。勃兴伟烈，代有英贤。四方以宁，兆民以安。"我感到孤独和寒冷，在风暴般席卷的人群中，伫立不动，孩子般号啕大哭。就在这时，我听到一个低沉而有力的声音在耳边回响："不要大惊小怪嘛。哄抢贡品是此间的乡风民俗，多少年就这样，也是废物利用嘛。知道低碳经济吗？"原来是土地神兼守陵人，因为刚才收了我的两百元钱，大概是想要做到尽责尽职，现在来照拂我了。我才不好意思地挤出一丝笑容，抹去眼泪，心痛地说："大殿倒塌了，我本来还想看看帝长得什么样子呢。"土地神兼守陵人机警地瞅瞅四周，对我使个眼色，拉住我往外走。这样我方从狂乱的人海中脱了险。我们绕过惨不忍睹的大殿废墟，快速往山上攀爬。土地神兼守陵人才告诉我："帝的塑像并不在大殿中。那里面啥也莫有。像任何地方的殿堂一样，它也是空空如也哟。喂，你身上还有钱吗？"我点点头。这时，我骤然发觉自己仿佛本就是一个人来的，并不曾结过婚。与我一路结伴而行的那个女子，她的容颜和肢体已经花儿般一片片凋谢，渗入大地，悉数降解，无踪无迹。而我的生命至此才真正开始。

土地神兼守陵人带着我奋力沿葱茏山道而上，很快把广场上的声嘶力竭抛在了身后。这时，一些木头制作的金色鸟群浮现在半空，竟也像鲜花盛开。它们的鸣叫声则如手机婉转清冽，但谁也不指望从中获得什么确切信息。土地神兼守陵人很快爬得汗涔涔的，就三下五除二脱下棉袄外套，赤裸上身而行，露出结实的褐色胸大肌，以及后背的一组绿色文身，不，是镌刻在他身体上的出厂标号。原来，他并不曾骗我，果然，是没有 DNA 的新型生命形态啊，跟我们这些还处在进化初期阶段的中国人大不相同。只有他这样的家伙才能完成光荣而艰巨的守陵任务吧，真的不是附近村子农民假扮的呢，并且在关键时刻救了我。

我不禁深感愧怍，羡慕而好奇地问：“你为何要守陵呢？”

他不假思索答道：“是从众行为啊。说到未来的边缘，那本是一个金字塔形的机舱漂浮器，用十三亿亿根玻璃纤维制成，并加入钛和钯，能使电磁波弯曲，来往于量子真空，未来所有的中国人都居住在那里，一门心思编织终极理论。但由于一场忽如其来的运动，贼你妈呀，数据交通线发生紊乱，偏振屏障遭到破坏，构成未来的记忆悖毁，理论模型失塌，幸存者无奈之下就都回来守陵了。在充满神经传导麻木的认知错觉中，额们幸运地确定只有帝陵还在，而其余的都没了——额们栖身的那个宇宙消失了。”

“但为什么一定要回来呢？”

“哦，有个寿险程序要求额们这样做。另外，只有你们的时代保持着繁荣，维系住了祭陵仪式，并且还有理论……对不起，说到守陵，其实额们也不在行，缺乏经验，还好大家勤于学习，善于模仿，也吃得惯肉夹馍，因此可以慢慢疗伤，忘掉后生存时代的灾难，这样就还有望想哩。另外，虽然清苦一些，却也在这达找到了知心爱人哟，跟她结合了，额屋里人此刻也在山上呢……噢，瞧额尽说自个的事儿了。你的女娃呢？刚才不是还在吗？”

“哦，不好意思，我把她弄丢了。”我羞怯而敷衍地应道，不愿意触及这个勉为其难的敏感话题，又问：“在未来——对不起，这样说实在是有些概念不清，意义含混，但我也无法用现代中文找到更准确的表述了——未来的中国人都成了你这种样子吗？他们真的都无法进入真正的未来，而只能待在未来的边缘吗？”

“大致就是这个意思吧。”他淡然的表情一点儿也不像经历过惊天变故。

“究竟是什么缘故呢？”

“不是讲了嘛，因为理论模型失塌，宇宙被额们搞不见了。理论先于宇宙嘛。”

他的话令我复想起失踪的妻子，我就说：“没料到那时的情况仍然如此险恶复杂呀，还有运动什么的。另外，作为模因人，也要找女人么？”

“对咧。”他认真而腼腆地笑笑，牵引出一种身不由己的氛围。

“对不起，我想撒尿了。”我忽然陷入失望，记起来我乘坐长途汽车一路颠簸至此，一直憋着，还没有上过厕所。此时我已忘却丧妻之痛，这跟发生在未来或者未来边缘的运动或者灾难相比，又算得了什么呢？但我刹那间觉得，过去和未来，都不是已被确定的。这并非历史学所能研究和解释。我来到的帝冢，究竟是什么呢？

土地神兼守陵人便把我带到山上仅有的一座公厕，我早已从网上知悉，这座厕所是帝冢的下属企业之一，正在做上市的准备。里面有六七个蹲坑，蝇蚊乱飞，屎尿横溢，臭味儿老远可闻。门口摆放了一个盛了浅浅一层浑水的小木桶，供人净手，这水是灰绿色的，看上去很久没换了。如厕一次，缴费五元。我捂紧口鼻撒尿，同时透过厕所窗口往山下观望，见广场上的人们俱已散去，只遗下满地尸首和鲜花。卖花小贩一边把死人的脸一张张翻过来，一边俯身对准他们的五官吟唱，歌声荡气回肠飘上山来：

买花来哟，买花来哟，
花儿好啊红又香，
朵朵红花卖不完，
滴滴眼泪流不完。

我跟着哼哼，迅速撒完尿，全身上下轻松了一些，便走出厕所，做了一个深呼吸，看到土地神兼守陵人蹲在一块大青石上，正与看厕老人悠悠聊天。那人长得像是画中的老聃。土地神兼守陵人热情向我介绍，这位老人从前是一位教授兼主教，也来自未来的边缘，同样为中国籍，但其原型是英国生物学家及人类行为学家理查德·道金斯，确切来讲，是一个原生克隆体，被人工复制了有机意识。如果不借用外国人的壳体，就无法抗击宝瓶座阿尔法星球来的智能生化人，这也是为了重建理论模型，好把消失的宇宙找回来。我遗憾地想到，我虽然是历史学博士，但的确有很多事情，是不知道的。真相犹如万花筒，世界远超想象，而存在竟是那么的空泛无聊。

我撒娇般对老头儿抱怨：“进陵区都收过门票了，厕所怎么还要收费啊，还这么贵。乡间公路已经够让人糟心的了。”

“没办法啊，因为要付运粪人的钱。”教授兼主教一本正经地说，“客人，你可不要投诉啊，告也莫有用。”

“运粪人？”

“是的。这是一座旱厕，每天早上，下面的村子里都有人开着拖拉机来运粪，他们是要收钱的。这儿还是农业社会呀，但已进入商品经济时代。”

“你给他们多少？”

“每月八百元。额这达一年上缴帝冢管理处六千元。管理处再把钱交给运粪人，同时付额工资。”

“你拿多少工资？”

“额的收入每月三百元。”教授兼主教一边说，一边流露出满足的神情。

我难过地告诉他，根据我在网上查到的资料，有关部门在过去十年中已投入一亿元整修帝冢，海内外捐款则达到七千万元。应该据此请求帝冢管理处投资对公厕进行维修升级，至于运粪人什么的，那也太有碍观瞻，应该禁止他们前来。听我这么说，两人都莫名其妙哈哈大笑了，就好像我是土包子。我感到害臊，又想到我娶了一个歌厅小姐，还把她弄丢了，而面前的这二位大智大慧的中国人则来自未来……的边缘，一定对发生在过去的一切了如指掌吧。他们很清楚我的那点儿底细。而我之前还猜他们是当地农民假扮的，这真不厚道。不管怎样，只有来到实地亲自考察，才会知道厕所在帝冢的位置和价值啊。这也许是这趟旅行最大的收获吧。

告别看厕老人，土地神兼守陵人又引领我继续前行。“这是要去哪里呢？”我问。“咦，你不是要去看帝的塑像吗？”他反问。不觉间走进一片阴森森的参天槐树林。带我路的男人叹口气说：“花儿才是这达的主角。它们如果不被抢走，结局就会非常凄惨。祭陵毕，人们拍拍屁股就都散去了。一个人也没有了。只剩下孤零零的一座坟山——虽说是帝冢，但天下的坟头并无不同——留给额们这些没有户籍的外来人口照看。花儿像是批发一样摆放在空地上，搁置在山林间，也无人浇水施肥，祭陵人不管不顾，它们很快就枯萎了。因为这些植物已经不再属于自然界，凋落的速度就会变得极快，一天一夜便满目疮痍，虽然是春天，却好像严冬提前来临，到处萦荡着反季节的腐败气息，颜色黯淡却刺目不堪，熄火打烊的焚尸炉一般，实在是过于死寂了。这时连我也会泼烦，心上便萦绕起自杀的念头。”说着，他故意扬起脑袋，拧攒耳朵，吐出茄子般的紫色舌尖，做了一个古怪的鬼脸。

随着他的话音，我顿然看到，四周果然有许多吊死鬼，马粪纸做的符号一般，高高低低挂在林子里，成了一具具骷髅，金色木鸟在骨头缝里筑起了巢。他们会不会也是土地神兼守陵人呢？难道是自杀的吗？也不知道六千年中，死了多少人。这亦确证，帝冢毕竟是由从未来的边缘返回的同胞们看守的。我才对土地神兼守陵人感到敬佩。因为不是每个人，都能在这样的山上长年生活，并一遍遍耐心观察祭陵人鲜血淋漓争抢献给帝的鲜花。这需要特殊的定力。至少我是不行。

再往上走，就看到崖畔有一座铜烤漆雕像，是一个矮小猥琐的男人。但他不是帝，而是帝的史官吕公。木鸟们在吕公的头上拉了许多屎，把他弄得眉目不堪。据正史记载，帝让吕公造字，使民众产生畏惧之心，不再敢结绳记事，遂令历史进入了可以用刑罚来治理的古典文明时代。但我在网上查到的资料说，吕公并非本地人，而来自西域，是一个外国人……我在吕公的塑像前的石碑上看到一些勾勾圈圈、粘连不断的蝌蚪样符号，这就是他造出的文字吗？但我连一个也不认得，进而怀疑这些真是文字么？据说，吕公的创举，引起了天地鬼神史无前例的震惊。可以佐证的是，天上忽然下起粟米雨，鬼怪也吓得在夜间啼哭不止。之所以出现这种现象，是因为老天爷担心人们抛弃农耕，而去追求用五笔字型输入文字之类的蝇头小利，将来会闹粮荒，就先降点备荒的米吧；而鬼怪向来作恶多端，怕在信息时代来临后会被弹劾，而遭受沦入数码地狱的熬煎之苦，就也恐惧了。因此，吕公的发明就促生了“惊天地、泣鬼神”的说法。还有什么比这更厉害的呢？我不禁又想到山下广场上的药品广告，以及水泥厂喷吐的黑烟。总之，就在这样的背景下，我们一代一代延续到今天，进而可以期望未来……的边缘了。

绕过吕公像，就到了帝冢的中心区。土地神兼守陵人告诉我，须得再花一百元买门票才得入内。我照办后，终于得见帝冢真容。跟网上描述的一样，这是一个高三点六米的黄土包，上面长满头发茬一般的蒿草。坟头前方有一个黯红色的功德箱，箱中盛了浅浅的一层各国毛票。边上还有一个货摊，由一名长相丑陋的老年妇女照料，她正是土地神兼守陵人的妻子，据说来帝冢之前是一名行星地球化工程师。她在这儿向前来祭奠的人们出售供品。供品都是由废物改造而成的，有计算机的零部件，有航天器的残破片，有电磁炮的旧线圈，还有太空电梯的原材料，都做成了花骨朵状。“可是，真冷清啊，这样子一天能卖出多少呢？”我同情地对土地神兼守陵人说。“无所谓，总是有像你这样的混蛋子，抛弃亲人，不畏生死而来嘛。喂，你到底来做甚哩？”这把我问住了。我费劲想了想，说：“我不是来看帝的塑像的吗？在哪儿呢？”土地神兼守陵人用无眼之眼陌生地打量我，而他的妻子则坐在一旁愁眉苦脸。我内心不安，便花五十元买下一个损毁的爱国者移动硬盘。他们才高兴起来。

土地神兼守陵人遂带我继续上行，来到帝的塑像前。帝是用不锈钢材料做的，基座是一只直径很大的冲压发动机汽缸。帝是一个老迈男子，头已秃了，蓄着山羊胡须，面部表情似笑非笑，披一件破烂的杉杉牌西装，整个人犹如一朵沉思中的水仙花，在周围青青柏树的回光返照下，紧锁眉头，饱含忧郁，正与我此前想象的一样。我敬畏地想，这就是那个把我们凝聚成统一民族的人。帝的身边，是他妻子的塑像——一名扎羊角辫的圆脸少女，眼睛忒大却黯淡无光，嘴唇用釉彩涂得艳红，嘟嘟地半张着，微微作嗔，又好像欲要毫不保留地直抒胸臆，身体半裸，有一个乳头掉了，肩部和肘关节镀了铬，十指上也像我失踪的妻子一样戴满金戒指。见到了帝，我却激动不起来，也没有勃起。我试图说点儿什么，脑子里却一片空白，最后还是放弃了许愿的想法。鉴于我买的花儿已被抢走，我就为帝献上刚入手的移动硬盘。这金属而类冰的物件，锃锃闪亮，仿佛在用蓝牙技术向我永远无法抵达的世界发射出询问的信号。倏然，山下的歌儿又簌簌唱响了：

买花来哟，买花来哟，

快快来买这束花，

让这鲜花和那春光洒满痛苦的胸怀。

……

门　神

除夕之夜，电视春节联欢晚会结束后，蒋逝眼含热泪爬上床，沉浸在一年一度才有一次的安全感中，偷偷笑着，却辗转无法入眠。这时，就听到客厅的窗户砰砰作响，像是有谁在敲打。这时过了午夜，鞭炮声已息止，谁在这样做呢？因为刚刚看完春晚，蒋逝的胆子不觉变大了，他就蹿下床，凑到窗户边，透过玻璃朝外看，见窗台上趴着两个干瘦的中年男人，满脸不好意思的表情，大概是因为深夜打搅了别人而心中不安吧。

蒋逝问："你们要干什么？"对方说："我们想进来。""你们是谁？为什么想进来？"他们似乎更羞惭了，嗫嚅着话也说不清，却赖着不走，像讨压岁钱的小孩一样，眼巴巴瞅着蒋逝。蒋逝眼见不让二位进来不行，另外，他们似乎也不像坏人，而且一副手无缚鸡之力的样子，令蒋逝想到年前得癌症死去的舅舅，他心一软，就打开窗户，把他们放了进来。

不速之客从窗户中吃力爬进客厅，挪到墙角并腿站住，小心翼翼喘着气，低下头，双手不自然地交叉在小腹前，满脸通红，像是初见世面的乡村妹子。蒋逝看清了，这当然不是他的舅舅，也肯定不是他的任何一个亲戚或朋友、同事。但不知为什么，又好像在什么地方见过。再仔细看，他们打扮得古里古怪，全身上下金碧辉煌，就像春晚上那个耍双截棍的台湾歌星，但比那大男孩要女气一些，因此又有些像演小品的那个东北老头儿。但他们戴着铝做的头盔，又加上闪闪发光的皮制紧身服，使蒋逝想到了赛车手，但这样的人并没有出现在春晚呀。另外，与演员们相比，两位来客年纪偏大，长着孤拐脸，形象不太好，两鬓甚至有了白发，看上去与节日气氛颇不协调。唉，这个年过出问题了。

蒋逝问："你们有什么事吗？"他们脸更红了，人却快速移动，双双溜进卫生间，把门反扣上，躲了起来，任蒋逝怎么敲门，也不出来。蒋逝没有办法，人这时也困了，就打着呵欠，回床睡去。一觉到了早上，他醒来，忽然想起昨夜之事，就穿好衣服，走到客厅，看到两位来客已从卫生间出来，怕冷似的抱紧双肩，互相紧贴身子，缩坐在沙发里，头盔也摘掉了，衣服也敞开了。才看清，袒胸露乳，黑髯虬须，眉发耸互，额生双角。蒋逝以为见鬼，十分害怕，就赶紧冲了三杯牛奶，拿了一袋面包，请他们共进早餐。两人坐在蒋逝前妻和孩子坐过的位子上，连声称谢，好像饿坏了，大口吃起来。这样过了一阵，气氛才慢慢有所缓和。

蒋逝又问他们是谁，有什么事需要他帮忙。他们一齐说："您不认识我们了呀，我们是您家的门神啊。"这么一说，蒋逝才想起来。原来他们就是守在他家门口的门神噢，怪不得看着面熟。门神只是两张画，还是蒋逝结婚那年，从农村赶来参加婚礼的父母贴的，后来一直没有拿掉。"那你们怎么不在那儿待着把门，而要跑进我的屋里躲起来呢？"蒋逝大惑不解。其中一个门神说："因为我们被鬼追打和迫害，没地方去了。”“但你们不是专门捉鬼的吗？”“那都是过去的事情，甭提了。”他们脸上又露出愧怍神色。

三人默默吃了一会儿，门神大概肚子里暖和了，才吞吞吐吐对蒋逝述说了事情原委。“我们无法奈何现今的鬼了。鬼以前都是有心的，所以他们还惧惮我们。现在的鬼，统统是无心的，用数码方法就可以制作出来，按照人类社会流行的物理法则来变化形体，就像变形金刚那样，也不怕我们了。有许多高科技企业，按照市场的订单，在人工智能帮助下，专门批量生产鬼，因为这个世界上，人们喜爱鬼，需要鬼，鬼大行其道。说起来，这件事情已经超越了原始的实验室阶段，而进入到工业化的批量生产。我们这些旧时代的门神，对此一筹莫展。昨夜，那些数码鬼也在过年，也在狂欢，他们喝多了，就来戏弄和追打我们，还把我们的看门位置霸占了，我们两人稍微抗议几句，他们就威胁要杀掉我们。为了保命，我们就只好跑到您这儿躲起来了。对不起，给您添麻烦了。”

蒋逝听了，唏嘘不已，又问：“那你们怎么穿着春晚演员的衣服呢？”“只有这样打扮，看上去才主流一些，多少像新时代门神的样子，否则，鬼就更要欺负我们了。”看着门神那可怜巴巴的样子，蒋逝联想到自己的身世。他去年离了婚，妻子带孩子走了，接着他又丢掉了工作，一个人过着不死不活的日子。像门神一样，蒋逝也是生活中的失败者。但他现在不禁有些生气，心想这一切难道不是因为门神没有恪尽职守的缘故吗？不就是由于他们没有看好门，才造成了他的悲惨处境吗？他回忆着，有一天，妻子把一个陌生男子引到家里，与那家伙上了她和蒋逝一起睡觉的床。又有一天，小偷轻易窜进屋子，偷走了蒋逝的便携电脑，而那里面有他为公司刚刚做好的一个设计，因为这事，他被炒了鱿鱼。但蒋逝转即又怜悯起两位门神来。这大概也是没有办法的事情吧，谁又愿意弄成这样子呢？看他们也不像是故意的，这个年头，谁都自身难保。

他便说：“但我记得，你们不是生活在古代吗？你们跑到这个时代，岂非自找苦吃。”门神急忙申辩：“你们革命成功，消灭封建社会那会儿，鬼就基本被捉光了。我们本已光荣离休。但有一天，不知何故，却又从人类的记忆中生长了出来。后来才知道，这多半是因为你们又变脏了，加上环境污染，化学衍生物破坏了人类的大脑神经系统，使你们疑神疑鬼，怕这怕那，尤其担心自己那点儿不干不净的东西被抄出来，成为蹲大牢的罪证。归根结底，这源于潜藏在你们身体里的内在恐惧。你们需要我们来保护，才把我们重新制造出来，这就跟做动画片的原理一模一样。其实，我们也是勉为其难啊，更需要你们的保护。但你们却无法保护我们。所以，事情麻烦得很哩。”

于是，蒋逝觉得门神真的很无辜。他不想让他们老待在他的家里，就决定帮助他们找一份新的工作，令二人摆脱困境。说起来也很可笑，蒋逝自己都没有工作，却去帮门神找工作。这表明他相较之下还算是个善良人。根据互联网网站公布的招聘启事，他打电话询问了好些个公司，但人家一听是门神，就立即说不要，连保姆公司和清洁公司都回绝了。对方说：“就因为他们是门神呀，是最没用的东西。你难道不知道吗？吹嘘说自己守得住门，那实在是天大的笑话。一幢楼里，你想有多少门？前有门，侧有门；南有门，北有门；上有门，下有门；还有后门呢……每道门都通往办事儿的地方，如今谁不是批个条子花点银子就能进去呢？是的，门越来越难进，脸越来越难看。同时，门又如同摆设，没有进不去的门。门神是世界上最大的花瓶。喂，你这人是骗子吧？是开皮包公司的吧？你向我们推销门神，是想利用这华而不实的家伙来赚外快吗？我们可不上你的当！”蒋逝说：“但是，现在他们正被鬼追杀哩，不救的话，就要死了，而他们已经在这块土地上生存几千年了，比我们都要年长许多哇。”“但那跟我们有什么关系呢？”对方嗤笑。蒋逝怀疑，这些公司里都有鬼的股份。

最后，蒋逝实在没有办法，就决定直接去向鬼求情。鬼果然打扮成了门神的样子，有模有样高踞在他家的门上，大义凛然，气宇轩昂，跟获得戛纳国际艺术奖的人物似的，身上还印有出产公司的标识。蒋逝站在鬼的面前，感到自卑，觉得他们已经反客为主。但他还是鼓起勇气，对鬼一五一十说了情况，请求他们放门神一条生路。鬼一听就哈哈大笑：“你鬼迷心窍了吧。你站错队、入错行、进错圈子了。真是把人生的路越走越窄啊，没有比你这样的人更无能的了。”蒋逝当然知道自己是一个无能的人。但这实在是没有办法。也不知道下辈子会怎样。但他连变成鬼的门路似乎都还没有找到。他就说：“但门神也太可怜了啊。”

“可怜？”鬼从牙缝里嗤笑一声，“他们以前，气势汹汹站在桃都山上的大桃树下，把我们一个个用芦苇绳子绑得紧紧的，杀掉去喂老虎，吃得连骨头都不剩一根。那时他们有过可怜吗？说起来，他们也是名门望族，非富即贵哟。神荼、郁垒是黄帝手下的大官，秦叔宝、尉迟恭是唐太宗手下的大将，就连那个没有考中举人的钟馗，死后不也是唐高祖特赐红官袍予以安葬的？这般待遇，哪个鬼享受过？几千年来，门神忠心耿耿看守的，只是他们同一阶层的达官贵人的家呀。谁能进，谁不能进，都不是你我说了算的，早约定好了……还有赵云、马超，孙膑、庞涓，以及温将军、岳元帅，这些门神，谁又不是一句话就可以要了普通人性命的大人物呢？那些衙门，那些府第，有他们把守，哪个老百姓进得去？穷人住在风一吹就破的茅屋里，有的连房子都没有，睡在地窖里，睡在窑洞里，那样的地方，门神不屑去守。所以，平民死后，都变成了鬼，下了地狱。我们就是这样来的呀……喂，人类，你们不是最喜欢讲人权吗？可曾给了我们这些做鬼的什么基本权利呢？”

蒋逝听了，心头一抽，冷汗就淌下来，连声说：“是，是，您说得对，但是，现在，时代变了，他们不是连门神的资格也谈不上了么？仅仅是两位普通的门童，而且还丢掉了工作岗位。但天可怜见，我还需要他们看家呢，我这房子可是花了银行贷款买来的，我要还一辈子呢。”鬼说：“我们替你护院不也一样吗？还守得更好呢。的确，是我们让那个男子进了门，勾引走了你的妻子。是我们让那个毛贼入室，偷盗走了你的设计。但这不是很公平吗？蒋逝，你每次离家到外地出差，住在宾馆里，不都让小姐到房间做上门特殊服务吗？你为单位做的那些设计，不也都是你做黑客，在网上破门入户，从别人那儿抄袭来的吗？”

蒋逝听了，就朝鬼叩头。其中一个鬼鼻子里哼了一声，伸出一只手掏了掏口袋，扔出一样东西，蒋逝拾起一看，是一个红包，里面装有五十元钱。他心中一喜，又叩了一个头。鬼不耐烦地说：“就这些了，没有更多的。看在你是人类的份上，又住在这房子里，才给你发红包。”“我可不是这个意思呀，还是请你们放过门神吧。”“哎，再这样，你不想回家啦？外面这个世界，可是连你睡觉的地方都没有啊，而且说到气温，此刻是零下十摄氏度。想一想你的前妻吧，那才是好人呢，离婚时还心疼你，给你留下这套房子。”

“你们不答应我，我就不进去了。”蒋逝横下一条心，提高嗓门。“你竟敢在鬼面前说这样的话，不想活了？”鬼怒吼一声。“那就请你们把我吃掉吧。我是不想活了。我本来就活腻了。”蒋逝一边说一边想，如果以自己的死，能够挽救两位门神的性命，那也不枉了，总比白白自杀要好——在离婚和被单位开除那会儿，他就多次想过要自杀了。他终于毕生第一次，感到了人生像是有了一点点意义。

结果，蒋逝真的被鬼吃掉了。这方面他们是一点儿也不吝惜的。经过量子微处理器的消化，蒋逝变成了一组数字，亦即由他生前使用过的电话号码、身份证号码、银行卡号码等打乱后重新组合而成的。他没有直接变成鬼，因为现在做鬼也是有门槛的。他只是在鬼的身体里面，担负起传送信息的载体作用，就像人体中的红细胞运输氧分子那样。蒋逝随即发现，还有很多人都以这副模样呈现，包括他的大学老师，他单位的同事，他的上司，甚至他的前妻，也都变成了一组组数字，在眼前闪烁有光，摇摇摆摆，忙忙碌碌，为鬼打工。他也看到了那两位投奔他的门神，一个变成“零”，一个变成“一”，正在鬼的体内，匆匆跑着，一会儿互相拥抱，一会儿彼此分开。忽然，蒋逝觉得这才是他很久以来向往的生活。他终于获得了彻底的安全和保障。

安 检

一

今天是我和妻子结婚二十周年。下班后我到商场为她选购了一条项链。然后我走到商场底层的地铁站，准备坐车回家。地铁站如今修到了纽约市的各个角落，连接起富人区和贫民窟，每座商场、写字楼、剧院、餐厅、夜总会、酒吧、教堂……都设置了地铁入口。

进站处站了一群穿黑衣的安检员，臂佩红袖标，两手倒剪腰后，叉开双腿，把冰冷的目光扫向乘客。我试图若无其事从安检员面前走过，但一看到他们的眼神，就腿软了，自觉把外套脱下，连同衣袋里的项链，与手中包包一起，扔进 X 光机那张黑洞洞的大嘴。安检完毕，我胸前被贴上“无害”的粘胶标签。

我昏沉沉上了地铁。乘客们胸前也都贴了标签，大家心事重重，一言不发。

到站了。我匆匆赶到家。妻子已经回来了。我哆嗦着把项链取出，送给她。她勉强挤出一丝笑容，戴上试了试，就取下放一边了。吃饭时，像往常一样，我们沉默无语，没有交流。然后，上床，背对背，很快睡了。

回想起来，我们的初识，正好是在一个地铁车站。其时，社会还很乱，秩序都没有。那天，忽然有人说地铁里砍人了，大家立即狂奔。我身边一个女人跌倒了，我把她扶起……后来她说："再乱的世道，有了你，我便感到安全。"二十年过去了，生活中没有了危险，百分百安全了，但也好像什么都没有了。

二

凌晨四点，我被小区的喇叭唤醒。它开始播报当天的安全指数。蒙眬中，我习惯性地往枕边摸手机。但立即意识到，手机早已弃用。互联网掐掉了，移动公司也停止了营业。这都是为了确保安全。我和妻子从床上爬起，出门分头去坐地铁上班。她没有戴我送的项链。我装作没看见。

我与妻子分别后，就一个人静悄悄走。很多人老鼠一样行进，路灯下灰压压的，拎着包包，鸦雀无声。不一会儿到了地铁站。等候进站的队伍很长。虽然科技进步大大加快了安检速度，但人还是太多了。如今，地铁是美利坚合众国唯一的交通工具，其他的出行方式都依法禁止了。

一个多小时后，终于排到了 X 光机跟前。我又一次咬紧牙关，幻想着不经安检就直接进站，行动上却无能为力。我以前见过有人试图这么干，那家伙马上被安检员拉走，拖到站台上的一个小黑屋里，从此消失了。

车到曼哈顿，我通过连接地铁站台的通道走进写字楼。同事们陆续来了，满脸疲惫。有多少人是像我一样，想象过在光天化日下不经安检就上车的呢？我很清楚，他们心中也藏有同样奇怪的念头。

上厕所时，霍夫曼小声问我："怎么样，今天试了吗？"

我摇摇头。我问他："你为什么也想不经安检就进站呢？"

他轻轻说："自由。"

这个了无新意的词汇每次从霍夫曼口中吐出，都陌生寒冷。我已经听了无数遍。

他说："也就是不受管束、能被信任的生活……你呢，刘易斯？"

我说："我想送妻子一件礼物。我们结婚二十年了。"

这时我又难受了。我问霍夫曼："什么时候，我才能把一件原汁原味的礼物送给她呢？"

"女人不会在乎这个。她知道你已尽力。"霍夫曼安慰我。

"不，她在乎的。这样下去，终有一天我们会分手。我和她不能生活在空气中，我们的关系或者说所有人的关系，都要靠日用品维系。但只要买下它们，回家路上首先要经过地铁安检，食物和水也好，茶杯和书也好，电视机、电冰箱和电脑也好，还有我们睡觉的那张床，乃至结婚戒指和避孕套……你懂的。"我的泪水流了下来。

霍夫曼有一天告诉我，安检X光机实际上是一种特殊机器。行李物品放进去，就马上被吞噬，收归国有。随后吐出来的，跟之前放进去的，外观上看不出区别，却已重新设计过，一个原子一个原子排列组合出来，经过打印，返还乘客。这个过程是瞬间完成的，因为我们的科技水平已经达到了很先进的地步。安检过的物品已然是完美符合美国国家安全标准的了，被判定为危险的东西都搞掉了。如果有汽油，那它变成了水；如果是手枪，则子弹替换成了橡皮；假如电脑中存在有害信息，也都删除并被替换成了健康的内容。

我和霍夫曼渴望有一天能够不经安检就进入地铁，但这个努力总告失败，最后一刻，双腿发软，失去勇气。

霍夫曼曾对我说，有人不经安检，就进了地铁。“我亲眼见过，有天早上，排在我前面的一个女人，拎着包包大方自然地从安检员眼皮下走了过去。而安检员跟木头一样，毫无反应。”

“怎么可能？我见到过，有人企图这样干，被当场清涂了。”我吃惊地说，怀疑霍夫曼看到的是幻觉。

“千真万确。”霍夫曼郑重地说。

“那她是怎样的一个人？”

“很年轻，很漂亮。她过去后，还回头看了一眼我们这些老老实实排队的人，得意地笑了。”霍夫曼神往地咂咂嘴，仿佛永世难忘。

“那她一定使用了障眼法。”

“是啊，障眼法。也许是隐身衣，或者，能避过电磁波的特殊干扰器。”

三

已经二十年了。二十年前的许多事情都记不太得，只知道那时国家很不安全。我曾在内部教育片上看到，各种剧烈的爆炸、枪击、刀砍、游行、上访、冲撞……人们如惊弓之鸟。好几次，在第五大道，随便一声叫喊，偶然一个表情，就引发了千万人的集体狂奔，在踩踏中，死伤枕藉。到处布满不安全的因素。到处是暗藏的敌人。九一一电话随时被打爆。于是白宫动用很大资源来建立健全安检系统。由联邦调查局牵头，华尔街和硅谷的大公司都参与了，采用 PPP 方式，也就是政府与私人企业伙伴关系模式，投入资金，升级技术，把整个城市的基础设施改造成一套安检系统。这太重要了。内忧外患，风雨飘摇，美国已从巅峰下滑。它不再是世界霸主。老人说，这个国家本来可能在一个夜晚崩溃掉，被来自东方的中国人或朝鲜人接管。多亏了地铁，多亏了安检。这让美国维系到今天。不仅是确保安全，乘客的物品上携有的各种信息，国家也都通过安检系统掌握了。谁也不敢再乱来。连腐败也清除了。不止腐败，进而什么都不敢做了。但即便这样，替换还是每天照常进行。国家始终有不安全感。安全和不安全感，这两个概念有时不同，但常常就是一回事。

霍夫曼说，这是以恐怖对恐怖。安检构筑起来的恐怖，是更强大的恐怖，足以把别的恐怖打得粉碎，代价是失去自由。

可是，分明有漏洞。霍夫曼亲眼见到有人不经安检就进站了。这无疑是奇迹。那个轻轻松松就闯过安检系统的美女，是何来历呢？霍夫曼想要找到她。她却再未出现。

四

这天下班后，我去超市买了菜，垂头丧气坐地铁回到家。死寂的餐桌上，我像个罪人般惭愧地一口口吃着，背上不停冒出虚汗。我想，要有个孩子，也许好些。但我和妻子已经失去了对性生活的兴趣……

匆匆吃完，又上床睡了。半夜，妻子忽然醒来，对我说：“刘易斯，我们离婚吧。”她很久没有对我说话了，此时却说了这么一句。

我立即理解了，这正是由于我的懦弱，由于我不够勇敢，二十年了，也未能为她带回一件真实的礼物。由于联系我们的物品变得越来越陌生，我们二人也变得越来越隔膜。

但我还是怀有侥幸地对她说：“同事讲了，有人不经安检，就进地铁了。我也想试一试。”

她惊诧地瞧着我，难以置信地说：“二十年了，你终于把这个想法说出来了。你下了很大决心是吧？”她眼里噙满泪水，看我的神情，就像看一个从不认识的人。

第二天，我被拘捕了。妻子把我告发了。她打了九一一，说我试图闯安检。她怀疑我是一名潜藏的恐怖分子。

五

三年后，我从监狱出来，发现世界依旧，只是妻子已与我离婚。我找到霍夫曼。他像以前那样安慰我：“没什么，这几年我琢磨出一个道理：人生就是一场安检。不是人人能通过的。你只是运气不好罢了。”

我问他找到那个神秘女子了吗？他摇摇头。随后他建议我出国。“什么，出国？”我喊出声。这个国家很少有人出国。

霍夫曼耸耸肩：“既然无法通过安检，那就只好出国了。我打听到，有些国家的地铁是不安检的。”

我觉得这很滑稽。从内心讲，我从不曾想过离开美国。倒也谈不上爱不爱它，只是习惯了，过一天是一天。

“婚已离了，又坐过牢，现在你再闯安检，已无意义。”霍夫曼劝告。

“你呢？也出国吗？”失去了生活目的，我苍白无力地问。

“不，我还要坚守，也许某一天，我能闯过安检的，靠自己的努力，在自己的国土上争取到自由。”他孩子似的执拗地说。

我缺乏霍夫曼的顽强毅力，而且此时我的身体和精神都不行了。我于是尝试去办出国手续。我以为这很难，但实际上挺容易。他们其实希望你到国外去，最好永远不回来。但这一定要自愿。他们从来不向海外流放美国公民。

六

我选择去中华人民共和国。在评级指标上，这是世界上安全度最高的国家。我在上海办了外国人临时居留证，靠救济金生活。中国的地铁果然不进行安检。他们有这样的充分自信。但我已对地铁失去兴趣。无所事事时，我会到网吧上网，看美国的消息。在中国，互联网是可以随便上的。中国是世界上最自由的国家。

网上果然有很多关于美国的信息。我才知道，我的祖国，看上去还是那张熟悉的面孔，但实际上每天都不相同。原来，被替换掉的，不仅仅是乘客随身携带的物品。为了最大限度保障安全，整个国家每天都被替换一次。中国人一直在饶有兴趣地观察和研究美国，他们发现，美国国土上遍布纳米机器，它们具有智能，能快速繁殖，玩命工作，这样每天都把美国从里到外改头换面一遍，从城市到乡村，从江河到山岳，都苟日新日日新，有害的东西在这个国家无处藏身。

但这种情况，只能从外界观察到。因为没有人能够进得去美国。理论上，谁也无法通过美国的安检系统。而美国人待在自己的国家里，是体会不到的，他们还以为一切跟昨天一样呢。

有时，我猜测，中国人观察和研究这个，是不是因为他们担心，美国有一天会用这种技术，替换掉别的国家，乃至替换掉整个世界呢？

但我的想法多余了，美国只针对它自己进行安检，只替换它自己。它忙这还忙不过来，哪里顾得上别人呢？

从大洋彼岸回头看，这的确是奇观。替换中的美国，千变万化。某一刻像朵野花儿，砰然开放，又收缩，又枯萎，又变色换彩，从红转为黑，从黄切入白。这也很像是一颗晚年的恒星。变化中的，也包括我的同胞们。他们每天被替换掉，从血液到肌肉，从生命到思想，成为新人，自己却不知晓。置身内部，感觉上什么也没有变。人们仍像老鼠一样，每天坐地铁上班。但在中国，看得一清二楚。这就是参照系的不同吧。

变化的，还有野生动物，包括北美棕熊和秃鹫，以及加州红木等各种植物、真菌和细菌、每一块泥土、每一滴水。有时，国家会呈现热带雨林一样的层次感。有时又如冰晶，东北方向流淌着模糊的血泊，而西部沙漠发出鬼魂般的蓝光。常常鸦雀无声，全国仅仅剩下震天动地的地铁轰鸣，这成为了地球上最奇特的声音。美国已经变得与世界上其他所有国家都不相同。我待在中国，把这一切看得明明白白，震撼无比，惊诧莫名，悲伤不已，潸然泪下。

七

新的研究表明，基于安检系统本身的演化，美国发展出了更复杂的技术。参与安检的，不仅仅是纳米机器人和3D打印机，不仅仅是大数据分布式重置器，还加入了自组织技术和人工世界拼贴机，无数元胞自动机在卖力运转，又融入量子传输，分分秒秒进行着大规模的原子搬运。白宫被改造成了一台巨型的机器，接替了几千万名工程师，来实现全程控制。整个美国变成了一个巨大的智能活性缸。

后来有一天，美国的自我变化忽然停止了。它不再替换自己。这个国家完全消失了。中国人记录下这个情况，分析说，这意味着美国的安检技术取得了新的重大突破。一样事物最安全的时候，不是被替换掉，而是它根本就不存在了，谁也找不到它。这不仅是科学，也是一种地球上少数人才能理解的高深哲学。于是，在这个意义上，美国终于恢复到了它最强大的状态。

我又想到前妻。她也随美国一起消失了吗？但愿她在另一个世界，从此一切都好。她就再没有任何的思想包袱了，也不会讨厌我了。然而我却独自出了国，回不去了。祝她在强大的美国享受自由和幸福。

八

有一天，我在人民广场闲逛，遇上一个白人女孩，长得很漂亮。她也是离开美国跑到中国来的。我们坐在草坪上聊起来。这是许多年来，第一次，没有压力地聊天。

我说：“你是我在国外见到的第一个美国人。”

女孩名叫丽莎，她说：“世上已经没有几个美国人了。美利坚作为一个民族早被替换掉了。”

“你呢？”我忽然记起了霍夫曼给我讲的故事，有个神奇女孩不经安检就进了地铁站。

“跟你们不同，我仍是真正的美国人，没有被替换。从一开始，我就没过安检。”

“为什么你能？”我的心怦怦跳快了。

“没有什么隐身衣和防电磁波装置。只需大摇大摆，当着安检员，面不改色心不跳，径直走过去就是。视若无物，就真的无物。你明白吗？这就是随顺智呀。”

“但是，不是说连人也被替换掉了吗？不是说整个国家都被替换掉了吗？”

“是的。最开始，我也觉得奇怪，但实际情况正是如此。一切皆为虚幻。安检是镜中花呀。像我这样闯过去的人都不会被替换掉。我们马上被送到一个保质区，那是在佛罗里达附近海下三百米处。”

“听上去，你们好像是上帝的选民……”

“不是上帝，是中国人。”

女孩说，像她这样的人，全美有一千名。在美国消失之前，中国人帮助把这些人撤了出来。

“中国人？”我又一次惊诧莫名。

“他们一直在参与事件的全过程。包括安检机，没有中国的支持，美国靠自己的力量根本制造不出来。中国科技人员甚至协助美国，设计了二十年前的恐怖袭击。若不是这些事件转移了注意力和增强了凝聚力，美国恐怕早完蛋了。你听说过华为—阿里—工行联合体吗，还有腾讯—小米—中兴集团？那儿有世界上最好的科学家和工程师。白宫与中南海开展着密切合作，虽然表面上双方摆出一副冷战的架势，却是为了掩人耳目呀。更深层次看，中国还帮助美国设计出了二十一世纪的新型裙带资本主义制度，来作为地球演化的另一个参照系……”

难以置信。我无法理解这一切。我放弃了思考。丽莎带我去新天地玩。一大会址中增设了一个国家实验室，培育未来社会的样本。果然有许多像丽莎一样的来自美国的少女待在这儿，她们做起了实验志愿者。一位身穿灰色长袍、胸前佩有“静安寺”铭牌的光头大叔欢迎我们到来。中国人正在验证一个惊人的事情，他们发现，地球正经过一个安检。这发生在太空中，它与宇宙的终极秘密有关。银河系其实是一台超级安检器。

“宇宙难道不安全吗？”我讶异地问。

“是的，它很不安全。现在才弄清楚了，地球上产生生命，进化出有智能的人类，其目的就是为了维护宇宙的安全。”光头大叔一边说，一边趴到一台天文望远镜前，认真观察。

后来我才明白，作为仅存的社会主义大国，中国是地球上唯一为宇宙的安全而操心的国家。而美国是中国为了维护宇宙安全，特意设立的一个实验项目。中国利用美国做的这场实验，即将在全球推开。但关于这次行动的更多奥秘，我还不太明白，而中国人也不愿对我们这些外国人透露详情。

我冲动地对丽莎说：“我也希望做一名实验志愿者。”

她怜惜地看着我：“哦，中国人暂时不会要你的，你跟我不是一种人。你是主动申请到中国来的，属于避难者。”

“那又怎样呢？我也可以学习。”

“不行了。你已在前期的实验中被替换掉。你不再是标准美国人，确切说，不再是美国人，甚至不再是人。你到底是什么，要做什么，中国人目前还没有做出决定。等等看吧。”

我想，值此宇宙的安全成为最为迫切的命题时，那一千名像丽莎一样被中国保存下来的所谓真正美国人，到底要发挥什么作用呢？这是更大的谜。我自卑而困惑地低下头。我不禁又想，丽莎是中国人设计的吗？而中国又是谁设计的呢？听说以前在中国也发生了许多可怕的天灾人祸，那又是怎样一个来历？如果一种传言是真的，即中国曾经才是世界上最不安全的国家，那又意味着什么？唉，宇宙太神秘了。谁设计了它？

“不过，没有关系。你现在不再需要安检。从形式上看，你至少很像一个中国人。你不是还领了救济金吗？”丽莎安慰我。

“但中国人是否早已经历了我们曾经经历的一切呢？你怎么知道他们还是中国人呢？”

我冒失地说出这样的话，身上又被汗湿透了。我难过地又想到前妻。是的，地球上好些国家都存在了下来，将在中国的带领下，参加宇宙的安检。我的国家和家庭却没有了。而我与丽莎又不是一类人。

丽莎略带尴尬地笑了笑，拉住我的手，带我离开新天地。我们坐上地铁。上海地铁比纽约地铁拥挤多了。在人群中，我和女孩临时性地紧紧贴靠在一起，像要进入彼此。车厢里云集了世界上各色人种，来自各个大陆。乘客们像地下河一样从我们的身体上流过，没有方向感，彼此间却开始了新的融合。

寻 夜

一

子时，烈日当空。我和搭档去寻夜，行走在北京城。我已做了十年寻夜人，而搭档大学毕业刚刚加入这支队伍。她跃跃欲试，对执行首次任务满怀好奇。这次我们要去追缉一个逃亡中的夜的非法制造者及他乘载的夜，这具有危险性。

我们潜入故宫。在太和殿旁，寻夜器发出警报。我举枪。出现在显影器中的，是一个瘤状黑色物，在“建极绥猷”牌匾下茧一样挂着，又像一朵枯萎的阴云，毛茸茸的边缘颤动着微微变幻。忽然，哗的一声，该物破裂，黑丝四溅，中央喷出一抹红液——人类的脑浆。搭档先开了枪。

她欢呼，拉我上前检视。一个夜的丙五型版本，一个椭圆形的物理实体，使用十二度人工引力，在八立方米的范围内，弯曲出一个临时的小型时空，其内部模拟了夜的特征，诸如低温、无声、无光等，及夜在神经系统上引发的特殊感受。这个可以像等离子体一样飘行的东西亦称“黑瘤”，能独立存在十小时至三天。它里面栖有一人。

害羞，而是生存本能使然。男人射精的刹那，头脑会一片空白，这是他最无防御力的时刻。一个儿童也可以从背后把他杀死。这自然是夜之危险性的证明——但同时，浓郁而宽厚的夜色又为人类做爱提供了伪装和掩护，减少了我们遭到伤害的机会。多么了不起的生物本能！夜使我喜极而泣。我不禁想到，没有了夜，又哪来种群的繁衍呢？正是由于黑暗中的性，加上恐惧感和神秘感，科学和艺术才产生了，人类文明才繁花似锦起来。难道，夜不正是创造力的源泉吗？由此看来，夜才是人类进化的最大动力。可悲的是，今天，我们的生活中没有夜了，也没有了性和爱……”

搭档放下遗嘱，长叹口气：“这竟成了他们执意做夜的乘载者的理由！那个夜的制造者，也这么想吗？”

我看看她。她很年轻，二十出头，目光清澈，面容皎洁，应该没有体验过性和爱。她说这话时，有种失魂落魄的神情。看得出来，她越来越想早日见到追寻的对象，并一窥他乘载的夜的奇诡。据说那个夜能维持三十多天，是普通“黑瘤”的十多倍。对此我颇忧心，她会否误入歧途呢？曾经，有的年轻队员，受了夜的诱引，而背叛组织，放弃使命，坠入魔道，甚至逃到夜中。

我严肃地说：“你看到的夜，全是骗局。夜的消失已是确定事实，这始于那个叫作工业化的时代。随着电的发明，夜渐渐没有了。国家成了一座不夜城。黑夜比白昼明亮。这是文明的进步。”

“您想过要进入某个夜吗？”搭档忽然死死盯住我，像个修行的女妖。

“哦，寻夜者从不那么想。”我虽然经验丰富，但此刻也被问得有些狼狈，这却不同寻常。新一代寻夜者，头脑中思虑些什么呢？

“什么是夜？”她追问。

这个问题一直没人能回答清楚。夜曾经是地球自转的一种反映或尺度，但或许没有这么简单——有人说，它本质上可能是一个逻辑模型，是一组数字在现实世界中的物理呈现；还有人说，它不是一种独立于人类肉身之外的客体实在；另有人认为，它并不存在，只是一种主观体验。

“最后一批见过真正的夜的人，已经死去。”我说。

“他们是什么样的人？”

我脸色微变，一时无语。

她幽幽道：“也许，我们正在追寻的那人，是他们中幸存下来的……”

我再次提醒：“他只是一个危险的叛逆者。私下里人工定制的夜，并不是真正的夜，而只是夜的赝品。”

三

国家组建了寻夜大队，以搜索人造夜，摧毁不断涌现的“黑瘤”。我大学毕业，即被招入。正常的中国人，生活在永昼中。记得刚入队时，在培训班上，教官对我们讲：你们这一代是最幸福的，因为拥有连续不断的昼。不仅仅由于工业昌盛，我们成了制造业大国，而更是先辈经过艰苦努力，从美国置换来的。我国科学家发明了时间再编码技术，把美国人的白天弄了过来，因为我们两个国家的位置，刚好在东西半球正正相对，彼方的昼恰是我方的夜，反之亦然。我们运用时间编码器将他们的昼拿来使用，再把我们的夜送给他们。也就是说，美国成了长夜，我们则是永昼。从此我们重新确立了相对发展优势。我们建立起永昼经济模式，创造出新的增长点。后来我们对时间编码器进行升级，让欧洲也进入长夜。我们让那些令人不悦的民族和国家再也看不到日出。中国成了全球光明的唯一源泉，这才是真正的全向性、支配性的世界大国哟。是的，有人说，这不公平，而且极其不公平。但我们认为，这才是最大的公平，把从前列强强加给我们的黑暗一举驱逐了。这不正是文明的基础吗，同时也是文明进步的基础。地球演化史翻开了崭新一页。我们储存了大量白昼，把它们卖给友邦，卖给发展中国家，卖给支持我们的国家。我们还为极地科考队免除了极夜。我们把白昼泵入地下五百米深的矿井。我们为乌蒙山区没有通电的村寨带去光亮……建设永昼工程，绝不是为了称霸世界，而是为了全人类的福祉。光明必须无处不在——从物理学意义上而不仅仅在意识形态层面，永远免除人民对于黑暗的恐惧。要确保太阳下面无新事……

但是，后来，孤独者造出了人工夜。千万个“黑瘤”静默悬垂，缓缓飘行在山河大地的缝隙间，越过高岭，飞经平原，掠行海岛，出没森林，就好像在光润明亮的婴儿脸上，打上了黑色的老人斑。夜以碎片化的形式存在，对国家构成威胁。如果人造夜的数量超过某个限度，新世界的平衡就会遭到破坏。如果有一天它们与美国的夜连接起来，就会形成侵蚀和反噬，甚至让黑暗的洪水决堤而至……

四

随后我和搭档来到河南开封。那个鬼魅般的身影在前方若即若离，他很狡猾。他乘载的夜，时常伪装成光明的副本，令寻夜器难以识出。有几回，他们差点追上了他，但就在采取行动的瞬间，他忽然消失，掩入了昼的强大背景。

我们只是又消灭了几个夜的普通用户。每一次，搭档都要仔细阅览遗嘱，她几乎已对此着迷。她发现，入夜者怀有各式目的：有的只是为了睡上一觉，有的是为了做一个梦，还有的仅仅是为了让自己拥有一些想象力……看着看着，女人发起呆来。我赶紧拉她走。

经过对逃亡者轨迹的重新判断，我们向国家的西部行去。不知不觉，越过了很多阳光普照的省区。由于日照量的重新分布，生态圈已大为不同。山川易容，气候改变。熟悉的动植物灭绝了。但出现了人工合成的新型生物，以适应于永昼。甚至国民也已新生。经过基因的重新编辑，均成了不眠之人，生命增加了一倍，能全时态为国家工作。那么，地球上曾经有过的自然界，是什么面目呢？对此，搭档一路上都在问我。我则闪烁其词。

一个月后，我们追踪到喜马拉雅山。这儿离天很近。由于阳光过于充裕和恒持，高原已然无雪。我们有些累，在峭壁上坐下歇息。脚下山谷和沙原一望无际，泛起苍茫白光，似万千丹炉。搭档忽然拉住我的手。

“你怎么了？”我不安地问。

“我有种感觉……”她在颤抖。

“什么感觉？”

“……孤独。”

我好像看见了黑暗的影子，心中升起危险的预感。

她眼圈发红：“您说，这一切是假的吗？毕竟是编造的、借过来的时光啊。”

我不知怎么回答，只轻拍她的肩膀。她的瞳孔空空的，眸中没有夜的影子。

这是在珠穆朗玛峰。周围没有别的人。

五

寻夜器又鸣响了。那家伙在北坡留下一段弧线。看样子，是在试图逃到尼泊尔。那个国家的某些地区还保留着原始的夜。据说，这与它的居民信奉佛教有关。而在永昼之国是没有宗教的。

寻夜器显示，逃亡者在八千米的岩壁上逃窜。他乘载的这个夜是装配了武器的。我和搭档互相掩护，追了上去。女孩飞行的姿势有些像喝了酒。有一刻，她冲在我前面，摇曳着进入五彩彤云。我看不见她了……

我在珠峰峰顶找到她时，她已身负重伤，小腹上有一个夜一样的洞，内脏如一堆灯火滚滚涌出。

“他没能逃掉。”她气若游丝，咬牙露出胜利者的微笑，“我抵抗住了夜的诱惑，把它击溃了。”

我取出急救包，为她包扎止血，但她伤势太重。

她喃喃：“……我想当面问他：为什么要制造夜？就是因为孤独到不能忍受吗？”

“他怎么说？”我很紧张。

“他死了。”

她眼角闪耀着红色的泪花。她把那人的遗嘱交给我。

搭档死后，我把她的尸体就地埋在了一个喇嘛庙的废墟旁。我一人越过青藏沙漠，踏上回程。一路上，再没见到夜。我身心俱疲，眼前不停浮现出搭档临死前的容颜，对庇护我的白昼第一次产生了怀疑，甚至担心它会随时终结。

我取出那份遗嘱来看，上面写着："……这个世界没有白昼，所有人生活在一个了无尽头的长夜中。"

我抬眼看看距头顶三尺的太阳，它发出单纯的白光。搭档最后的话是："他告诉我，这天天照耀着我们的东西才是人工的……有人在长夜中感到孤独，害怕一觉醒来什么都没有了，于是让人做出了昼，也就是'白瘤'……"

夜的制造者一直在寻找传说中的真正长夜，却功亏一篑。他在遗嘱中，拜托找到并打死他的寻夜者替他完成这事。但搭档来不及去做了。

六

回到北京后，我患了抑郁症。我不停想到那女人。

后来我请了假，开始独自寻找造夜者遗嘱中提到的"真正的长夜"。

一年后，在一个阳光灿烂的午夜，我鬼使神差，爬上东三环的中央电视台大楼。站在著名的大斜坡上，我抬头看去，见到天空开了一道口子。那儿漏出一个金色月亮，旁边缠绕着煞白的几簇星宿和一抹银河。深不见底的黑暗包裹住了我置身于斯的白昼。我活在一个人工的昼中，这竟然是真的。而外面的世界果然是无尽长夜，一个更大的

“黑瘤”。但那是自然之作，还是人造的呢?

这一幕只向我展现了短短一瞬，我却似乎从星月的后面，看到了一个漆黑的枪口，和女人的一双明亮眼睛。

惊愕之下，我回过头，却见日冕扑上了我的身体。

隐身权

一觉醒来，小陈感到奇怪。好像不是他家了。室内一些家具已消失。这时，他听到熟悉的女人声音，却不见人。

“老婆。你在哪里？”他问，只听她嗤笑。他恼怒而恐惧，若白日见鬼。

“我隐身了。这是楼下美容院新增的服务项目。效果不错吧。”看不见的老婆说。

“……请你还是现身吧。”他颤抖着说。

“你平时不是厌烦见到我吗？这下该称心了。”她残酷地笑道，“如此，也可以增加神秘感，把我们的夫妻缘分维持下去。”

小陈以前听科学家讲，在未来社会，人类只有隐身，才有幸福和尊严可言。这竟然在他眼皮底下实现了。他毛骨悚然，赶紧逃出。

才发现，街上也不一样了，之前竟没有注意到。有的建筑物消失了。人流也不如往常那样熙攘。他撞到什么，但眼中不见物。他听到骂骂咧咧，也没有看到人。他来到单位。单位也变化了。原来电梯有四台，现在仅见一台。但还听得到电梯声和人声。

他来到办公室。只剩下同事小王。几台电脑的屏幕上正在“自动”

打出文字。

“他们呢？”小陈问小王。

“都隐身了。”小王用下巴指指办公桌前的空气。

“为什么会这样？”

“是集体愿望的实现呀。大家早就想让自己看不见了。难道只有你蒙在鼓里吗？”

“为什么？”

“仅仅是为了不被人看见。被人看见，是很难堪的。你平时不也有这种感觉吗？”

接下来，小陈与小王装模作样继续工作，与那些看不见的同事一起，在电脑屏幕上敲出文字和符号。中午出去吃饭，食物也时隐时现。回来见到，连大楼也不见了。他们瞎子般摸索来到透明的办公室。

“如今的美容院真厉害呀。”小陈叹道。

“听说是军民融合技术，从实验室中流出，一夜间普及了。”小王诡秘地说。

小陈心忖，能看到单位真实面貌的，平时就没有过吧，这城市、这国家也一样。

小王说，他明天也要去美容院办隐身手续，现在，算是与他道别。“不隐身，无法活。这个世界危险重重。当然，也有人觉得方便。李主任收受贿赂，还找了小三，隐身后就人不知鬼不觉啦。”

“难道你也……”

“不。说到底，是对‘空’和‘无’的追求，此乃人生最高境界。返璞归真。这是我们民族失落已久的文化。我向往很久了！”小王充满激情地说。

小陈想，哦，只是不再装了。装什么呢？什么都在装，人们戴着面具。现在轻松了——但实际上，这才是最大的装。

下班时，小陈送别小王，一路如入无人之境。但有人使绊，令他跌倒，他头破血流，衣服被剥去，钱包被摸走，手机被抢掉，看不见的坏蛋哈哈大笑，扬长而去。找不到警察。警察也隐身了，不工作了。

忽然，小王被不知从何而至的汽车撞死。小陈怔了怔，离开现场。

几天后，所有人都隐身了，城里只剩下小陈一人。唯有他还没隐身。这是为什么呢？他也往美容院去。但美容院找不到了，如同消失在了大雾中。他想不明白，也很委屈。走投无路，单位不能再去了，城市反倒变得更加危险，他在明处，其他的人均在暗处。他只好又回家。

他听见老婆和另一男人的声音。他恼羞成怒，却什么也看不见，连拍照取证也做不到。他挥拳朝出声处打去，却反遭一顿毒殴。有个影子狠狠揍他，又把他逐出门。他有了死亡预感。但无人管顾他，一个不能隐身的人，失去了价值，也不再具有威胁。他暴露在光天化日之下，赤裸裸的。但不存在的，好像是他。

这时在虚空中，缓缓浮现一个影像。是一个穿迷彩服的半截身体的人，朝小陈飘来。小陈吃惊地问对方为何没有完全隐身。那人说，你看到的，只是全息影像，是隐身前夕拍摄下来的。

“隐身好呀。不就是要获得不被看见的权利么。让那些监控器彻底完蛋。它们一点儿隐私都不给人留。”以影像方式呈现的人说，“但我这样做，是要保存资料，防备自己真的消失后，不再能相认。”

这个怪异的影像，自称是小陈的导引者。小陈怀疑，自己可能已经消失，只是还不知道罢了。那么，他会不会也是一个做出来的影像呢？但现在没有办法。没有导引，他哪儿也去不了。他便跟随影像而行。渐渐发现，这家伙的口气语态，很像自己，只是长相有别，像哪个局部的机关做错了。

在一座废弃的仓库中，影像向小陈展示了一个拍摄下来的文件。上面写着，小陈被剥夺了隐身权。

文件充满时态错乱，仿佛是昔日的，也如若来自未来。小陈看不懂。

“这件事比你认为的大得多。宇宙是隐身者的世界。”影像告诉小陈。

“为什么？”

“只有统统隐身后，才能真正被看见。但需要留下一双眼睛来看。你被选中了。”

“为什么是我？谁把我选中的？”小陈觉得事情更加离奇。

“这个问题没有意义。正如很多人都问过，宇宙一百三十七亿年里面，为什么恰好此时此地会有我存在呢？这是最无聊的问题。至于谁选中的你，也可以认为是上帝，就像他选中耶稣一样，让他来见证苦难，而不是解除苦难。基督也是观察者啊。”

“是随机的吗？”

“那却又不是。”

说完，影像连同文件都消失了。小陈迷惑而栗惧，又困倦，便睡了过去。

他醒来时，看到太阳没有了，也不见星星。整个宇宙进入隐身态，在他眼前消失。但就在这时，他看到了一切。真相令他无法忍耐。

他想，有一个隐身者的世界，正在看不能隐身的我吧？他们又见到了什么样的真相呢？

他带着这唯一的秘密或疑问，决定自杀。这时，时空的演化真正开始了。

天涯共此时

一

五十年前，当五岁的闵之磷第一次收看春节联欢晚会时，晚会的福音还没有像今天这样播撒到整个宇宙，而闵之磷也不曾想到，五十年后，自己会成为晚会剧组的一员，并且，是以时间政治力学专家这样的一种特殊身份参与其中。

如今，春晚已经办到第一一三届了。自一九八四年以来，晚会除了在二〇一四年至二〇一八年以及二〇三七年至二〇四五年之间，两度因为战争而中断外，每年都照办不误。这已成了当代最大的政治之一。

现在，距离晚会正式开始，还有一个半小时。三万五千名观众早早来了，坐了满满一个大演播厅（这场地早先叫作故宫），如痴如醉地听导演和副导演说戏。本来，观众就是演员的一部分。而自从有了春晚，举凡国之公民，概莫不做演员。

闵之磷工作的时间控制中心设在演播厅中部的一个太和殿里。闵之磷出去上卫生间时，便能在回转走廊上遭遇那些麻雀般轻浮吵闹的演员。晚会的模式还跟百年前一样，但演戏的角色已然不同。演员们来自不同的地外行星，因为能够被选中回到地球参加春晚，尽皆欢欣不已。

在过道尽头，闵之磷看到年轻的电视台台长被一群记者包围。主持人出身的台长是新近任命的，前任台长因为去年春晚某个小品的台词歧义而被流放到了冥王星。闵之磷听到，记者们正就首长将在零时到达晚会现场向全民发表新年祝辞而发射出连珠炮般的提问。闵之磷对此不感兴趣。但他忽然听到一个女声：

“台长，是不是给我们讲讲有关时间方面的事情？”这是一个年轻漂亮的女记者。

“噢，这正是自有春晚以来的最伟大创举。”台长顿然兴奋起来。这时闵之磷想起，在时间政治力学方面，台长是外行。但台长显得沉着：“在我们的祖先统一了度量衡、文字和语言之后，现在，我们又统一了时间。这是最了不起的事情。”

“那么，为什么是在春晚上最先做试验呢？”一个长得像青蛙的火星男记者吱吱叫着。

“因为，只有通过春晚，宇宙中的华人才超越时空相聚在一起。”这时，台长一眼看到闵之磷，便伸手把他抓住，“这样吧，有关这方面的情况，还是请诸位采访一下我们剧组的首席时间政治力学专家吧。”

闵之磷从来就很讨厌回答记者们那些愚蠢的非专业问题，而他记得，有关春节与时间的微妙关系，某中央级杂志最近一直在刊登权威文章进行深入浅出的解读。但无知的记者们总是喜欢重复他们无知的东西。他们装作自己很懂政治。然而，当看到那个漂亮的女记者两眼眨巴的样子，闵之磷赶忙整了整衣襟，夹紧两腿憋住尿意，清了清嗓子：

“咳咳，我叫闵之磷，是春节晚会的时间政治力学专家，你们就叫我老闵吧，有什么问题，尽可以提。”

“老闵，据说落入我们眼中的天津四的光芒，已经不再是一千五百年前的了。是这样的吗？”

“当然不是了，我们此时观察到的是，那个星星上面也是二〇一九年哩。”

“这的确不可思议。”提问的人瞪大眼睛，埋在他大脑皮层上的纳米电脑飞快做着记录。

“事实上，正是如此。”

“就是说，我们也会看到火星与我们同步进入新年啰？”

“是的。它绝对不会再比我们晚三分钟。呈现在我们眼前的所有星光，都不再意味着过去。”

“光速不变的概念，消失了吗？”

“不，光速仍然是宇宙中不可逾越的速度，而空间距离还会存在，就如同，嗯，就如同女人的口红。”

记者们哗地笑起来，气氛顿时显得轻松。

“那么，老闵，这到底是怎么一回事呢？听说跟时间是一种分立结构有关。”挂着国家通讯社胸牌的一名男记者装作懂行地问。

“不完全是那样。以前，人们认为世界可以描述为一系列相继发生的事件，这便是时间。但是，我们发现，并非如此。”

“从技术上，你们是怎么保障的呢？”

“很简单，利用时间政治力学函数的弱形势，诱发时空的零相折叠，通过虚时间周期的二度延拓，事件便会根据客观形势的需要，落入我们确定的年代视界。”

“据说，要达到这样的效果，需要对空间中很大的质量进行调配。是吧，老闵？”

“不一定。那是旧理论了。我们现在一般使用反奇性的量子化引力。在不同的时空延长线上，加速一些关键的质子便可以达到目的。”

记者们长吁短叹摇着头，兴致勃勃记录下闵之磷说的。

“当然，这也要根据经济实力和风俗习惯而定。个别星球上的观众喜欢在虫洞中做反复跳跃。”闵之磷补充道。

“请再说说时间环是怎么一回事吧！”

闵之磷觉得，要向记者们逐一解释清楚这些艰深的技术问题，并不容易，也不可能。这牵涉物理学尤其意识形态物理学半个世纪来的伟大进展。但此事对于民族国家的意义，就算傻子也应该能够理解。

“老闵，作为时间政治力学专家，春晚对你个人最大的影响是什么？你最大的感触是什么？听说，你被称作时间驯兽师？”那个女记者甜美地微笑着问。

女人春潮般的笑意使闵之磷心跳了一下，他的目光接触到她温柔的眼神，便避开了。个人的影响？不对。春节晚会上根本没有个人。他想起这些年来，自己一直为驯服时间这头野兽而在默默奉献青春，做出了巨大的牺牲。为了使时间的投影尽量落向某个既定理念，他主持引入了一个宇宙常数，最后，是家庭的破碎——作为一线工作者，他和同事们长年不能与亲人团聚。但时间真的被驯服了么？

他便苦笑着说：“时间也许并不是一头野兽吧。什么才是？我不知道。”

二

回答了记者们的提问，闵之磷也有些莫名兴奋，他一步三跳去了卫生间，又一步三跳回到时控中心，仿佛成了一个撒欢的孩子。他仍在想着女记者仿佛从时空深处漫射来的奇妙眼神。同事们都怔怔看他。他从他们脸上看到了时间流逝的常春藤般的道道阴影，这与时间同步的现实似乎构成矛盾。这时觉得，他和他们才成了野兽，等待着最后的饕餮。

大家各就各位，开始做倒计时测序。房间就像一个荒诞派的画室一样，浮动着一大片毛糙糙的油彩感。闵之磷瞬间觉得，这世界是由一堆泡沫构成的。这正是亿万人经年努力营造出来的美好天地。

他的心情才舒畅了一些，逐个询问不同星系的中转站和分会场。你们能否收到北京时间的信号？他们回答说都收到了。这时，同事们也报告说一切正常。只有邵伟忠看上去有些魂不守舍。

“你怎么啦？身体不舒服？”闵之磷皱了皱眉头。

“不。只是觉得有哪里不妥。在来的路上，我忽然觉得仿佛我们正在进入一个混乱的旋涡中心。”

邵伟忠是一个悲观论者。自从与妻子离异后，他就再没有过笑容。但一般来讲，悲观论者更适合从事时间政治力学的研究。

邵伟忠倒也不是信口开河。事实上，在几次实验中，闵之磷也看到了，时间这头野兽，仍然乖戾，有时，行为方式出人意料。他也怀疑那个常数的引入有些问题。在意识形态物理学家们看来，时间同步技术在某些节点上仍不够成熟。但艺术家们十分着急，于是，便匆匆上马了。这被称作“北京时间工程”，亦叫“D三〇项目”（即“大年三十项目”)。

“大过年的，别说晦气话。是你自己想多了吧。总体来看，不会有大问题。”闵之磷有些不悦。

邵伟忠看上去十分固执：“怎么是想多了？再说，我刚刚还在星际交换网上看到了几个帖子，说有人试图颠覆晚会。”

“颠覆晚会？造谣。这怎么可能呢。世界上只有我们掌握着农历。”

闵之磷感到，头脑有些昏沉，大概是不太适应太和殿里过浓的氨气。他看到，全向显示屏上，时间和空间的两条坐标轴被形象化地演绎成了两个水晶蛇形，正在兴高采烈地翩翩起舞。据说，这是为了让领导看了一目了然。他不知道是谁设计的，而时空的本相是否真的如此。但这又有什么关系？这时，有人讲了一句俏皮话，大意是说时间正在强奸空间。闵之磷听见了，并不觉得好笑。而他知道，实际上，这件事情要比交配复杂得多。

晚会现场的时控中心只是一个棋子。在黑河、三亚、咸阳和定日，剧组还建立了四个时控中心，进行同步操作。而在月球、火星、金星和土卫六，以及半人马座比邻星和御夫座阿尔法，一直到百万光年之外，只要有华人的地方，在时空的每一条延长线上，都在实施适时调控。这一切形成了一个非连续的政治时空闭合面，行话叫作“布幕”。

这时，台长走了进来，眯着眼看了一阵显示屏，问有问题吗？闵之磷向他保证，一切会圆满。

墙上时钟的指针滑向七点。钟声当当响了。这是一丝不苟的北京时间的声音。经过零和处理，它刹那间传遍整个宇宙，而从理论上讲，一直可以传到大爆炸开始的那一刻。早先，这钟声要在千万年后才能到达某个遥远的星系。但这个难题，被中国科学家破解了。

闵之磷又去看计算机模拟星图。星星们待在五万年、十万年、百万年前。而地球呢？相对它们来说，也是五万年、十万年、百万年前。然而，大家都同时收到了来自二〇九年除夕之夜的信号。因此终于可以这么说：是春节赋予星星们以意义。

那个叫爱因斯坦的老头儿如果从坟墓里爬出来，一定会大吃一惊。但这个世界上，西方人里面，或许只有他才能理解这件事的深刻意义。但不知为什么，这么想的时候，闵之磷感到一些别扭。

问题是：爱因斯坦也会来春节晚会搭把手么？噢，会的，他一定会。

三

时钟鸣响八点。锣鼓敲动，帷幕拉开。闵之磷通过全向视镜看到，一切在闪亮发红：地毯、灯笼、服装、激光、道具、脸庞。那是一种婴儿屁股的粉红。这令他猜想，有一天人们如果能够观察到时间的本色，它大概就是这种色调吧。

穿着红彤彤唐装的节目主持人满脸堆笑上场了。他们是一男一女，已不再年轻。可是这又有什么关系呢？小时候，闵之磷常常以为他们是夫妻。那个女主持人，在他的印象中，已经主持晚会达五十年，因为生物工程的作用，她看上去还像往昔一样俏皮。正是上得了台便下不了台啊。时间的虚像又一次呈现，是一种鸡蛋羹与番茄酱杂拌的感觉。

主持人的出场使一万五千名现场观众傻乎乎乐了，鸵鸟一样噢噢喊叫。闵之磷不禁回忆到，少年时代，他一度在电视屏幕上迷恋着这位主持人，却没有想到有一天会与她同台参与春节晚会的环宇同步直播。

那么，时间在她的身体里，呈现了怎样一种流布的特征呢？闵之磷开始走神。他觉得这是一个有趣的问题，关乎女人的神秘天性，在这种天性的作用下，它又一次改变了箭头，而这是时间政治力学尚未深入的领域。忙完这届晚会，或许，他会考虑去研究政治、时间与女人的关系，一定可以引入第三条坐标轴。他要为自己的爱好而工作，弥补失去的青春。

紧接着，他注意到，时间的流逝似乎并没有对春节晚会的本质带来大的影响。这么多年了，晚会没有大的变化。它仿佛是以不变来吸引人的。这一点，在二十世纪末和二十一世纪初，并没有受到太大重视。那时人们总想变来变去，创新啦，改革啦，结果却总是不能讨人满意，因为那个时代，技术和政治还是两张皮。这却是调皮的时间玩的一个鬼把戏。

二一〇九年的春节晚会照例以舞狮开始，这是不变的象征。不过，考虑到传统与现代之间的微妙平衡（又一个政治问题），那帮家伙还是用链态方程模拟了几头时空狮。有可能是天龙座或者天狼座的演艺团制作的。

简单来讲，是一种十二维狮。但究竟是多少维，这只有内容总监才清楚。但是维并不是最重要的，核心的是狮子。媒体报道说，它们并没有变为恐龙或红狼。其形象，跟一千年前它们镇宅的前辈一样。

从全向视镜看过去，用五十六种颜色装扮起来的狮子在舞台上尽情撒欢，但它们会忽然隐形，然后从相反方向猛地跃出，头与头撞在一起，有时很难分清一头狮子是倒下了还是在跳起，或者，这两种状态同时存在。在高分贝低音炮里，间杂着预先录制的欢呼：“好棒！”“哇塞！”“嘿嘿！”“太开心了！”紧跟着，在副导演的暗示和带领下，观众席上发出一片更加震耳欲聋的叫好声。摄像机及时对准了这振奋人心的一幕。

全宇宙一千八百亿中国人都在嗷嗷叫唤。这样的呼喊足以导致某些物理规则被修改，这正是新时代的真理。一瞬间，闵之磷感到迷茫。他转眼看去，见邵伟忠的脸上，呈现出鬼一样的色彩。他吓了一大跳。邵伟忠还很年轻，为什么如此老成而晦暗呢？

只有狮子还在可劲蹦跳。狮子存在了五千年，现在一步就迈到了闵之磷的身边。它们的身上的确还保留着某些距离因素，比如，光年，但这已不是闵之磷儿时熟悉的狮子了。

距离曾经是一个令人头疼的问题。闵之磷又一次记起第一次看春晚时的情形。那时候晚会的最大特点，除了也是用狮子开场的，就是它并不同步。比如，西半球的华人，就并不是在晚会进行的同时度过的除夕。那时，主持人总要不失时机宣读他们的新春贺信，后来才知道，都是提前写好发来的，以弥补地域之差造成的缺憾。

这是因为，在地球上，有着一条国际日期变更线。当北京人开始过新年时，纽约唐人街的华人还停留在去年。春节像影子一样，在地球的经度上缓慢爬行。因此，在实际生活中，世界上有着几十个除夕之夜，它们排着队接踵而来，严格依照秩序。这一度很尴尬。中国人曾经提出消除掉日期变更线，或至少在除夕之夜消除日期变更线，以便于春节联欢晚会的圆满举行，但在联合国表决时，美国人投了否决票，这事就暂时作罢了。

于是便去怨怪古人。古人们想象不到全球化，更不要说星际化。

那时的中国被一溜溜的长城团团围着，也没有地球同步卫星，国家就那么大，普天之下，率土之滨，莫非同时，春节要简单得多。但现在不一样了。对于宇宙人来讲，春节，成了一个复杂的政治问题。生活在三十五万光年之外的船底座星系的中国人，会与他们在地球上的父老乡亲们欢度同一个春节吗？这曾被认为相当滑稽。

但这个国家之所以了不起，就在于它总能使滑稽的事情变得严肃。也就是说，由于担心春节因为空间的延伸而被淡化，人大代表提出了议案。政府便举全国之力解决这个问题。你能想象春晚是怎么促进了物理学的进步吗？科学家的视野，从来没有像今天这样，被拓展得如此开阔。

国家一旦出手，一切就简单了。就是说，时空应该怎样，不再是经典意义上物理学和物理学家的研究领域。归根结底，这是意识形态物理学的事情。如今，他们在人大代表中的名额有了很大增加。在世界上，之前还没有一个国家为着一台晚会如此大动干戈。爱因斯坦和霍金没能走得更远，问题就出在这里。毕竟，他们读不懂农历。

闵之磷当时也是投了票的。但现在看着观众席，他内心深处却浮动着一层不对称感。观众们或者说演员们都是黑头发黄皮肤，裸露出一种正当的森严。这是当然的，白种人没有春节，也便没有晚会，尽管经过了全球化，又开始了星际化，春节也只是中国人的事情。因此西方人的圣诞节一到太空中便什么也不是了。

最早的时候，没有人考虑时空是可以被用来狂欢的。而这其实正是时空的本性。中国科学家相信，这种本性，具有可被观察到的物理效应。他们要做的，是探索把它统一起来。这一点，西方的同行们永远也无法理解。所以时间归根结底只是与中国人有关的一件事情。大家同意，时间政治力学的先驱是秦始皇，从那时起，中国人便开始按照他们理想的模式，对时空进行整合了。

但闵之磷觉得，这里面少了点儿什么。

四

接下来，铆足了劲的各路演员连番上场，表演相声、小品、歌舞、杂技。残疾人士倾吐着心声，少数民族奉献了绝活。节目在貌似平凡中，充满深刻喻义。它们歌颂中国的传统文化和现代文明，褒赞宇宙大开发给亿万人民带来的幸福生活，有的也针砭时弊。由本星华人与外星华人合作的小品节目尤其让人过目难忘。它们的包袱来自于由于重力和化学元素不同而造成的文化与技术差异。观众们笑了，热泪像喷泉一样洒出。

闵之磷和同事们也在笑。全向屏幕上缠绵的时空曲线则一直保持着可预见的走向。这让大家放心。不会有问题的。一门心思看演出便行了。一年到头也就高兴这么一次。还能怎样呢？此时此刻，上帝和魔鬼都不会来打扰中国人。

节目进行了四分之一，女主持人便按捺不住开始念贺信。第一份是从设立在太阳上的中华氦控一号站上发来的。

“给全国人民拜年了！”大胡子站长粗声粗气说。全息贺信上呼地一声蹦出他的三维光量子形象和立体声音。

多么的辛苦呀，多么的爱国呀，闵之磷想。除夕之夜，他们像春晚工作人员一样，仍然在加班加点。据说，如果不是因为这些人的工作，太阳便会很快终止发光。这在政治上是绝对不能允许的。

主持人夸张地笑道："有一个问题，全国人民很想知道。说说在你们那儿，现在到底是什么日子？"

"大年三十呀。"

"可是，物理学家说，在太阳和地球存在的这五十亿年里，由于太阳的重力场更强一些，你们那里的时间流程已经比地球上的慢了一万年。你们现在是在过公元前七八九一年的除夕，是这样的吗？"

"好问题！"大胡子大声说，"但是，不，是二一〇九年的除夕呀。"

"这真是很有趣！"女主持人故作天真地咿呀大笑。

"从前不行。但是，现在有了时间政治力学，我们便重新与祖国保持了同步。据我们了解，那些奋战在中子星上的同事们，也都如此！"

"在地球上，有一句成语，叫作与时俱进。你们赋予它新的意义。谢谢你们！祝你们春节愉快！"

预先录制的叫好声又一次倾泻出来。主持人的脸庞变得像牡丹一样动人。闵之磷再度走神了，像是看到天堂就在眼前。然后是广告。无穷无尽的太空公司的广告。这才是更具实质性的内容，为晚会锦上添花。

紧跟着，镜头切换到一个银光闪闪的金属舱室内。这是一艘高速飞船。一个胖子正在焦急万分地等待镜头调过来。

"给全国人民拜年了！"看到镜头终于切向自己，满脸是汗的胖子亢奋地朗声说，向观众们不停作揖。

是的，他们每个人的话，都是一样的。有点乏味。闵之磷皱着眉头想。不过，此刻最需要的，便是一样吧？

主持人说："是神舟九九九号的船长吗？请告诉观众们，你们飞船的速度是多少？”

“我们正以百分之九十九点九九九光速的速度，驶往银河系的中心，为祖国去开发那里的资源！”

“那么，你们飞船上的时间，一定变得很慢很慢了。”

“是的，我们已经离开地球二十年，按照爱因斯坦相对论，地球上的时间已过去了三万年。”

“那么，根据时间政治力学原理，进行实时计算，你们那里现在又是何年何月何日呢？”

“二一〇九年的大年三十！”

炸豆一般，观众席上再次爆发出一片经久不息的欢笑和赞叹。

“那么，你们终于可以与祖国人民一道过春节了。而你们前一阵还不是吧。”主持人显得很得意，仿佛，是由于她的主持，飞船上的人们才得以与全国人民一起过春节的。

“是的。以前，为了与春节晚会保持一致，我们需要每隔五个小时，便向地球发回一份春节贺电。现在，不需要这样做了。”胖子满脸幸福地说。

“请问，向祖国发春节贺电，是近光速飞船上最重要的事情么？”

“是的！”胖子充满自豪的话语掷地有声。

于是，在副导演的暗示和带领下，观众们又一次把巴掌拍疼了。

闵之磷这回没有鼓掌。他觉得这没有什么好欢迎的。搞出这样的乌托邦，如今不过是雕虫小技。

偶尔他也会想起，这些年来，国内一些不同的声音在鼓噪，说把时间政治力学用在春晚上面，有大国沙文主义的嫌疑。至少，它应该用来改善北美和西欧的人权状况。

但随着掌声越来越响，闵之磷便把那些不同的声音忘记了。的确，只有春节晚会，才是最重要的。一年就这么一次。人大代表都这么看。春节早就是人权的同义词了。

九个月前，闵之磷和同事们，就被从中科院抽调出来，到晚会剧组工作。刚开始他不太习惯，因为这帮搞文艺的很油腔滑调，也颇世故，不少人想的，就是靠办晚会挣上一笔，既不懂物理学，更不懂政治学。但春晚可是流传了一百多年的习俗啊，人人都得遵守规则。因此闵之磷很快就学会了。世界本来是如此，又不是数学公式。再说，他们付给闵之磷比他在原单位高五倍的工资。

五

镜头然后便切换到昴星团分会场。外星系的满维度投影是实时的。散布在那里的中国居民此刻也分秒不差地来到了二一〇九年，一切如假包换。

据说，他们从几年前起，便为了这一届不同寻常的春晚，开始了链态方程还原，使时间闭合线与北京逐步接近。

现在，宇宙各地的中国人都站在了同一条时间线上。难以想象，昴星团的居民仅仅是十五年前才从太阳系移民过去的。而如果他们按照传统的方式把电视图像以光速传回本星，祖国人民将只能看到生活在四百多年前的他们。那就太可笑了。春晚是不能这样搞的。

最终，图像即时到达了。单从外形上，很难看出他们还是中国人。中国人怎么可能长出四条腿呢？他们的黑头发没有了，他们的黄皮肤上长出了绿鳞。他们的建筑也不同，更接近古埃及人的陵墓。可是，这又有什么关系？他们仍在贴春联，他们仍在吃饺子，他们还在说普通话（虽然不太地道，带着强烈的下水道声音）。这些，都绝对不是装模作样。

闵之磷想，这就是与生俱来的文化的力量，这才是真正能够跨越时空的东西。一个多世纪前，人们便在提出全面建设小康社会的目标时，提出要加大文化方面的投入。这的确很有先见之明。而文化说到底便是政治。要偃武修文，才能长治久安。所以才需要春晚。一年一次足够了。

从这个角度来看，也就能够说明，为什么只有到了太空时代，中国才真正成为了一流大国。这是因为，时间和空间就像神奇小精灵一样，都在暗中协助中国人。一个历史悠久的国家，往往具有这样的后发优势。祖先们鬼使神差发明了一个春节，而今，它就成了克服宇宙之广袤与冷漠的利器。

这是中国人所特有的，因为中国是世界上唯一不曾中断过的古老文明。而美国人、英国人、法国人、德国人、澳大利亚人，他们一旦逸散到太空中，他们曾经自豪过的文化或者政治，便如一根针掉进大海。他们的后代，在宇宙深处，组成了一个个与母体甚少关联的全新国家，与祖国不再往来。所以他们一天天衰落下去，这便是西方人的当代苦难。怪不得，有人要可怜他们了。

闵之磷常常觉得，正是时间的力量使得文化和政治的基础更加牢固，而科教兴国的重要性也便愈发彰显。试想一下，如果地球上的中国人要到四百年后才能收到昴星团的中国人仍在吃饺子的信号，又会怎样呢？那些批评在时间领域投巨资的人实在是幼稚。

“天涯共此时。”主持人唱歌般叨出这么一句。

闵之磷记不起，是谁写的这句诗词。平时他不太读诗词，但他还是比较欣赏这一句，它很好地表达了闵之磷此时的心情，也是众人的心情。更重要的是，它十分符合时间政治力学的原理。

说到底，这句诗的意义，只有中国人才能懂得。闵之磷的内心顿时充满一种强大和博爱的感觉，觉得自己的一切付出，都是值得的。

昴星团的中国人向地球上的中国人讲述他们的生活操行和政治准则：永保时间正确性。

然后，又是大段的广告插播。

晚会逐渐向高潮推进。忽然，闵之磷的名字被人叫到。他随即被拉上舞台，闹了个大红脸。主持人说，是临时安排的节目。

闵之磷受宠若惊，也惶惑不安。多少年来，第一次，物理学家被请上了春节联欢晚会的舞台中央。他的心中泛涌上一股初恋般的情愫。

闵之磷哑口无言，还好，不用他来解释时间同步原理。主持人向观众介绍，这就是时间政治力学的首席专家。今晚的环宇大团圆，有赖于闵之磷和他的同事们。她向牺牲了休息时间、不能与家人团圆、奋战在宇宙第一线的时间政治力学工作者们致以春节问候。说着，她的眼中挤出眼泪。

站在主持人的身边，闵之磷嗅着女人的体息，这是一种久违的气味。他的眼眶也微微潮湿了。她是真正的艺术家——据说，同时跟几位首长交好。闵之磷想，比起她来，自己永远只是一名卑微的意识形态物理学家，但正是因为有了她，他才有机会站到前台，显出了演员的本色。

这时，他看到，从观众席的前排，射出了女记者崇敬而嫉妒的目光。他想，直播结束之后，他会去邀请她，找个咖啡厅坐下，再好好聊一聊时间政治力学。那又是一出戏。他连装都不用卸。

六

闵之磷心潮起伏地回到时控中心。邵伟忠走过来，向他耳语了几句。闵之磷脸色骤变。

他朝屏幕看去，图形好像不太对头了，成了一张绞缠的蛛网，刚才还完美的形状，开始有些搅动和扭曲。好几个地方出现了微扰。闵之磷猜想可能是传输的不稳定。他让邵伟忠试着消除它。但扰动继续着。

第一次，闵之磷感到一丝恐慌，但他抑制着，不让同事们看出。邵伟忠本就阴暗的脸色，更加阴暗了。这给晚会带来不和谐。当初，怎么会选中邵伟忠呢？

“很显然，有一部分信息正在丧失。”邵伟忠说，听上去有些幸灾乐祸。闵之磷狐疑地看了他一眼。

那是在金牛座方向，涉及一百二十亿观众。他们是银河系中最大的广告客户。

闵之磷的额头沁出汗珠。

七

控制中心加入了三个共轭能量。但是，仍然见不到金牛座居民的踪影。

“是否需要向台长报告呢？”有人提议。

“再等等看吧。”闵之磷犹豫一下，说。

第四个共轭能量加入了，但局面仍然没有好转的迹象。

此时，不能再瞒着领导了。这是个政治问题，也是个组织纪律问题。

“到底怎么回事？你们不是做出了保证么？”台长稚嫩的脸蛋上仍然堆积着典型的晚会式彩霞，但正被渐起的阴云覆蔽。

闵之磷告诫自己，一定要冷静。他慢吞吞说：

“他们可能正在卷缩起来，进入一个我们看不见的维。”

“怎么会这样？”

“还不知道。正在加紧检查。”

“会不会有人搞破坏，嗯？”

闵之磷想起，晚会开始前，邵伟忠就这么提醒过。这张乌鸦嘴啊。闵之磷这才意识到破坏的可能性是存在的，至少，西方人嫉妒中国人。他们不具备时空优势。他们在星际时代丧失了很多宝贵的东西。但由于没有证据，也出于政治上的考虑，闵之磷不敢贸然向台长这么说。台长恐怕也不希望他这么说。

“当然不会有人破坏。这样做的难度，在物理学上非常大。只有我们掌握着农历。”闵之磷只好这么说，刻意加重了最后两字。

话一出口，闵之磷便又想到，还有另外一个可能。那就是，金牛座搞不好正在企图脱离春节晚会。那里的居民感到厌倦了。他们要有自己的时间节奏，要有自己的春节。但是，这也不能说。他奇怪地想，离开了大家庭，他们怎么可能狂欢得起来呢？难道他们已懂得了预先录制叫好声？

作为时间政治力学专家，闵之磷唯一要做的，便是从纯粹的技术层面上找原因。最可能的，还是那个常数。它是以农历的六十甲子为数学基础的。为此重新设计了好几个方程。然而，这件事，却更不好解释了。当时，引入该常数的理由，便是要使它与全国人大常委会确定的某个目标相吻合。

“我关心的是，这会不会影响到春晚的继续进行？你必须为此事负责！”台长严厉地说。

闵之磷不悦。他想，年轻人，你不能以这样的口吻对一位意识形态物理学家说话。

“不应该影响吧？不就是缺乏了金牛座的参与么。”看到闵之磷浑身颤抖却不说话，台长忽然自我宽慰似的尖声笑起来。

这时，闵之磷心怀报复地觉得，台长还很幼稚。缺乏了金牛座是什么意思呢？缺乏了西藏，缺乏了新疆，缺乏了台湾，中国又是什么意思呢？这样的后果，每一位时间政治力学专家都十分明白，但主持人出身的台长却视而不见，因此，所有的责任应该由他来负。

但闵之磷不能那么说。台长肯定也是知道严重性的。台长很可怜，当上台长后的第一个春晚，就遇到这种事情。晚会乌托邦正在迅速瓦解。冥王星上的监狱正等着他——也等着闵之磷。大家是一条绳上的蚂蚱。

“如果不实行时间主控，那么，的确不会有什么影响。但是，现在不同了。”闵之磷委婉地暗示台长。

闵之磷说这话的时候，心中那股强大和博爱的感觉正在消失。继之而起的是深如大海的沮丧和恐惧。

时空中的超统一，引起的连锁反应，也是超统一的。换句话说，很快便会影响到各地各时的春节。岂止是晚会，说不定，整个节日亦将被抹去。极有可能的是，在过去、现在和未来，中国人根本就不曾或不会拥有春节。对此，闵之磷深感负疚。

八

此时，传来消息：首长的专车正在驶来。他要在零点钟声敲响时，莅临晚会现场，向全宇宙的华人，发表新年祝辞。

“必须挽救这一切。不能让首长看到混乱，看到中国在宇宙中的分裂！”台长压低了声音，两眼含泪地咆哮。

是的，在太空深处，中国正在丢失某些国土、人口和时间。但这到底与时间政治力学有什么关系？闵之磷他们到底在哪里出了纰漏？如果真的是常数问题，那么，这却是无法从根本上改正的。马上就要到零点了，闵之磷怀疑时间是否还来得及。

“你们必须做出挽救的努力，并且一定要成功。否则，你们就完蛋了，意识形态物理学也就完蛋了。”台长绝望地吼道。

闵之磷心想，他说得一点也不错。他于是默默地把头转向控制台。但是，他委实不知道金牛座的人们现在卷缩在了哪个宇宙中。要把他们找出来，就算请来三只眼的二郎神，怕也是十分的困难。

一支时间抢险队很快出发了。他们的目标是清除时间中的“虫子”。

但他们很快消失了。

闵之磷又派出第二支。

但很快也没有了他们的消息。

第三支抢险队上路了。同时，请求猎户座和人马座提供支援。

闭合界面的七个站点提供了快速检测报告，它们显示，时空的路径积分在第一百六十八节点出现了曲率衰减。这的确是很难办的一件事情。

“我们正在试图控制几个关键的黑洞，在此基础上重新生成一个未来边界。”时间抢险队的一位负责人说。

闵之磷心算一下，这么做，成功的概率是百分之一十三点七。

“实在不行的话，就用霹雳摧毁那一段时空。”他略带焦躁地做出指示。

“那么，那一百二十亿人也会同时被消除掉。”邵伟忠在一旁冷冷提醒。

“他们并没有被消除，只是从此之后不再向我们显示跟他们有关的信息罢了。”闵之磷生硬地说，狠狠盯了邵伟忠一眼。

“那也等于被消除了。信息即存在。”邵伟忠仍然十分固执。

“但这样做并不会导致政治波函数的度规改变。”

“关键是，那些钱怎么办？广告部门的损失由谁弥补？”不知什么时候，晚会的总导演进来了，气急败坏地说。

“你们说的，都不是最重要的。先想一想首长的事吧。车已经在路上。时间不多了。”台长着急地看着手表。

时间不多了，听上去很搞笑，闵之磷想。这个时代，谁也不把这个挂在嘴边了。从时间政治力学的角度讲，时间是无穷多的，并且可以通过转换空间能的方式制造出来。闵之磷难堪地看了一眼台长，见他的脸涨得通红。

“还有一种办法。”邵伟忠建议，现在似乎只有他很冷静，“先设法搞一个虚统一。把之前的信号输回时间转播器中。也许，这样就能影响到一个更年老的时间。我们说不定可以在金牛座方向上制造出一个加强佯谬。”

闵之磷心里一动。从时间政治力学第一原理看，或许，这真的能行，但要看运气了，关键在于矩量调节。但怎么会是邵伟忠想到这个的呢？

九

计算机画出了路径图。闵之磷匆匆向西山的加速器中心下达了指令。

反应来得很快。十秒钟后，时间地图的紊乱消失了。时控中心又接收到了来自金牛座的信息，虽然，看上去少了点儿什么。金牛座似乎正在偏离原来的位置。

但这种偏移量，用肉眼是看不出来的。台长激动地说："太好了！"使劲拍着闵之磷的肩膀。闵之磷苦笑一下，心神微动，透过全向视镜，转眼去看演出。

台上的演员们正在表演《金蛇狂舞》。然而，本来是蛇图腾的地方，却出现了一大群奔驰的骏马。集体舞分明成了《万马奔腾》。己巳年转眼间变作了庚午年。这是一个不祥的信号。灾难并没有真的消除。一种可怕的变化正在降临。但观众席上谁也没有表示诧异。在导演和副导演的带领下，大家正努力做着自我暗示，以接受新的现实。

这时，女主持人又匆匆上场了。她的面孔却有了改变。刚才还青春着的她，现在已是明显老了下去。她张了张嘴，却没有发出任何声音。但观众仍看得痴迷。时间的步伐果然是在加快吗？闵之磷更加不安。

紧接着，他看到，舞台上出现了一些没有身子的大腿，在起劲地来回走动。闵之磷想起什么，再去看观众席，见那里腾起重重白雾，人影若有若无，那个女记者，像是一个吊死鬼的剪影。闵之磷胃里一阵难受，小腹中又泛起尿意。

"你怎么把幽灵引来了？这可是春节晚会！"台长憎恶而畏惧地向闵之磷喝问。

"大家都是演员嘛。是恢复正常前的暂时性紊乱吧。"满头大汗的闵之磷自我解嘲地找着遁词。时间政治力学已经无法解释眼前的状况。

新的共轭能量又加了进去。多次反复的结果是，有一段时间，观众席上一个人也没有了。但是，到后来，他们又“变”了回来，老老实实坐在那里，安安静静观看晚会。主持人恢复了年轻，演员们的身体重新完整起来，最重要的是，女记者又清清爽爽、神采奕奕了。

一切与早先一样，跟一百年前一样。但闵之磷仍感到不妥。金牛座在继续偏移。闵之磷怀疑这仍然是假象的一部分。它是企图逃避责任的抢险队人工“做出来”给台里看的。真实的世界仍然在不可遏止地走向离散和崩溃。

“我建议，有必要暂时阻止首长进入晚会现场。”邵伟忠大着胆子说。

闵之磷和台长都紧张地看着他。他说出了大家不敢去想的。

“金牛座不是找到了吗？啊？演出不是恢复正常了吗？为什么不能让首长来？”台长嘶哑地叫道。

“是都正常了，但仍不稳定。我担心万一发生危险。”这回闵之磷决定支持邵伟忠。他对还将发生什么，心里没底。他可不想去冥王星。同时，他也出于嫉妒地想到，首长可能就是女主持人的一个男友。

“什么危险？”台长问。

“有多种情况，最神秘莫测的是时间逆演。会有难以预知的事情发生。最糟糕的结果可能是，这个舞台，怕将不再是中国人的。”

“但绝对不能让首长不到现场，这样，会引发更大的危机！”

闵之磷知道台长说的是什么危机，这是现实层面上的危机。在一年之中最最关键的时刻，在一年之中唯一的一个开心之夜，人们忽然看不到首长了，宇宙的基本稳定机制就会被破坏。才知道，政治错误怎么也避免不了。他怯然地不说话了。

"你必须为这事负责！"

台长对着闵之磷扔下这句狠话，便狼狈地急忙出去了。他大概是去迎接首长了。观众席上出现了紊乱。但节目仍在进行，狂欢正向顶点推进。为了力保时间正确，春晚在形式上是不可以被中断的。

时间正在一分一秒向零点走去。闵之磷忽然意识到那是个可怕的时刻。于是，意识形态物理学家又想上卫生间了。他向邵伟忠做了一些交代，便出去了。其实，闵之磷不应该离开，他这是临阵脱逃。同事们怏怏站成一排，显得有些失望地看着他。闵之磷刹那间体会到了一种永别的情绪。

走廊上空无一人，无比安静。闵之磷看到墙上有一排挂钟，就像宾馆大堂里的那样。闵之磷记得原来这个地方是没有钟的。钟面上的指针对着一些怪异的方位。不知为什么，闵之磷一下想到了美国东部时间（他年轻时曾在纽约大学留学），想到了自己一去不复返的青春岁月。

闵之磷抽泣着来到卫生间门口，看到有两名全副武装的战士在站岗。他们礼貌而冷漠地拦住了时间政治力学专家，说："首长正在方便，请稍候。"

闵之磷憋住尿，乖乖等在那里。这一等像是过了一个世纪。里面的人终于出来了，变魔术一般，是一张西方白种人的小孩儿面孔，横了闵之磷一眼，令他几乎停止呼吸。这时，不知从什么地方涌出了一百多名随从和警卫，簇拥着首长向演播大厅走去。

闵之磷想喊：喂，你们等等，那里危险！声音却哽着发不出来。

有一刹那闵之磷觉得这帮人或许也是演员。陡然他又感到好笑。但这笑却被一层哀伤覆压，在肺部深处，砂一般怎么也拔不出来。

十

闵之磷孤独地走进卫生间，失神落魄站在尿池边，听着液体滴滴答答砸在瓷砖上。这时他不经意侧头往窗外一看，见广场上密密麻麻停满成千上万辆坦克车，在火焰一样巨大的夜色中豁豁闪亮。闵之磷心想，看样子真出大事了。他们到底没有阻止得了首长的入场。他是由军队护送来的呢。

坦克车是美式的，看样子十分古老，好像是闵之磷小时候在画书上见过的“艾布拉姆斯”，一百多年前美国人打伊拉克人用的那种，活像从坟墓中爬出的一堆甲虫。难道，真的还原成了美国时间？闵之磷觉得，泡沫构成的世界正在塌落下来，砸在身上却没有任何感觉。

坦克车使闵之磷复想到颠覆的传言。原来这很简单。用最原始的方式便可以了。闵之磷心下害怕，尿了一半，便憋回去，疾步离开卫生间，向时控中心跑去。

时控中心像被鲜血浸染了一样，浸在一派通红黏稠的光幕中，没有一个人。台长、导演不见了，邵伟忠不见了，同事们也都不见了。大殿空空的，屏幕上的两条蛇已经很大，分出许多毛茸茸的细岔，像是许多小蛇，贪婪地要把一切吞噬。模拟星图上，金牛座长成一个怪兽，正在入侵其他星系。

这时，闵之磷看到墙上的所有时钟都在往回走。

像是要给自己壮胆，闵之磷大声呼叫：“喂，时间抢险队，你们在哪里？”没有回音。那些近光速飞船，那些太阳和中子星上的工作队，那些昴星团上的居民们，也都不见了。

大殿外传来洪亮的京戏乐曲，就像一个厨房里的所有器皿在跳跃冲撞。但此时舞台上并没有演员。声音像是从古老的虚空中传来，使闵之磷想到量子乱流。

声音很快变化了，是一个世纪前春晚上的一首男声独唱：“一根筷子耶，轻轻被折断，十根筷子耶，紧紧抱成团。”跟着，成了英语，听着像是莎士比亚戏剧的独白。闵之磷又想到了鬼魂。

观众席也空了——只剩下一个孤独的人坐在那里看演出。

他正是那个小孩儿——长着西化面孔的首长。但身边已没有了随从和警卫。明显地，此时此刻，他不再需要他们。

对着红光漫漫、空无一人的舞台，这孩子看得痴迷，有时使劲鼓掌，有时轻轻用手在膝上打着节拍，有时自己吃吃笑出声来。这使闵之磷想到鲁迅的小说《社戏》。闵之磷顿然产生了慈悲心，不忍去打搅他。

这台精心策划的晚会，就是演给他一个人看的吗？

他到底是谁呢？他从何而来？

最重要的是，他看到了什么？

闵之磷想首长大概早已忘了要在零时向全宇宙的华人致辞。空气中充满危险的气氛。他又辛酸地想，女记者呢？主持人呢？怎么没有一人来跟首长说话呀。这，才最可悲。

无数的死者穿着明清时代的衣服，藤蔓一样从地下冒出来。所有的钟仍在往回走，步调并不一致，有的来到一百年前，有的来到百万年前，只有一点是相同的：它们都离二一〇九年春节越来越远。

巨大的失败感笼罩着闵之磷，那就是憋尿一般的感觉。他希望熟悉的一切能够回来。他痛苦地环视四周，发现了一架梯子，便走过去搬动它，靠在墙沿，猴子一样爬上去，去拨那个最大的时钟的指针。

闵之磷把它向零时拨去。

这时，闵之磷蓄意回头看去，果然，小孩子脸上的笑容凝住了。他震惊地站起身，惶恐地离开座位，“哇”地惊叫一声，野兽一样朝闵之磷冲来。但他分明来不及了。

当，二一〇九年的春节钟声终于敲响了。

山顶洞委员会

晨雾像海蛇一样扭动。太阳刚刚升起，就似乎要落下。人影水藻般重叠摇曳。张良排在队伍中间。他一点儿也看不清前方。为了买房号，他半夜就起来排队了。但迷雾让他丧魂落魄。他饥寒交迫，脚也站软了。队列中，有个小伙子晕倒了，口吐白沫瘫在地上，立即被维持秩序的保安拖出去，扔在路边阴沟里。但他挣扎着要爬回来。没有人看他一眼。他爬到谁的脚前，谁就把他踢开。

张良紧紧跟着大队，担心被甩出去，也提防有人插队。长龙像乌龟一样慢慢往前蠕行。张良死死抓着一个皮革提包，里面装有三万块现金，是他工作一年的薪水。这笔钱可以买到一个房号。买到了房号，就可以参加抽签，抽到签才有资格申请预购。幸运儿的比例是千分之一。张良一边排队，一边想象住进属于自己的家。一个女孩的笑脸在他脑海中海棠般浮现。她是他的同事。他想把她追到手——但前提是得有房。他拿到房产证后的第一件事，就是要鼓起勇气走到她面前，满面堆笑对她说："姑娘，你好！你看，我有房了，我有房了！请考虑一下我吧！"

但张良实际上没有钱买房。在这座城市，一套两居室售价四百万元。张良不吃不喝，要一百年才能攒下这笔钱。不管怎样，先弄到房号再说吧。他就继续排下去。哦，傍晚了，海棠花枯萎了，污浊的月亮爬了出来，终于轮到了张良，但房号刚好售罄。不过他总算排到了头。他长长吐出一口气，眼巴巴看过去。他没有见到朝思暮想的住房，那栋楼还停留在规划图纸上，没有开始盖呢。眼前的这幢简易建筑，只是一个售楼处。把它炸掉怎样？……这个念头真是意外，它一冒出来，就被张良打消掉。他怎么竟敢这样想？就算真的要做，他也没有这方面的技术和胆量。

张良掉转头，拖着快要断掉的双腿，一点点往回走。他一边走，一边从贴胸口袋里掏出一张存折。他平时没事时就老喜欢盯着这红彤彤的玩意儿看。上面还剩三万元。这是他所有的钱，还不够买一平方米。他从来没有想过买到房号后该怎么办。但现在他的问题是，连房号都没有买到。做人太失败了。他的身体好像被一只真空泵吸净。他不知往哪里去。走着走着，慢慢连饥渴都忘得一干二净。

夜晚了。到处是水晶一样潺潺的华丽亮光。大街上，一群群的年轻人无家可归，在摩天大楼的缝隙间，怪兽一样寂无声息低头行走。“开始了，开始了！”忽然有人尖叫。大家稀里哗啦撒腿跑起来。张良不知道出了什么事，也跟着跑。他随同众人来到一排看上去像是准备拆迁的房屋前。这儿已经有几千名年轻人黑压压聚集，手挽手，低着头，号叫着，莽牛般，朝那些房屋跑步冲去。“是撞墙运动呀，最来劲儿啦！”有个睡眼惺松、骨瘦如柴的男孩告诉张良。附近，一些衣冠楚楚的中年人，停下小汽车，摇开车窗，探出头来，木然而可怜地观察他们。

张良加入了撞墙运动，被大队伍裹卷着朝房屋撞去。冷掉的血液似乎又沸腾了。嘭，他共工一样，一头碰在墙上，剧痛的感觉令他稍微舒坦。同时他觉得，自己并不是对跟前的房子怀有怨愤，而是对周围的人群怒火中烧。年轻人太多了，蚂蚱一样蠢动，都想着要结婚，要买房，无不是张良的竞争对手。他甚至觉得，就是因为他们，他今天才没有买到房号。他要拼死撞向这帮家伙，把他们一个个掀翻在地。但迎接他的只是苍白的水泥墙，不断朝他冲来。嘭，嘭，嘭！

忽然，他似乎看到，人群中，晃动着单位那个女孩的身影。她兴奋地挥舞双臂，像指挥员一样大声吆喝，驱赶大家往前冲，就仿佛所有人都是她的奴隶……张良眼前一黑，栽倒在地。人潮顿时把他淹没。轰，轰，轰！人们终于把一幢两层楼的房子撞塌了。“它可是一座百年老宅哟！”刚才那个没睡醒般的男孩颤抖四肢，厉声怪叫。眼前倾泻开来一片废墟。大伙儿齐声欢呼。张良醒来，在瓦砾中，看到一个破碎的鸟巢，里面露出几支褐色的羽毛，还有些带血的骨肉。他格外失落，身体迅速变冷。他忙乎半天，什么也没有得到。他瞪大眼，四顾茫然，找着什么，却失了焦。

“推土机来了，推土机来了！”传来女孩的声音，却变得惶恐。果然，贴着房地产公司标识的推土机排着队突突碾来。血肉横飞。幸存的年轻人吓得屁滚尿流，一哄而散，四处奔逃。

张良又一个人了。他无力地缓慢而行。沿街有无数的饭馆在营业，灯火辉煌。手上的三万块钱竟然还在，却变得铁一样沉重，小小的存折在胸前口袋里发烫，但毫无用处。张良的肚子咕咕叫了。他狠下心，决定犒劳一次自己。他握紧拳头，挺起胸膛，走进一家金碧辉煌的酒店。他为了买房，节衣缩食，从没有奢望过这儿三百元一位的自助餐。但他现在蓦然想开了——没有房，别的事情也就没必要去想了。只剩下吃东西是可以由自己把握的。说不定，他待会儿会去自杀，在此之前实在很有必要最后享受一次人生，感受感受进食的欢乐吧——他却不知道自己是否还有能力来体验，他似乎已经忘记很久了。

大厅里，人山人海，杯盘狼藉，笙歌弦舞，有两个半裸的泰国姑娘站在乐池中央，正在为食客们曼妙演唱，周遭围坐了一大群穿着讲究的中年男人，在色迷迷观看，还带着可以做他们女儿的年轻女友，一边不停往嘴里塞入花花绿绿的食物。张良嫉妒地盯着他们，就好像看着外星人。他想，自己如果活到这个岁数，也能这样吗？他为什么不能尽快成长呢？他取了一瓶啤酒来喝，很快醉了。

这时，他听见边上有个声音在说："你想成为一个中年人吗？"张良惝恍地点点头。"只需六万元就可以了。"那家伙是一个长得像外国人的中年男人，戴副方框墨镜，穿着一身深色名牌西服，脸上透着生意人的精明。他好像一眼就把张良的底细看穿了，甚至都知道他身上带有多少钱。

"可是，怎样才能成为中年人呢？"张良愁眉不展问。

"到我们的世界去吧。"

"你们的世界？"

"也就是技术世界。你一直活在叙事世界里，所以遇到了数不清的麻烦。你如今面临的住房问题，实际上是年龄问题，或者说是时间问题，根本上则是阶级问题。只有成为物理意义上的中年人，才能克服时间障碍，消除阶级对立。"

"怎样才能做到呢？"

"你有没有服用过时间压缩纳米药物？"

张良摇摇头。那人说："只要吃下一粒时间压缩纳米药物，就能迅速变身为中年人。不仅身体和意识会发生变化，而且，与你一起做着布朗运动的、包围着你的微观社会关系和环境结构也会发生变化！最神奇的科技跟魔法无异呀。”

见张良怀疑地看着他，那人便坦诚笑道：“不用害怕——我以山顶洞委员会的名义向你保证，相当安全。如今在贵国，最被看重的是房子，技术事实被抛置脑后了。所以，时间压缩纳米药物作为高新科技产品，在贵国还处于推广阶段，售价便宜，只要六万元一粒。在国外，可是漫天要价的哟，以欧元计费的。说到底，是考虑到你们是发展中国家嘛。我们这可不是为了赚钱。山顶洞委员会是一个国际慈善机构。你知道盖茨和巴菲特吗？对，就是那样一种情况。你真幸运。不试一试吗？年轻人只有这条路可走了。想想吧，你一旦成了中年人，就什么都有了。中年人也是人嘛，并不是外星人，只是熵特征有所不同。很多人看不清这个形势，走不出年轻的瓶颈，一棵树上吊死了。可惜得很哪，于国于己都是损失。”

张良心算一下，他今年二十五岁，只需六万元，就可以成为中年人，四十五岁够了吧？四十五岁，还不算老，只要混个有房有车，女人什么的就都不在话下了，他再要去找单位那女孩，就有资本了。这的确划算。但听那人的口气，这似乎根本不是划算不划算的问题，而是以慈善的名义在维护社会的公平正义。反正，从今天的情况看，张良已经走投无路了，何不一试呢？

“怎么样，你还在犹豫吗？想这样做的人有很多呢。”自称代表山顶洞委员会的男士催促。张良担心起来，怕这回又像买房号那样，最后一刻落空，就趁着酒劲，点头答应了。然后他跑到餐厅外面，从自动取款机上取出存折里的那三万块，连同提包里的三万块一起，交给来历不明的陌生人。很快他就拿到了时间压缩纳米药物——看上去跟普通感冒药没什么两样。但它的效果超出想象。

次日一早，张良醒来，发现自己已经成了一名四十五岁的中年人。他再不用半夜三更排队买房号了。他被安排住进一个洞窟一样的地方，这洞子整个是高强度玻璃材料的。虽说是洞穴，但面积足够大，不过，除了空敞，里面什么也没有。没有厨房和卫生间，没有主卧侧卧，也没有阳台和家具，仅仅有闪闪发光的玻璃连续体，围成一个大厅的模样。不管怎么说，张良终于拥有了自己的家。他还不曾一人享有这么大的空间。之前，他一直租住在一间狭小潮湿阴暗的地下室里。他不禁热泪盈眶。这是他用二十年的青春时光换来的。时间压缩纳米药物真是绝妙啊。

他爬到洞口，朝外看去，原来，果真是在一座山上，这山也是玻璃做的，是一个超级稳固的立方体——这就是技术世界吗？确切来讲，实际上，他居住的洞窟开凿在一面九十度的人工玻璃墙上。墙面笔直光滑，一尘不染，高耸入云，看不到顶。墙上挖出成千上万个玻璃洞穴，供人居住。像张良一样，居民们都是一夜之间“多”出来的中年人，所以不能住在地面了。以前，张良没有见到过，也没有听说过，城市里有这样的建筑物。但这不是做梦。而且，他的确已是一个中年人。从玻璃的反光上，他已经看出这一点。他的长相变了，像一个勾腰驼背的猿猴，身上生出比年轻人更多的毛发。他的血液流动，比昨晚要慢。他心中已陡增沧桑感。这时再要让他去撞墙，笃定是不会的。他有些晕乎乎，感到不太习惯。安排他住到这儿的那个中年人，已经消失了，就像从来没有存在过。也不知道山顶洞委员会的办公地点在哪里。但张良觉得自己会逐渐适应的。对于这样的局面，还有什么好怀疑的呢？至少他再不用站在夜半的寒风中排队等房号了。

他趴在洞口往下看，见到有一些小黑点，正潮水一样朝墙根猛撞过来。哦，那些没有变化过来的年轻人，还在撞墙吗？真傻呀。这堵墙，如此高耸，如此牢靠，怎么撞得倒呢。但昨夜他年轻时，撞的又究竟是什么呢？那情形还历历在目，而且，额头仍隐隐作疼。他才感到后怕和荒唐。好在，如今，整个不一样了，他脱胎换骨了，他升级进阶了。张良进而觉得，这玻璃幕墙是一种有机机器般的东西。瞧，墙面虽然坚固，但很有弹性呢，并不像普通玻璃那样硬，正在肌肉般微微蠕动，仿佛具有生命的真实性，还散发出温度。上面有些标识之类的符号，像外星人的文字，是山顶洞委员会使用的内部语言吗？从墙上看不出季节，也没有植物攀附。墙角还挂着一面又一面样式古老的时钟，都已停下不走了。旧世界并未结束，新世界已经开始。是的，张良已经有幸从“叙事”进入“技术”。渐渐地，他看到还有一些刚刚“诞生”不久的中年人，正眼巴巴沿着绳梯爬上来。更多的洞穴里很快住进了人。张良听见到处是呼哧喘气的声音。他脑海中浮现出单位那个女孩的面庞。他一阵亢奋。

他哼哼唧唧退回室内。这时，他注意到靠里的玻璃壁面上有一个小洞，嘴巴般大，又不像窗户。他好奇地往那儿张望，黑咕隆咚的。他觉得它像个摄影机镜头。但里面忽然有什么东西动弹一下，吓了他一跳——哦，好像出现了一张嘴巴——镜头变成了嘴巴，粉红色的美唇。像触电一样，他一下明白过来，这是一张什么嘴巴呐。就在今天之前，张良还年轻的时候，晚上一个人睡不着觉，就去上网翻墙，在电脑上下载这类图片。于是，他情不自禁，骤然硬了。哦，这张嘴巴，分明是活生生的、鲜嫩嫩的。他不是一直渴想着么？他买房子不就是为了这个么？他想象墙后应该有个女人，正把美妙的私处紧贴洞穴，大大方方亮出来。这一定是为了招待张良这样勇敢选择了吃药的男人而特意安排的吧。六万元可不是白花。到底是山顶洞委员会噢。张良感动了，心头立即搁下单位那女孩，赶紧解开裤子，把生殖器啵吧一声插了过去。哦，还真的是那玩意儿呢……

匆匆完事后，张良虚脱站着，仍然不信，斜眼瞥着那绵绵蠕动的东西。忽然，听见它发出声音。不，是一个女人在说话。他才害怕了，担心她向他索要小费。他现在可是分文没有。但她只是柔声说："看不出来，你还挺能干嘛。"张良酥软地觉得好像升入天堂。

此后，女人的玩意儿每三天出现一次，通过墙上的小穴与张良沟通。虽然见不到她本人，但张良还是挺高兴——不仅有了住处，还能解决男人的问题。这是额外而超值的奖赏。以前，他没有碰过女人，只是看照片自慰。现在呢，不用付费，也不用陪她逛街，为她买首饰衣服什么的，更不用要孩子。简单、方便又省钱。一个中年男人，需要的不就是这个么。他追求单位那位女孩，最终不也是如此么。就算他们真的在一起了，说不定，过了几年，也会像其他人那样，因为厌倦啊什么的离婚，光是划分财产就很麻烦。山顶洞委员会考虑得真是周到啊。

但张良想到这里，又有些心酸。他跟单位那女孩连话都没有说上一句。他现在终于有了自己的住处，却没有来得及向她表达。如果不是为了她，他还会到这儿吗？于是，张良忽然良心发现一般，觉得应该回去上班。他是有工作的人。他不能人到中年，就失业了啊，就废弛了啊，就光靠一张"嘴巴"活着啊。他年富力强，正是进步的大好时光。而且，他拥有了自己的房产，再无后顾之忧，或者，用安排他来这儿的人的话说，没有阶级自卑了。是的，他应该凭借技术世界的资源，杀回叙事世界，找到一个全新的自己。

想到这里，他便爬至洞口，朝下展望。叙事世界一派迷雾蒙蒙，竟一下看不到单位在哪里。张良心里一凉，但他不甘，就攀岩一样沿着玻璃大墙，爬了一小段距离，竟找到一道绳梯，踩着它往下行。但没多久就发现绳梯断掉了，下方是悬空的，峭壁万丈，雾气滚滚。住在墙上的其他居民不过是在利用这绳梯荡秋千玩耍，他们的样子统统也像猿猴，似乎并没有一人想到要回到叙事世界去上班。绳梯怎么会断了呢？张良明明看到，有人顺着绳梯爬上来呀。他却忘记自己是用什么方式来这儿的了。他只好狼狈返回洞内。

“世界真的变了呀。”他悻悻地对墙后面的女人说。

“世界一点儿没变。只是成了中年人后，看世界的眼光不一样了。”她一针见血指出。

“我觉得应该回去上班。你能告诉我怎么去吗？这儿是不是有道后门可以直通单位呢？”

张良感到惶惑。他觉得待在技术世界，自己就像个乡下人。另外，他的私人物品，包括衣服啊书籍啊学位证书啊——属于那个“已逝”的名叫张良的年轻人的——还存放在租住的地下室里。毕竟，那上面凝聚着他的人生。他可是父母耗尽心血培养出来的优秀人才呢。

但墙后的女人说：“你不用回去了。你已经是微量时间框架下的后人类了。准确来讲，你是一个亚粒子自动化的雄性熵增聚合体。这就是你。你早年的名字、身份以及其他的一切，都已过期作废。现在，你被叫作活力七三一。你是可以自生能量的类型。一切靠阳光。这里使用太阳能。另外，墙上二十四小时自动分泌出营养汁，可以直接饮用。你不能离开墙。从这个意义上讲，你是充分自由而全面发展的人。那些多余的、繁琐的、束缚你的东西，再不需要了。作为中年人，得拿出个范儿来嘛。说得再简单些，你被解放了。”

女人提到了新陈代谢的问题，令张良不禁想到他年轻时在地面吃过的食物。他爱吃的，有单位附近小饭馆的羊肉拉面、麻婆豆腐、葱花炒鸡蛋——哦，还有，他最后义无反顾在酒店里吃到的那顿自助大餐。早知如此，他应该多花点钱，更好享受一番。在这里只能喝单调的营养汁。他嘴里冒出口水，又强咽回去。他掉过头，不要被墙后的女人看见。他为此羞愧。被解放了的中年男人不该这样。如今他已过了口欲期。他现在是每过三天被女人吮吸一次的亚粒子自动化的雄性熵增聚合体。但他的思维方式怎么还停留在过去呢？真是耻辱啊。

接下来他想到父母。他没跟他们打招呼，就来这儿了。也许，再也见不到他们了。这地方连电话也没有。不过，在下界时，他也很少与他们联系。至于同事，平时见面时只是点点头，大家各做各的，彼此没有往来。张良也没有什么朋友。同学也已很久没聚会了。他又想到地下室里出没的老鼠和蟑螂，唠叨的看门人，一年四季在门口晃悠的那些个乞丐，以及杂乱的人群和车辆蜂拥而过的嘈杂声……在这儿，这些都没有了。

他开始怀疑，他昨天在地面要买的究竟是不是房子。现在，他根本看不见下界有任何建筑物的迹象。那儿有可能只是一片荒原。把他与它间隔开来的深渊不是寻常意义上的落差。它具有完全异质化的透视关系。那么，他当初彻夜排队，究竟是为了做什么呢？那仿佛只是一个借口。至于为什么要找这个借口，他也不知道。也许只是看到大家都在这么做吧。但这后面似乎有个更隐秘的原因。

他迷惑地去看太阳。太阳似乎是直接从墙顶爬出来的，有一种投机的宿命感，然后，它滚到一边儿，像一面反光镜，一动不动照耀着下界。浓重而湿溽的大雾中，又有人类隐隐约约、蚂蚁一般不断攀爬上来，就好像这儿果然是一处庄严圣地。他很担心单位那个女孩也在其中。如果她也变成了中年人，他还会对她有好感吗？她要来到他的洞穴，墙后那个女人又该怎么想呢？她们两个会打架吗？但他什么也没有看到。

到了晚上，太阳就可怜虫一般，被一只看不见的手收了回去，好像它真的是做出来的。伸手不见五指的黑暗又复笼罩。应该是下界的人们重新排队买房号的时候了吧。张良想象着年轻人们一动不动，紧张兮兮的小兽模样。他现在觉得那分明是一个天大的骗局，因为实际上从来没有一个人买到了房号。

有时，他也想询问一下，这玻璃墙是由谁，在什么时候，怎么建设在这儿的，却羞怯不敢问，他担心问了后，墙后的女人一生气，就不再来了。他又想，这面墙万一倒了，该是怎样——也就是说，它像个巨人一样轰然倾覆，崩塌在大地上。从事撞墙运动的年轻人一定会被吓蒙吧，不敢对它动手脚，它太庞然，又熠熠闪亮，跟神似的。但他们中的一些冒失鬼也许会冲入洞穴，干掉原居住者，急不可耐把它们据为家居。他们会觉得这是上天赐予的。想到那帮家伙蜂拥而入的场面，张良就不寒而栗。

哦，不，这座墙当然是会永远矗立的，他又想——正是靠了这面不会倒下的巨墙，他才得以晋身为中年人，从而与年轻人分隔开来，这真是万幸。至于墙面上那些停滞不动的钟表，似乎在暗示，这的确是一面时间之墙。或者，墙就是时间本身。这时间是可以按照某种意志而调节和转化的。

有一天，张良在洞内散步，不小心把玻璃踩碎了，地面现出一个裂口。他看进去，见里面露出一些白色的树根状虬曲结构，已经朽坏，发出恶臭，流出脓液。仔细一看原来全是骷髅。哦，是先前的住户吗？但这反而使他彻底踏实下来。他不再想打听这墙的来历了。

然而，安分守已的日子一长，他又百无聊赖。“我做什么呢？既然不去单位上班，也总得做点儿什么吧。我得对得起我住的地方啊。”在吮吸营养液并完成那进食程序一般的交媾后，他试探着问墙后的女人。

“你啊，你不是正在做吗？你做的是楷模的工作。明白吗？楷模！这件事很光荣。你的三维影像已被投射到下界，影响那些糊涂而不安分的年轻人，让他们不再闹事，都来向往这面墙，争取早日成为住户。这不正是中年男人应尽的责任么？”

随着她的话音，洞内一整片玻璃像电视屏幕那样亮了，张良果然看到了自己的影像。他衣着华丽，正带了一名年轻漂亮的陌生女孩，开着名牌车，意气风发，在灿若锦绣的城市大街上游逛。他们双双步入高级酒店，吃壮观豪奢的大餐。穷困潦倒的年轻人都停止了撞墙，老鼠一般瑟缩着趴聚在旁边，用热辣辣的羡慕或嫉妒眼光，仰望他们，然后，纷纷申请服用药物，以迅速成为中年人。

“原来，我是为了他们而活在这里的呀，我是一个钓饵呀。”张良恍然大悟般说。他也成为山顶洞委员会的成员了吗？

“不，你是为了你自己。你知道这墙的正式名称吗？它叫作人生保险箱，属于次生代科技构造丛的分支板块，是要为你服务一辈子的。”

“那，我可以跟箱子里的邻居们说说话吗？实在憋得慌呀。”

“不行。”

“为什么？”

“中年人，是成熟的人类了。你知道你跟年轻人的最大区别是什么吗？”

“是什么呢？”张良无地自容地小声问。

“也就是分寸。不说不该说的话，不做不该做的事。什么情况都能自个儿想明白，交流多了反而不好。有我陪你足够了嘛。”

“我想见你一面，你究竟长什么模样？”

“你见不到我的。再说，你心中不是一直还有另外一个人么？”那女人肆无忌惮地嘲笑道。

张良脸红了。他在“人生保险箱”中过着余生，度日如年。但他越来越感到幸福。那个不知其面的女人——或者女人的私处——的定期来访，使他丧失了反抗的欲望。他只是偶尔会想到，墙的另外一面是什么情况呢？也是玻璃做的吗？也挂着一排排时钟吗？它们大概没有如他这边这样停下，而在齐刷刷走动吧，与宇宙的节律保持一致。也许，那儿有一个不同的世界，但根本不存在时间，只是像一处舞台，挤满模特般的女人，都没有穿衣服，仙女般爬来爬去，把她们的那玩意儿轮流贴在挖出来的小穴上，供这边居住的男人们无偿使用，安抚他们躁动的神经，帮助他们完成楷模的工作。哦，那边是叙事世界，还是技术世界呢？如果都不是，又是什么呢？

有一天，张良心血来潮，又钻出洞穴，沿着绳梯，往更高处爬去，就好像要去寻找新的乌托邦。不一会儿他就感到气力不支，他才确切意识到，哎呀，他真的不年轻了，生命中最美好的时光都在一夜间用六万块钱交换出去了。

半途，他遇到一个男人，也在攀爬。他记得他就是当年撞墙运动中的那个睡眼惺松的年轻人，现在也是中年人了，仍然一副没有醒来的模样。那人告诉张良，墙后面并没有什么女人，存在的仅仅是这么一个小小器官，一个独立的、可以自由运动的有机构造，跟玩具一样，不同的是，被植入了人工智能。它是用人的盲肠移植在猪身上改造培育而来的。张良心念一动，就掀开衣服来看，见到自己的腹部，那儿果然有一道伤疤。

“就当作是青春被阉割后的纪念吧。”那人迷迷瞪瞪说。

“这怎么可能呢？”

“我们过去看看就知道了。这是我爬墙的目的。你呢？”

“我……”

“什么时间压缩纳米药物，都是骗人的。所谓的解放，也就是注意力的转移呀。你知道依靠传感驱动的机能性历史吧。”

“不知道。”

“哦，没有关系，爬过去看一看就知道了。”

“这墙上住的都是男人吗？”

“这还是一个谜呀。”

在反射着阳光的玻璃墙面上，他们继续半梦半醒而艰苦卓绝地爬着。这次行军看上去并不符合墙的逻辑。他们怎么可以离开自己居住的洞穴呢？越往上越冷，云遮雾绕，沿途经过许多山洞，里面栖居的人们面无表情瞅着他们。有的家伙仿佛进入了冬眠状态。竟然没有谁来阻止他们的冒险行为。

一个月后，他们终于精疲力竭爬到了墙头。这里空气稀薄，气压很低，太阳孤零零轻浮地飘飞在头顶附近，像一个纸糊的烧饼。张良把脑袋小心探过去，看到在墙的另一面，是一个无垠的黑色空间，像宇宙一样。无数的由盲肠改造而成的嘴形物，黯赤色的蚂蟥一般微微闪光，紧紧贴住墙面，湿淋淋地颤抖，或巡游不休，或吸附着一动不动，喝足了血一样胀得亮丽鲜红，似乎就要爆裂。它们的正后方，矗立着一台巨型的黄铜色机器，顶天立地，光芒万丈，令张良想到好莱坞电影中的巨兽，一串串数字在一块块液晶显示屏上飞快跳跃。机器周身喷出浓稠墨绿的油烟，像黑洞一样，释放出源源不绝的引力。宏伟的机器为嘴形物的游走，敷设了亿万道滑轨。机器的身上铭刻着几个红色大字，张良看过去，见到正是“山顶洞委员会”。

现在，张良确信，他已经站在世界最高处了。他低头看看下界，深不见底。他绝望地心想，如果跳下去，会怎样呢？这么高，应该会摔死的吧，也许会在久违的叙事世界引起一阵小小的惊动。但这样做会被技术世界认定为反抗行为吗？不，他得先观察了再说，都中年人了，不应该再像过去那样唐突冲动。死不可怕，被人笑话才可怕。他就谨慎地看了看。又有人爬了上来。也是想知道一个究竟吗？真是可笑。最终，观察的结果却是，墙上住了如此多的中年人，却没有一个人往下跳的。大家都妙不可言活着。果然是人生保险箱啊。张良就把头脑中不合时宜的念头打消了。

他又向下慢慢爬回了自己的山洞。吃饱营养液后，他平心静气等待接受女人——那准点出现的嘴形物施予的恩惠。

外星人写下去

这段时间，我一直忙着应酬。很多朋友争相请我吃饭。他们是小说家、散文家和诗人。我是一名乡镇企业家。我很高兴接受他们的邀请，因为他们虽然穷困潦倒，却都是本县的文化名人，而我又热爱文学，是他们的资助者，让他们能维持自己的爱好。但我不太理解的是，为什么他们要在这个时候，不顾囊中羞涩，纷纷请我吃饭呢？也许是有什么喜事吧——难道他们中有谁获得了诺贝尔文学奖吗？

这天晚上，又有一名小说家请我。酒过三巡，我实在忍不住，就问他这究竟咋回事。他吞吞吐吐红了脸说，是来向我话别的，因为就要出远门了。

“出远门？是去瑞典吗？”

“不是，是更远的地方。”

我实在想不出有什么地方比瑞典距本县还要遥远，一脸糊涂。他就解释：

“我们是外星人，就要离开地球了。”

“老大，你真会开玩笑。”我哭笑不得。

小说家悒郁地说：“你不相信有外星人？你认为外星人跟人类不可

能发生接触？你又要对我讲费米悖论了吧。”

噢，我当然知道费米悖论。根据这个理论，宇宙中的外星人倒是有很多，但是，由于相距太远，或者别的某种原因，大家彼此之间不可能发生交往，根本无法访问对方的星球。然而，此刻，我的面前，就坐着一位外星人，我还跟他是朋友，他热爱文学艺术，平时接受我的资助。我愕然，我吃惊，因为在我国，正常的文学工作者是绝对不会去谈论外太空的。所以，这事绝非寻常，或许它是真的？

“但问题是，你看，事实上并没有什么费米悖论。我们很早就来到了地球，与人类和平相处日久，只是没有向你们通报罢了。现在，我只把这个秘密告诉你。”外星来的小说家有些抱歉地说。

听到这里，我的酒就喝不下去了，有点想朝他脸上扔瓶子。我这么多年凭什么要资助一个外星人呢？

他见我这样，就劝慰道：“你可不要难过呀，其实，在你们这儿写小说本是一件愉快之事，因为有得可写呀，素材太丰富了。世界上一流的作家都是外星人，像福克纳、马尔克斯、略萨和川端康成，以及贵国的莫言、阎连科、余华和苏童，他们都是。至于有地球人跟风，制造出文字垃圾，把自己装扮成作家，则是另一回事。对此我们抱以宽容忍耐的态度，未用强力手段制止。”

我不禁想到，他说得很对啊，当前文坛鱼龙混杂、乌烟瘴气，光作家协会就有一万多名会员，但写出好作品的凤毛麟角，原来，大多数人并不是外星人啊。这些年来，从总体上看，文学创作的质量不高，甚至可以说是江河日下，献身写作事业的年轻人越来越少，就是因为外星人一个个离开地球了吗？可我还在傻乎乎资助他们。我觉得生活跟我开了一个玩笑。

我有些生气地说：“这有意思吗？”

外星来的小说家说：“不是有意思没意思的问题。这涉及不同的宇宙观。”

我是一名农村土生土长的文艺青年，自小对文学充满热爱，自己也拼命写，投稿给城市的文学刊物，却总遭到退稿（现在才知道这是由于我不是外星人），没有办法，最后只好去办乡镇企业。我赚了一点小钱，就节省下来，用于资助文学创作。像我这样的人，别说本县独一无二，全国来讲也寥若晨星。但最近办实业越来越难了，成本很高不说，还要遭到工商税务的刁难，还要给干部们进贡打点，资助文学这件事，常感捉襟见肘，但我并没打算放弃。可是让我无法理喻的是，这些外星人，有能力从那么远的地方跑到地球来，写个小说写个诗算什么呀，居然还要厚着脸皮拿我的资助，而且，现在说不写就不写了，自己就要撤了。文学是这么随随便便的吗？他们有良心和责任感吗？我有一种上当受骗感。然而这事似乎又是真的，否则无以解释这个时代的种种奇怪现象。比这更不可思议的事儿不是天天也在发生吗？我就努力让自己镇定下来，抓紧时间问外星人一些问题。

“你们为什么选择了做作家，而不是做政治家或者魔术师呢？”

“因为那些工作没有多大意思，在我们星球，文学要跩多了。”

“文学在你们那儿的地位究竟如何？”

“文学在我们星球上地位特别高，比政治和魔术要高得多。以我去年写的短篇小说《一瓶酱油》为例，从形式上讲，它就相当于贵星球爱因斯坦先生的相对论。但这只是一个比方罢了。我们那儿不搞相对论。质能公式仅仅适用于低维度世界。决定宇宙运行根本规律的是文学。我们是通过文学来做星际旅行的——把物质转化为故事，再把故事像孢子一样播撒到各个星系。当文学成为驱动方式时，时空的障碍就降解了。所以说这很跩。我们不需要搭乘太空船就能抵达地球，喳，脑子里闪现出一个文学火花，就立即飞到了。因此你们根本看不到实体的外星飞船来访。所谓的费米悖论就是这么产生的。总之，文学决定了我们的人生观、价值观和世界观，也决定了我们的旅行方式。我们通过文学来解决面临的问题。我们遇到了危险，我们要跟别的星球的生物打仗，就写小说、散文和诗歌，而不必发射什么奇点炸弹，也用不着造什么戴森球。那样做生态代价太大。”

“听上去很科幻——我的意思是，只有科幻小说敢这么写。但你们为什么一定要来地球呢？是要用文学拯救没落的人类吗？”

“不，不是拯救。我们只是来找一些素材，刚才说了，地球上有大量的创作素材，是我们星球上缺乏的。现在我们找够了，就要离开了。”

外星人说到这里，我才好像有些明白过来。我不禁想到，我们的作家都遭遇了什么——在大多数时代，作家因其作品而身陷囹圄，或因为对文字狱的恐惧而不得不在写作或发表作品时谨小慎微，或无法靠创作技艺维持生活，因为真正有文化的人少之又少，能为文学掏钱的人更是微乎其微。归根到底，在于所有人都不懂得，文学才是最跩的。大家以为赚钱才跩，以为当官才跩，以为笑贫不笑娼才跩。其实那些都不是。现在看来，文学这种事情，除了外星人，别人还真干不了。只有他们才能忍辱负重坚持到今天。

外星人又说："我们写作，当然也不是为了跩而跩，而归根到底是为了增添宇宙的多样性，换句话说，不是为了让自己跩，而是要让宇宙跩。”

“真对不起呀，在我们这儿，你们受太多苦了。”我想到，历史上那些遭受迫害而上吊跳楼投湖的文学工作者里面，可能有一些就是外星人。如此一来，人类的罪过就太大了，我们破坏了宇宙的踱性。外星人在离开时，会不会把地球炸毁，作为报复呢？

显然，我太小人之心了。就听外星小说家谦虚地说：“哪里哪里，那些磨难呀，都是我们自找的，为的是激发创作灵感和增添创作素材，让踱的更踱。”

“所以，诺贝尔文学奖都被你们拿了吗？”

“是的，这也是很踱的一件事情。其实，这个奖是我们设立的。”

“这么说来，你们自己奖励自己了……”我干巴巴说。年少时我曾经憧憬，自己有一天也能获得诺贝尔文学奖。现在终于知道，这是一个宇宙级别的玩笑。

“哦，算是心血来潮吧。”外星人有些脸红，也许他是喝多了。

“但你们走后，我们这儿就没有文学了。”我忽然很想抱头痛哭，赶紧拿起酒瓶塞住嘴。

“不，我们看到，地球本土的文学也在取得进步。似乎我们对你们产生了潜移默化的影响。我们几千年来用诗意的文字在你们的心灵上建立起殖民地，终于等来你们能够独立创作的一天了。你们不是刚刚提出了文化自信吗？这也是我们可以放心撤离的一个理由。”

说着，他从兜里掏出一本作协办的内部刊物，里面刊登了该机构今年要办的几件大事，其中之一就是开展以“地球梦”为主题的采风活动。

这时，我眼前忽然浮现了一张女人的脸，她便是我的老婆，在县里当文化干部。她最近仿佛变了一个人，一副洋洋自得、飞扬跋扈的样子，说接到上级通知，要大张旗鼓发展本县的文学艺术，增强各镇的文化自信，时不我待，她要在县文化馆主持开办高级写作班，把县里有点儿写作才干的年轻人集中起来，加以培训，并派他们到各村去采风，最后写出每个人心中的“地球梦”，谁不愿意写，谁就是外星人，就把他开除出作协。是的，这便是我的老婆。她已经有一阵子不愿意跟我睡一张床了。她整天忙着落实上级的指示，嫌弃我太边缘化。这就是外星人说的地球人也在发展自己的文学吗？我唯一能肯定的是，我老婆绝不是外星人。

想到这里，我惊出一身冷汗。我喃喃：“我们不行的，真是不行的，我知道我老婆的那点儿德性……你们走后，人类只怕会完蛋哟。”

外星人哼了一声：“那怎么可能。至少，你们会像蟑螂一样活下去。在我们看来，蟑螂也有自己的文学艺术，它们每天用身体和气味写作，只是你们看不到罢了。”

不知怎么的，我还是高兴不起来。我觉得外星人说这些话，是在安慰我。他们走后，地球上不再会有文学，这会直接导致人类的灭亡。我太了解作协，也太了解我老婆。

这天，我喝得快死。我回到家，趁着醉意，提出与老婆离婚。我一直觉得家庭生活十分别扭，现在才找到了真正的原因。这就是因为家里有很多蟑螂啊。它们泛滥成灾了。但老婆从不想办法清除它们。除了懒得做这事，还是因为她对这种小个子的暗色生物不屑一顾，根本不觉得它们懂得文学。但其实它们是懂的。她还给我起了个外号叫“蟑螂”，认为我无非跟这种昆虫一样。她从来就瞧不起我，也瞧不起我资助的那些作家。她认为我不配跟文学沾边。这回我见到外星人后，就提出跟老婆离婚，她立即同意了，似乎她也早在盼望这一天。

次日一早，我们到县民政局去办手续。说到离婚的理由时，我不方便提及外星人，这乃是不愿意出卖这些受过我资助的作家，我只是对工作人员说，我感到压抑，因为认识到蟑螂是宇宙中一种伟大的生物，它们懂得文学。在这点上，我跟老婆的立场有异。但工作人员笑道，这可不是离婚的理由。但我还是坚持这样说。由于我是本县知名乡镇企业家，纳税大户，他们不好意思不让我离，而我的老婆也很有权势，结果就离成了。

离婚后，我终于一个人了，于是可以去看星星了。小时候我很喜欢看星星，结婚后就不成了。我被迫与老婆睡在一个屋檐下。她赤裸裸黏糊糊地躺在蟑螂堆里，像它们的母亲一样，在含混不清的睡梦中把背冲着我，声色俱厉说着下流的梦话，夹带训斥那些不知好歹的年轻创作者，并责备我把辛辛苦苦赚来的钱用在这些不成器的人身上。我知道她这其实是心怀嫉妒，因为她最早是想做诗人的，却与我一样不是外星人，缺乏文学才华，什么也搞不成。但她比我强的是，她最后削尖脑袋，通过跟分管文化的副县长睡觉，得到重用，在县里做了文化干部。可怜的地球女人。每当听着老婆对我破口大骂，数说我不成器，喊我“蟑螂”，我都想要逃离这颗星球。现在，我终于离婚了。我第一次为蟑螂这个名字感到自豪。

我正看着星星，便见到有流星一样的东西正从周围的房顶上、马路边、田地中和山岭间嗖嗖嗖往天上飞去。我看花了眼吗？不，正是这样的。宇宙跟人类想象的大不一样。天上本来没有星星，星星都是正儿八经从地球上飞出去的。星星在上升过程中就像春天到来一般，把黑暗的天空灿然映亮，从而令我们的世界有了一些儿光明的颜色。那是外星来的小说家、散文家和诗人们，在一个个飞升而去。他们礼貌地离开，去拥抱真实的、伟大的、神圣的䞣，只把人类和蟑螂留在地球上。

又过了一天，酒醒了，我才觉得有些问题。想到今后要介入蟑螂的文学，说不定还要资助这种动物，那怎么也得做些准备吧。我就来到城关镇，在县文化馆门前晃来晃去，像是要引起人们的注意。反正我已与老婆离婚了，这儿我就可以随便来了。以前，我虽然喜欢文学，热爱写作，虽然口袋里有几个臭钱，但从不敢到这种地方来，仿佛它是一个军事禁区。这时，我看到很多人衣冠楚楚，进进出出，都是作家的模样。他们中间还有未走的外星人吗？我不知道。然后我看到了分管文化的副县长，我知道他一定不是外星人，他跟我老婆一直在偷情。但我没有看到蟑螂。县文化馆门前的广场已被打扫得干干净净。那么，我是来做什么呢？过了一会儿，我终于明白了。我来这里，的确是要做点儿什么——大概是觉得县里面还是可以出面做一些工作的，毕竟它拥有的权力比乡镇企业要大一千倍，它如果肯想办法，是可以争取把外星人挽留下来的，这不仅仅是给地球人一点面子，还关系到我们的文学事业，关系到我们的生存，还是不要把空间都留给蟑螂吧。我很意外自己竟这么想，但除此之外确无别的办法。也许我不该与老婆离婚。我需要她的大力支持和帮助。

我一手揣在怀里，汗津津捏住一个纸牌子，上面写着标语口号："他们是外星人！让他们留下来！让他们写下去！"但我哆嗦着不敢拿出来。县文化馆门前雄赳赳站着两名壮硕的保安，他们的形象和神情令我心惊胆战。这时，我看到了我的老婆——我的前妻。她披头散发，哭丧着脸，大步流星一头奔来，急匆匆往县文化馆里冲去，也不知道要去做什么，是去找分管副县长汇报写作培训班的进展吗？她也明白了今后需要发展蟑螂的文学吗？我为自己的胆怯而感到丢脸，就灰溜溜走了。

回家路上，我头脑里走马灯般回旋着我读过的那些文学名著，从《荷马史诗》想到《红楼梦》，从《尤利西斯》想到《阿Q正传》。原来都是外星人写的呀。就是他们在代我们忧思，代我们呐喊，代我们彷徨，代我们欢颜，代我们流泪，代我们爱憎嘛。而我们整天劳碌形骸，又瞎忙了些什么呢？我一遍遍回忆那些原本熟悉现在却变得陌生的作品和作家们，想到我和人类的前途命运，眼泪就哗哗流了下来。外星人留下的文字也曾经在连蟑螂也不如的人类中代代流传，直至成了我们那卑微而落后的文明的一部分，至少是本县卑微而落后的文明的一部分，这是多么不容易呀。据考证本县建于公元前二二二年，这里山川秀丽，人文荟萃，“十里乡村，不废诵读”，很早就建有学宫、书院、书屋，出产了一批小说家、散文家和诗人。看来外星人很早就住在这儿了，把本县当创作基地。但现在他们却要走了。

我悲哀到了深处，便去洗浴中心找小姐。我绝望地对她说：“该怎么办呢？一个没有外星人的时代，即将来临。”她一听就乐了：“真有意思！怎么大家现在说话都这样啊。昨天还有客人说他是外星人呢，办完事还送我一本书做礼物。”说着她就在手袋里面使劲掏。在化妆盒与避孕套之间，果然夹了一本《文明愁旅》的散文集。作者也是本县人，我的朋友之一，几天前刚刚与我吃了告别饭。这帮家伙，只说把秘密告诉我一个人，不料却跟小姐也讲了。我不爽地冲小姐大吼：“难道要让人自杀吗？今后我国靠谁去拿诺贝尔文学奖呢？蟑螂吗？让一个离婚的男人承受这样的打击，合理吗？人人都不在乎，或装作视而不见。好像没有文学的世界，是一点儿也无所谓的！”

小姐听了，没有生气，只嫣然一笑，对我道：“你怎么这样悲观呀。为什么确信只有作家才是外星人呢？这个时代啊，各行各业的人都可以是！你怎么不想想我也是外星人呢？你刚才明明睡了一个外星人哟。甚至你待会儿与我告别时，只怕也会说自己是外星人的。说不定你也要远赴他乡了，再不回到这片土地，也再不找我睡觉。你内心深处一定觉得，这儿丝毫不值得留恋，所以你才跟老婆离婚哟。因此，请不要悲哀，不要难过。你怎么知道你今后要做的就不比他们更踿呢？”听她这样讲，我便恸哭起来：“但这样一来，人类就真的什么都没有了。”说到“人类”二字，我又羞惭不已。我有什么资格提它？小姐撇撇嘴：“那又有什么关系呢？我的客人告诉我，好日子才刚刚开头呢。傻子。”

我与小姐告别，离开洗浴中心，又去了县文化馆。这回，我不顾保安虎视眈眈，壮起胆子，把纸牌从怀中拽出来，高高举起，只是我把上面的文字稍微改了下：“我们是外星人！让我们留下来！让我们写下去！”但过了半天也没有群众上来围观，只除了我的前妻经过时冲我冷笑一下，又朝我身后使个眼色。我就像遭遇小姐一样，丢盔卸甲了，匆匆扔下纸牌，悻悻掉头看去。原来，是一队蟑螂正在马路上大大方方昂首走过，就好像要去参加写作大赛。

离都与坎城的故事或英雄的新新新人类之末日

一、新新人类 VS “老叫叫”

在离都，“春节”，只是记录在日历上的两个陌生方块字。然而，作为一种死亡风俗裹尸布的日历，其实也只是徒具民族形式。

它是第一批移民稀里糊涂从坎城那边带过来的。那可是老新人类时候的 × 事了。

而如今，魔鬼色的釉花早已在广场和小巷中欲火焚身地熊熊开放，在离都出生的新新人类，比如，Ch 妠，不知道也不想知道发生在从前的事情。

Ch 妠貌美如花，这年十二岁。在离都，女孩子的身体在十二岁便已发育成熟，该看到的都早看到了，该经历的都早经历了。她们对未来从不憧憬。

Ch 妠在大年初一这天早晨醒来，视网膜上映现的第一样东西是她父亲的形体。

老头儿把自己未经肉体加工术修饰的身躯赤裸裸地放置在榻榻米上，那种大便似的姿势打小就让 Ch 妠心烦。

Ch 妠发出一声警报器般的尖叫："像个垃圾筒似的，你能不能换一个粹一些的姿势？"

八岁时第一次来月经那年，Ch 妠就自作主张去美容院把舌头修饰掉了，嘴巴整个地凿成一个空空的溶洞。女孩的这副尊容，四年前是最粹的。如今，她的话语，要借助安放在喉头的廖氏共鸣器来发出。

父亲仍然一动不动原样坐着。

"老叫叫，我叫你换一个姿势！"

"你是怎么对我说话的？你再说一遍。"父亲淫邪地瞟了女儿一眼。

Ch 妠被激怒了，顾不上穿褡裢，赤裸着从床上跃起，从空中飞过去，一头撞倒父亲。老头儿的脑袋碰碎了一张釉椅，响起一片哗啦啦的声音。

男人"哎哟"一声，一个鲤鱼打挺，冲着 Ch 妠扮了一个鬼脸，忽然飞起一脚，踢在女孩的乳房上。

Ch 妠被踢飞起来，蜥蜴一样掉在床下。她哼了一句"该死的老叫叫"，缩紧尾闾爬起身来，跑到外屋，从挂在衣架上的褡裢口袋里摸出一把点二二，又冲了回来。

女儿对着父亲开了两枪，把他打死了。

然后，她慢慢吞吞一件件穿上内裤、胸罩和褡裢，坐在妆台前开始仔仔细细化妆。母亲走过来，不说话只浑身打抖。

半个小时后，Ch 妠要出门了。经过母亲身边时，她说："你们这些老叫叫尽给我找粪事！"

二、罗斯扎克咒语

Ch 妠气冲冲走出屋子，进入离都城。

离都是一座历史不算悠久的人造城市，方圆七百七十七平方公里，城中的一切都是强化釉做的。

在这座城里，居民住宅全是统一的干栏式建筑。为了培养身体力行的德操并消灭贫富差别，全城没有车辆。

离都城中的所谓道路，不过是仅容两人擦肩而过的小巷。有个别地方，开辟出狭小但实用的广场，是停放尸体的场所，也供活人们偶尔聚会时使用。

城里没有植物和除人之外的动物，也没有政府、警察和四季。天空永远像一篇散文，因为不知怎么回事它总是妖绿色的，绿得就像是从前的春雨。

Ch 妠来到一个自助酒吧。一大早，人很少。顾客包括 Ch 妠在内只有三个人。

另外两个像是 Ch 妠父母那般年纪的家伙，看到 Ch 妠进来，害怕得赶忙扔下酒杯跑掉了。

Ch 妠哼哼唧唧坐下来，取了一杯五十六度健力宝。离都世界的酒类和粮食都是从空气分子中直接合成的。酒还没有沾唇，Ch 妠便已经忘记早上发生的事了。

对她来讲，那只是一起偶然事件。

她头脑嗡嗡地坐着发了一会儿呆，不知道该干什么。忽然记起还要上班，她便离开酒吧往公司赶。

离都是一座繁忙而充实的城市，没有节假日的概念，人们一年到头都在上班，为社会创造财富。

Ch 呐走了不到一里路，母亲追上来了。女人披头散发，哭哭啼啼。Ch 呐这才想起早上的事，她意识到自己其实是爱父亲的，于是心烦地加快脚步。

母亲在后面尖叫：“作孽啊，罗斯扎克最清楚，三十年前，我们刚来离都的时候，真的是不想要你的。但后来还是落俗了。”

Ch 呐心里恐惧，嘴里却冷笑。

母亲继续鬼一样哭喊：“我和你父亲年轻时，什么也不吝，为了赶粹，才制作了这个反物质身，要来离都就得有这样的 ID。那时我们俩的年龄加起来才三十岁。回想往事，真他妈像做梦！”

说起这个来 Ch 呐便生气。×，你们干吗一定要来离都呢？你们配吗？她觉得，自己是父母屙出来的一堆臭屎。但她这么多年又离不开他们，因为他们就是马桶，她在内心深爱着他们。

这时，天空中响起一串炸雷似的声音：“罗斯扎克说得好：你当初反叛的，今日却统统要管制你；你当初背离的，今日你统统要归去。”

听到这不知从何而来的声音，Ch 呐和母亲都呆住了。Ch 呐从小就听着这声音长大，却不知道谁是罗斯扎克，心里更烦了。

一时间她觉得，母亲和死去的父亲是商量好了来合伙欺负她的。她委屈地大哭，抹着眼泪跑走了。

三、少男少女最喜欢的游戏

经过一个广场的时候，Ch 呐看到了几十名少男少女。他们聚在一起玩一个游戏。有一个声音，在叫她过去。是一个Ch 妠认识的男孩。

男孩的身体也是改造过的，腋下生出一对花里胡哨的装饰性翅膀。他说日语，偶尔间杂几句上海话。

“这么着急赶路，有什么粹嘛。早晨是锻炼的时候，要不要来一次？”那鸟似的家伙说着，吱吱叫着凑过来。

Ch 妠看看表，离上班只有十分钟了。“我不否。”她说，一边脱掉褡裢。

男人习惯用口。他那玩意儿是自阉后再造的，整个弄成一根强化釉水管。

“×，你这个洞好粹。”男人说的是Ch 妠的嘴。四年之后居然还有人赞美她的嘴，Ch 妠有些得意，看来那一刀很值。

快要高潮的时候，一个头上长着一只金银花独角、鼻子修饰成牛魔王形状的半大女孩走过来，拎着头发把那男孩从Ch 妠身上揪开了。

女孩把一支长筒猎枪向Ch 妠挑逗着展示，问她干不干。她使用的是西班牙语。

Ch 妠知道这是一个有着悠久历史的传统游戏，据说是老新人类发明的。

Ch 妠故作腼腆地笑了笑，回答了一句印第语，随即又换上四川话。

那身强体壮的女孩便让Ch 妠躺下来，由她先帮她做。

她旋转了一下弹仓，把猎枪塞进Ch 妠的阴道，来回抽动。抽到一百下时，她扣动了扳机，却什么也没有发生。Ch 妠想，讨厌，我还要上班哩。

一柄枪里一次可装十二颗子弹，游戏的常规玩法是去掉十一颗，留下一颗。

运气好的话，枪便会在阴道里打响。

Ch 妠一言不发，爬起来，旋转了一下弹仓，把猎枪塞入了对方的下身。她也抽动了一百下，然后，扣动扳机。枪仍然没有响。

那女人站起身，满脸的失望。她要揍 Ch 妠。Ch 妠吓得跑掉了。

不一会儿，身后响起枪声。那个女孩却在自慰的过程中，把自己打死了。

四、单位是做尺子的

Ch 妠来到单位时，已经迟到了。

Ch 妠的公司是做尺子的。这是离都城最夕阳的制造业。新新人类早不用尺子了，他们只使用釉原子丈量器。只有过气的旧新人类每过一段时间还要用尺子度量一下离都的实际面积，担心着它的版图会缩小。

说起来，这是 Ch 妠这一年中换的第十个单位。每次她其实都想做长一些，但是，总是做不长。而每次感觉到要被炒掉的时候，她总是抢先一步提出辞职。

Ch 妠在流水线边坐下来，开始努力干活，却总是出错。

领班是一个中年男人，大声训斥："笨蛋，你是怎么搞的？今天可是大年初一。"

Ch 妠不敢抬头，说："我否，不知道什么大年初一。"

领班鄙夷地说："你否。我最看不惯你们这些新新人类了。"

Ch 妠再也忍不住："我们新新人类又怎么啦？我打的尺子难道不

粹吗？”

领班拿起 Ch 娴做的尺子，把它掰断，说：“你们这种人，永远眼高手低。搞不懂离都城里这些年怎么都是这样的人。”

Ch 娴哇地一声大哭起来。她最受不得人说她眼高手低，把制尺钳一摔，一边哭一边尖叫：“我否，我辞职，我不做啦！”

周围的同事没有谁看一眼 Ch 娴，更没有人上来帮她求个情什么的。在离都，Ch 娴没有一个朋友。

Ch 娴气咻咻走出公司大门。这时，她感到了强烈的自卑，哭得更凶了。哭了一会儿，她决定不能就这样轻轻松松离开。

尺子公司对面有一个自由市场，出售离都世界里一切可以出售的唬人东西，包括鞭炮、罗盘、公章和手纸。

Ch 娴在军械摊上选购了一颗谐振炸弹。这炸弹一定是按照坎城的型制仿造的，只是电子自旋的方向不一样。它还有一个俗名叫“定时炸弹”。也就是说，顾客可以根据自己的意愿设置爆炸时间。这是让离都人民唯一感到有把握自由支配时间的东西。

Ch 娴返回来，把炸弹放在公司的墙角，然后，转身跑掉了。

五、神庙是唯一的

没有了单位的 Ch 娴，在离都城里漫无目的地游走。走出五百米，她才忽然记起，那颗炸弹，她还没有设定时间呢。

Ch 娴觉得自己十分失败。她浑身冰凉地站在原地思考了半个小时，准备返回去为炸弹设定时间，却又感到做这事已经没有了任何意义。她于是决定一不做二不休继续走下去。

不知不觉，Ch 妠来到一座宏伟的神庙前。神庙是第一代离都人修建的，是离都城里唯一的宗教场所，落成大典举行后，却从来没有人使用过。

Ch 妠走进去，见里面空空荡荡，却有几百盏水银灯明晃晃点着，像是一直要撑到时间的尽头。在稍微阴暗一些的角落里，有一张孤零零的台子，上面伫立着一尊釉质的男性神祇，白白胖胖的样子。

她之前没有见过男人以釉的形象出现，心里暗暗有些吃惊，竟不敢直视他。

这时，她看见神庙侧面有一道楼梯，便好奇地循着它往上爬去。

神庙是离都城里唯一的高层建筑，有二十四层楼高。Ch 妠爬到了顶部的钟楼。

她从钟楼里唯一的一扇窗户往外看，只见下面的灰色房屋横无涯际，死海一样，没有分别，不起波澜，中间穿插着暗黑的溪流般小道，有的地方堆满尸体，有一些活人像老鼠在爬。

这便是真实的离都，是 Ch 妠的父母千辛万苦不顾一切决意要来的地方，而 Ch 妠本人便是在这里出生并成长到十二岁的。

离都像一个巨型的浮萍，没有一点根基地在宇宙的腐水中漂荡。只有在神庙的顶端才能看到这个真相。可是，为什么一直没有人爬上来看呢？

Ch 妠把噙满泪花的双眼抬起来，透过妖绿色的大气，便看见远离离都的地平线上还蹲踞着一座庞大的城市。

她知道那是坎城。父母就是从那里移民来到离都的。据说，离都的人不能到坎城去，一去就会出问题。这大概是一种地域歧视。

想到这里，Ch 妠便丧失了活下去的全部勇气。她心一横，刚要从窗口纵身跳下，却被一只手拉扯住。

六、预言离都会消失的男人

Ch 妠回头一看，见是一个男孩子，白白胖胖的，竟像是那个釉质神像从台上自己走了下来。

Ch 妠轻蔑地想，这个年头，居然还有救人的。“放开我！”她冲男人嚷。

“不行，你是不能这样对待自己的生命的。”那家伙可怜兮兮看着 Ch 妠说。

Ch 妠用膝盖顶了他的下身一下，男人负痛，她才用力挣脱。那男人却又不顾一切一把抱住她，这回弄得女人浑身没了力气。

“你松手好了，我不跳就是。”Ch 妠泄气地说，觉得与他玩这个毫无意义。

他们在钟楼的墙角坐下来，都尴尬地不知道说什么好。过了一阵，Ch 妠才有气无力说：“×，你干吗这样否？”

听见 Ch 妠终于说话，男人仿佛松了一口气。他目不转睛盯着 Ch 妠下巴上方那个大洞，结结巴巴说：“不好意思，总而言之，不知道什么时候便形成了这种吞怪的念头，就是不想看到有人在我面前死去。那样的话，人口会少下去。离都，便会消失，成为一座空无一人的死城。你有没有想过未来？”

Ch 妠从来没有听人预言离都会消失，也确实没有想过未来。她感到非常震惊，也十分好奇，便决定暂时打消去死的念头。她稍微认真地看了男人一眼，见他十六七岁的样子，如果没有进行形体改造或服用促长激素，那么，与 Ch 妠便不是一代人。

“消失便消失吧。”她勉力嘲笑道，心里却对他有了一种不寻常的好感，不是因为他救人的反常举动，不是因为他离奇的责任感，而是因为他在某处的与众不同。

Ch 妠很清楚，在离都，正如激素分泌的过程，好感来得快也去得快，她得抓紧时间。她一把抓住他的手。他像是被电了一下。

“你不会是从坎城来的人吧。”她睨视他。

“我正经八百出生在离都。但我很向往坎城。”

“吞怪。”

“一点也不吞怪。我知道有一些人，也像我这样想。”

“坎城有什么好向往的？”

“我不知道，打小便想着到那边去看一看。那才是离都人的归宿。”

“那边能过去吗？我听说是不能的。”

“能从那边过来，也就能从这边过去。”

“吞怪。你真的不否。”

Ch 妠觉得，这人很异类，更喜欢他了。她知道自己不如他深刻，怕他看出来，也忧虑着陷入无话找话的恐惧，便心情紧张地抱住他，用嘴堵住他的嘴。她感到他的身体在战栗。她一不做二不休，脱掉他的褡裢。他那玩意儿软塌塌的，跟他的年龄不相称。她有节奏地捏搓它。他害怕地叽咕：“不、不要这样嘛。”不一会儿，便硬了。

“你怕我强奸你？别怕，×，我们这回不玩枪。”她甜腻地笑道，罕有地显现出少女的温柔。这时她才恢复了自信。

但他却很笨拙，而且，迅速泄了。她能确定他的身体是原装的。这倒少见。

她掏出一小片脏兮兮的釉膜，马马虎虎刮擦了两下他的下身，好奇地问：“你是童男吗？”

他红着脸“嗯”了一声。

她又感到十分吞怪，想笑又想哭。这时，觉得这男人在招人喜欢中，索然无味了，成了第二片脏兮兮的釉膜——是她把他弄脏了。

“再见，童男。”她说。

“噢，我怎么才能再见到你？”男人哭丧着脸问。

“等我下次去见我爹的时候。看你有没有运气了。”

“喂，我一定带你去坎城。记住我的名字，我叫U5夏。”

Ch 呐又恢复了冷酷的表情，用半边脸朝U5夏笑了笑，便走掉了。她知道自己很快便会忘掉他的。这时，坎城又在远方神秘地闪光了。

七、离都的未来

Ch 呐继续一个人在离都城里游荡，觉得心旷神怡。

她来到一座看上去像是自助美容院的灰色平房前，看见一群比她更小的孩子，满脸兴奋得红彤彤的，在美容院门前排着长队。

她知道，他们是炼脑族，在等待做开颅手术。大概的意思是，从大脑皮层上引流出少许物质，经过防腐处理，装在透明的小釉瓶里，再挂在自己胸前。

这是离都城时下最粹的装饰。

但像 Ch 妠这样的新新人类，已经没有资格做这种手术，或者，即便做了，因为代沟的缘故，也只是惹人笑。她因此十分嫉恨他们。

这时，他们也看见了 Ch 妠，发出一片嘘声，朝她投掷出釉瓶。“只知道拿着猎枪互相捅来捅去的老家伙，玩不出新鲜花样了。”他们哄哄地嘲笑她。

她咬紧嘴唇，觉得蒙受了奇耻大辱，心里又害怕，急忙抱头鼠窜。一边跑，一边想：看我怎么报复你们。却不敢回头再看。

离都的未来啊。这时，她想起那男人奇怪的话。

八、孩子的用处

青春早逝的腐臭感，加上报复心的利剑，融熔成了炽烧着女人的酒精灯，这才是在离都活下去的真实动力。

Ch 妠憋着一股怒火，一路飞跑来到孤儿院。她有很久没来这里了。

在过去的三年中，Ch 妠生下的十二个孩子中的三个，便寄养在这所孤儿院里。

跟父母那一代人不同，她从来不主动跟尺子打交道，也从不自愿堕胎。那已是一种过气的习俗。

父母只要了 Ch 妠一个，这肯定是一切错误的根源。Ch 妠是不会只要一个的，也不会把金钱浪费在胚胎工厂。

如今，因为肉体技术的进步，离都女人怀孕和生产的速度都十分快捷，胎儿在子宫里二十天便能发育成熟，比来月经还快。

Ch 妠进到孤儿院，从活动场上的几百多个孩子中，一眼便认出了她的那三个。

其中一个孩子，见有人来了，把脑袋举起，直愣愣看她。另外两个则没有反应。她向看她的那孩子招招手。

“你是谁？”那孩子铁青着脸走过来，喉咙深处很粹地挤出一声。

她的样子比他还粹，说：“我是你妈。”

“原来是妈妈。”小孩沉着地点点头，表示认可。

她注意到，他的打扮和发式，已经很时尚了，他的嗓音也开始接近于大人。他是她所有孩子中最年长的一个，已经三岁，大概也是智商最高的那个。

“你长大了，×，妈妈来带你去买名牌褡裢，好不好？”

“你早该这样了。别人的妈妈早来过了。但你不准带他们。”小孩子朝他的两个弟弟咬牙切齿地努努嘴。他们正打成一团，浑身是血。

她牵着孩子的手，带他离开孤儿院。这时，她产生了一种少有的兴奋。

她带着小家伙去到自助商场，在儿童区选购褡裢和鞋子，有AZONA、DIOR、SPARKLE、NIKE等牌子。这些东西据说都是仿造坎城的赝品。

她把儿子从头到脚打扮起来，然后对着他左顾右盼，乐了。他这副模样，比那伙炼脑族粹多了。只是，她还不愿带他去做脑物质引流手术，她舍不得花那笔钱。

这时，她心跳得厉害，手伸进外衣口袋摸了摸枪。但她看了看周围川流不息的顾客，便打消了那个念头。

她带着儿子，离开商场，穿街走巷。一路上，孩子一言不发，冷峻的神情像个大人。他毫不惊奇地打量他第一次见到的离都建筑，不时投射出不屑一顾的目光，往往又显得很有城府，这种早熟的感觉使Ch 妠又一次感到嫉妒。

她不知道要带儿子到哪里去。绕来绕去，最后还是来到神庙。还不到半天，Ch 妠的内心深处便对这地方产生了隐秘的冲动。

她没有带儿子去看神像，因为害怕他会把他当作情敌，而是径直带他上了钟楼。她把他抱起来，放在高高的窗户沿上。

“坐好了。看，那边多美啊。”

她一边指远方光焰弥漫、热气蒸腾的坎城，一边往他嘴里塞了一颗水果糖。那孩子夸张地使劲嚼起来，像是从来没有吃过糖。这让她心头一酸。

孩子好奇地问：“那是什么呀？”

“是坎城。”

“坎城是什么呢？”

“是一个很粹的去处。”

“比孤儿院还粹吗？”

“当然了。”Ch 妠说着，心里想，你和你妈一样，这一辈子也去不了坎城。她这时已对坎城有些着迷了。

“妈妈，我有点害怕。”孩子把糖嚼得嘣嘣响，低头看了看地面。

“很快你就不会害怕了。”她安慰他，也安慰自己。

这时，连 Ch 妠的手也有些发抖。但这仅仅是一瞬间的事情。她把孩子推了下去。

几秒钟后，地面传来“扑通”一响。离都的未来很坚强，没有发出一声喊叫。

女人心头荡漾开来一股强烈的报复快感。她觉得自己已经战胜了炼脑族。她想笑一笑，但笑声却挤压在共鸣器的底部蹿不上来。

这时，她感觉到有一道目光冷冷地浇在自己的脊背上。她大吃一惊。是那个叫U5夏的男人又来了么?

她慌张地转过头，看见墙角蜷缩着一个满脸是灰的老太婆，是一个乞丐，正诡笑着注视她。

她气不打一处来，掏出枪把她打死了。

然后，她走到楼下，把儿子身上的褡裢剥下来。她想，下一次还用得着。

她还有十一个孩子。

九、美妙的尸体

高涨的情绪只保持了一会儿，很快，Ch 妠便又陷入极度的空虚。

她意识到自己十分需要钱。她的形象还不够粹，需要做进一步的加工改造。

或许，她最终会向小孩们学习，也去做脑汁抽取术?但他们会接纳她吗?

是的，她得先把自己修饰得更年幼一些，这正是所有离都人进化的正确方向。

为了挣钱，晚上，她又找到了一份工作：清扫尸体。

离都人民的平均寿命其实一点儿也不长，不是办不到，而是他们自己就不想活太长。年轻人整天忙着拿性命开玩笑，不少人莫名其妙就死了，尸体便随手扔在小巷。

于是，到了晚上，收尸工的身影便四处浮现了，他们乐呵呵地把死人运送到垃圾场。

对于干好这份工作，Ch 妫像以往一样，并没有太强的自信。但她决定，这回一定要认真去做，给那些说她干不好的人瞧瞧。

她气喘吁吁拎着一个黑色的大塑料袋，和一个中年妇女一起，把那些乱七八糟的尸体装进袋子，一个个拖到指定的和非指定的垃圾场。那就是清晨时分人们做爱的广场，到了晚上尸体便堆成小山。说也奇怪，在离都，它们都不腐烂。

小巷里，清脆地响着 Ch 妫和中年妇女悠扬的脚步声，以及尸袋的曳地声。在 Ch 妫听来这简直是美妙的音乐。两人互相也不说话，仿佛对方根本不存在，或者，把对方当作一具尸体。

这时，Ch 妫又觉得自己很粹了，她感受到她的妖气与离都的鬼气交汇在一起。

她们笨手笨脚收拾了十几具尸体，其中，便有 Ch 妫的父亲。老头儿是被人随便扔在一个墙角的，那缩手缩脚的样子比他活着时粹多了。可能，是 Ch 妫的母亲偷偷干的。这令 Ch 妫又一次怀疑二老真实的感情世界。

但是，Ch 妫没有发现儿子的尸体。

忙到半夜，Ch 妫疲惫了，也开始对这份工作感到厌倦。又拖了一具尸体，放下后，她便躺在死人堆里打呼噜睡去。睡得那个香啊，有人用猎枪捅她阴道她都不会知道。那位女同事也不管她，机器人一般快活地自个儿拎着尸袋走掉了。

这一觉睡到大天亮，Ch 妫才被一种陌生的动静惊醒。她看到那个中年妇女鬼鬼祟祟回来了，咔咔笑着在尸堆中嗒嗒地走来走去，撬开一个个死人的嘴巴，用小釉锤一颗颗敲下牙齿。

Ch 妠记起有人说过，在这个世界上，一切无所谓，只有死人的牙齿价值连城。

对啊，就是死人的牙齿噢。

据说，是坎城的居民需要这个。所以，向坎城走私牙齿的生意近年来一直盛行，造就了一批暴发户。

又据说，对于那边的人来讲，这是不折不扣的反物质牙齿，因此很稀奇。传说，坎城的年轻人用它们制造时尚的饰品，那才叫粹。

“无聊。”Ch 妠在心里咒骂，觉得离都人都很虚伪。但想到自己也对坎城产生过好感，她脸发烧了。

这时，她忽然忆起那个救她性命的男人，他好像叫 U5 夏？

十、U5 夏

这一回，Ch 妠坚持着干了三天，才辞掉了清扫尸体工作。说实话，她有点舍不得。

她潜意识里渴望着那中年妇女趁她没有醒来时，把她的牙齿也敲掉两颗，送给坎城的年轻人做饰物。那种感觉多让人陶醉呀。

自从听 U5 夏说那边也是可以过去后，她便有点莫名心动。她很想看一看那边的年轻男人都长得什么样子。

可是那中年妇女偏偏不到她的身边来。这让 Ch 妠又感到自卑。

她想，×，凭什么呀。便浑身发臭地离开尸体堆积场。刚走没几步，迎面撞上U5夏。

“我一直在找你呢。老天慈悲，终于在这里遇到了！”U5夏喜出望外，原本肉嘟嘟的脸蛋却消瘦了许多。

Ch呐没有想到，这男人竟然真的在找她，心头有些感动，脸上仍然冰冷。

这时，受一种吞怪念头的支使，她竟然想与这个异性有一番愉悦的对话，这种冲动，一定与一上来便脱褡裢的感觉不同。

但她却不知道该对他说些什么。她恨父母，他们从小只教会了她性交的本事，而没有传授给她交谈的能力。父母说话，总是用吞怪而讨厌的缩略语。那是坎城的古老遗产。

“我喜欢你！”U5夏像是鼓足了勇气说，薄薄的脸儿涨红了，看上去像个婴孩，完全没有了神像的稳重与矜持。这让Ch呐既恶心又亢奋。

她撇撇嘴角：“骗人。”心头嘣嘣跳。这是不曾有过的。太蠢了。

“我是认真的。”那男孩的双手来来回回使劲搓着，一些黑乎乎的釉泥乱七八糟往下掉。

Ch呐轻声说：“我不信。”

他又开始无话找话。他说，他在一家尺子公司工作，为旧新人类服务。他很厌倦公司的节奏，也烦领班和同事的坐姿。他热爱自由。他一点也不喜欢尺子。

这种话，Ch呐听无数人说过无遍数，而她也对无数人说过无数遍。她有几分失望。这时，她看清楚了在他嘴巴的那个洞里，随着他的口水翻起浪花，一条猩红的舌头像船桨一拍一摆。

他口齿不清地告诉她，他找到了去坎城的办法，他要带她过去，

“我是来救你的，也是来救离都！”

这倒是一个新鲜的提法。她听起来就像是一次充满悬念的逃亡或者私奔。她在憧憬中犹豫。

十一、坎城

U5 夏又带 Ch 妠来到神庙，来到那天她自杀未遂的地方。四天中她是第三次来这里了。

这神庙修好后便没有别人来过，难道，竟是为 Ch 妠打造的么？莫不是真的就要出现什么奇迹吧？她心跳不止。

这一男一女趴在窗户边，鬼头鬼脑看过去，只见坎城栉水母一般浮出在一片彩色斑斓的灯火海洋上，霓虹打出了无数“欢度春节”“年年有余”的方块字，他们却不知道这叫作吉祥气氛。

他们只是怅然想起，依照日历在理论上的描述，这古老的节日还没有结束啊。

Ch 妠觉得今天看这城的感觉，与那天看时相比，有些不一样了。坎城变了么？啊，也许，是心情不同了吧。

她忽然意识到，“春节”与这个神庙，以及与自己，有着隐秘的关系。离都人到底是谁的后裔呢？离都和坎城是就这么孤立地存在着，还是附着在一个更大的世界上？那个世界究竟是什么样子？是否还有无数的离都和坎城？

她不由得紧张起来，便强迫症一般无话找话：“那城市真大啊。比离都大多了。房子都那么高！”

U5 夏柔美地笑了："据说，马路还很宽呢，是这里的十几倍。上面可以跑汽车。"

"什么是汽车？" Ch 娲说着，心里挂念的，还是"春节"。

U5 夏道："一种离都人想象都想象不出来的代步工具，是通过燃烧女人脂肪来推动的金属家伙，有四个人皮做的轱辘。你父母没有告诉过你么？"

"从来没有。他们大概是不喜欢汽车，才从那边跑过来的，当然不愿意重提坎城旧事。"听到燃烧女人脂肪，Ch 娲情不自禁来了精神。

"这么粹的事情，你都不知道啊。真可怜。"U5 夏重重叹了一口气。Ch 娲觉得有些假。她想到了家中的那本日历。

U5 夏又语重心长说："据我的父母讲，坎城有一种人类，被叫作英雄的，拥有亿万的崇拜者，都是年轻人，而我们这里却没有。所以离都一天天烂了下去。离都应该制造自己的英雄。"

英雄，这个陌生的词汇，在 Ch 娲的心里有力地夯了一下。她把它记住了。"听你这么说，坎城很粹啊。"

"的确非同凡响。其实，离都和坎城原来都属于同一个地方，后来才分裂开来。"

她想了想，最后下定决心说："你家里有日历么？"

他惊讶地看了她一眼："有的。"

"春节，×，到底是什么呢？它一定比汽车更要紧。"

U5 夏听她这么说，脸色一下凝重了。他说："这是我们去坎城的一个理由。"

这时，Ch 娲有些钦佩起 U5 夏来。他只比她稍长几岁，却比她懂事多了。她其实并不真的喜欢同龄人，而暗恋着比自己年长的。这跟她母亲年轻时一样。

想起这个来她又是兴奋又是心烦，于是伸出手，动情地一遍遍抚摸起神庙窗户上的饕餮纹饰。

“怎么样，去坎城吧。那里的年轻人被唤作新新新人类，比我们粹多了。英雄就诞生在他们中间。他们会告诉我们春节是怎么回事，”男人注视着女人脉动的小手，发抖地说，“还有，关于从前的一切。”最后这句话他压低了声音。

“就是用反物质牙齿制作饰品的那些人吗？”这么问的时候，Ch妠一刹那觉得自己很聪明。

男人说：“你真聪明。”

她动心了。她搂住他，用那个没有舌头的大洞噙住他的嘴，把他的整条舌头吸入，又去解他的褡裢。

十二、偷渡

他们花了三天三夜，像情人一样手牵手，穿城而过，来到离都的边境。

Ch妠以前从来没有来过这里，觉得一切很新鲜。

原来，离都是被一条大河环绕着的，这是一条闪闪发亮、绿光荧荧的河流。

河道中没有一滴水，河面上没有一条船，只是一片雾气弥漫。

这雾气上扬，便与妖绿色的盖状天空连为了一体。U5夏说这是一条等离子外壳的自真空河流。这样一来便阻断了离都与坎城的联系。

隔了绿色的雾障，站在河边看过去，只见那英雄的城市一片明晰，仿佛触手可及。“欢度春节”的四个大字熠熠生辉，刺得 Ch 妠眼泪直流，心生一片妒意。

她想，为什么离都这边没有春节呢？这是一个重大并且可疑的问题。为什么要把离都与坎城分开呢？是谁规划的这个布局呢？那设计师一定很了不起，他便是英雄么？见了他，她说不定会爱上他的，那时，可就顾不得 U5 夏了。

不过，物质与反物质又究竟是怎么一回事呢？ U5 夏说过，只有反物质，才能保证让信念不同的两代人永不接触。这便是早先那个世界分裂的理由么？

但现在他们就要打破封锁去坎城了。Ch 妠忐忑不安。她担心坎城人会看不起离都人，她觉得离都其实并不是离都，而是坎城的一个垃圾场。

这时，她看到，河边还有许多等待过河的离都人。她想到“偷渡”这个词，心跳又加快了。

“我们怎么才能过去啊？”她问刚交上的男友。

“得找一条船。那不是普通的船。不要着急，我都安排好了。”

U5 夏尖着嘴唇打了一个难听的口哨，从浓雾中唤出一个满脸脓包的怪物。

怪物披着一件金黄色的蓑衣，下面露出两只长蹼的铁锈色赤脚板。这家伙脑袋白白尖尖的，不长一根毛发，他用没有瞳仁的眼睛冷冷地看着 U5 夏和 Ch 妠，说：“来了。”

“来了。”U5 夏应道。

“是两个人啊？”

“对呀，早告诉你是两个人嘛。”

“实在抱歉，这几天过河的人太多了，转换器不够用。你们两个里面只能过去一个。”

“你说什么？”

“对不起，是没有办法的事情。”

“喂，这可不行啊，一定要想想办法！”

Ch 妠在一边听得明白，这是要敲竹杠。她却不说话，只斜眼看着紧张得满头冒汗的 U5 夏。

那用蓑衣把自己遮得严严实实的怪物歪头想了一想，说：“算了，看在你们是新新人类的份上吧。我这里还有一个，但是质量不太好，以前出过事故，人转换了一半，就自我湮灭了。你懂自我湮灭吗？这正是离都人惯常的归宿。但是既然去的是坎城，冒一下险还是值得的。这是一本万利的买卖。想要的话，渡河费再加一倍。”

U5 夏迟疑了。

“想什么呀。”Ch 妠踹了他一脚。

U5 夏便说：“那好吧。就这么定了。”

怪物带他们来到河滩上的一间平房，室内并排摆放着两个大碗似的黑色容器，也看不出是用什么材料做的，反正不是釉，上面缠着密密麻麻的导线，有一些金属的豆状突起，每个碗里刚好可以坐下一人。

U5 夏咧嘴笑了，告诉 Ch 妠，这便是渡河的“船”。

在小屋的一面墙上，还攀爬着一些复杂的仪表、扳手和电极。U5 夏点好钱，把它交给怪物。

“要不，我上那个好的吧。”Ch 妠仔细打量了一遍两具转换器，抢先说。

U5 夏认命地看了她一眼。Ch 妠避开他的目光。

U5 夏面无表情道："那就这样吧。我本来也是这么想的。你先过去。万一我过不来，你要学会自己照顾自己啊。"

Ch 妠有些不高兴，心里骂这男人骨子里其实很小气。

她一句话也不说，跳进容器像胎儿一样蜷坐下来，砰的一声合上盖子。她觉得像是回到了胚胎工厂的人造子宫。真的是重生啊。她心儿怦怦直跳，想着：过节去！

一会儿，脑侧响起像是电流的嗡嗡声，然后又是乱糟糟的嘟嘟声。Ch 妠的整个身体逐渐淹没在了一片绿色光幕中。一瞬间她觉得世界上最刺激的事情莫过于此，但很快她便失去了知觉。

等睁开眼时，她已躺在河的彼岸了。她没有见到 U5 夏。她朝河那边的离都望望，见那城市一片昏暗沉沦，真的像个大垃圾堆。

她的确已在坎城了么？她经历了重生么？这边的地面是石头的而不是釉的，到处散发出一股她不熟悉的焦油味，好像每一样东西都在燃烧和颤动。她一抬头，看见"欢度春节"的一道巨大光焰正骄傲地横耀在天庭上。

她战栗一下。她担心 U5 夏这笨蛋渡不过来。在这人生地不熟的地方，要遇上坏人，该怎么办呐，弄清春节的含义倒在其次了。

等了许久，也不见人影。她呜呜哭起来，为自己的不幸际遇而伤心。

但就在这时，河边的灰暗气流中腾地蹿出一团鬼怪似的绿火，跳跃着向前滚了两步，忽闪一下便熄灭了。

一个单薄的人影凭空出现在了河滩上，跌跌撞撞向 Ch 妠跑来。

Ch 妠吓了一跳。定睛看去，见是浑身伤痕的 U5 夏。她破涕为笑。

十三、“老鼠”英雄

他们站在一大片熊熊的霓虹灯下面，四面八方传来炸弹爆炸般的音乐声，震得他们骨头都要散架。

坎城里的高楼大厦层层叠叠，每座至少有两百层，把天都顶破了，果然是与离都迥然不同的景观。

然而，仔细一看，这些大楼无一例外，俱是一簇簇摇摇欲坠的钢筋，原来是废墟啊，活像一座座长满亮丽羽毛的垃圾山。

宽阔得犹如草原的大马路倒是令人神魂颠倒，不过，却死气沉沉停放着千万辆残破的四轮金属怪物，都焦黑一片，像是大火焚烧过一般。

城里不见一个居民。坎城给 Ch 妠的感觉就是一具被彻底解剖过的动物尸体。

过了一阵，等 Ch 妠和 U5 夏的眼睛适应了坎城过分耀目的光线后，他们才隐约看到了生命的律动。

那是长着人头的小老鼠一样的生物，在废墟间快活而匆匆地爬来爬去。满地都是这样的小东西在乱动。

Ch 妠一落脚，下面便迸裂出吱的一声惨叫，原来，是她不注意踩死了一只“老鼠”。

这时，周围的“老鼠”都发疯似的朝着 Ch 妠爬过来，很快便在她身边聚成一大群。Ch 妠吓得连声尖叫。

但人头“老鼠”仅仅是围着她，便乖乖地一动不动了。“老鼠”们整齐划一地仰头凝视她，那跟人类毫无差别的眼睛中闪射出一道道崇拜的光芒。

U5 夏倒抽一口冷气，说：“看来，他们把你当英雄了。”

Ch 妠悲哀地想：我是英雄么？我是来坎城寻找英雄的。

“×，他们便是坎城的新新新人类么？”她看着“老鼠”说。

“兴许是吧，我不太清楚。”U5 夏的脸色煞白得像个死人。

Ch 妠绝望地问：“你来之前有没有想过是这种样子？”

“没有。”

“你太蠢了。”

他们都觉得哪里不对劲，又说不出来。

Ch 妠想，她此刻来到的地方，真的是那个她在神庙上看到的坎城么？她的父母三十年前，才从这里移民到离都的。离都的三十年，不知在坎城这边，相当于多少年啊。怪不得老人们带到离都的日历都不能用了。

“急死我了！我们如何才能变成他们这种样子呢？我好想和他们交流啊。”

她又一次烦躁地看了一眼脚边黑压压的鼠群，心想英雄就在他们中间呐。

听了 Ch 妠的话，U5 夏的额头上滚涌出一堆浓烈的大汗。那汗珠摔下来，镪水一样砸得“老鼠”吱吱乱叫。

四周“春节”的霓虹灯闪烁得更猛烈了。

十四、再试试运气

深一脚浅一脚，他们好不容易才走出“老鼠”的重围。

不久，遇上了一群人，都是来自离都的偷渡者。大家群聚在坎城的广场上，正做游戏。那是 Ch 妠熟悉的、离都流行的成人游戏。

枪声阵阵。

Ch 妠在冲动不已中又厌恶丛生。的确，离都人除了这个，其余什么都不会啊。

到这边来了还玩不出新招哩。无聊，他们正在弄脏神圣的坎城，要让新新新人类看不起哟。

Ch 妠大踏步走过去，恶狠狠把一个女人从男人身上拽下来，用枪指着她问："喂，这真是坎城吗？！"

那女人吃惊地看着她："这不是坎城，又是哪里呢？是花了大价钱才来到的坎城呀。"

"可是，你来这里多久了？"

"四个月了。"

"那你们怎么还不变成他们那种样子呢？" Ch 妠指的是"老鼠"。

那女人叹了一口气，说："以前，大概是可以变的，但现在不行了。据说，坎城的新新新人类有一天在获得了他们孜孜以求的标准体型后，便销毁了所有的孟德尔世界机。不怨天不怨命，怨我们来晚了。"

女人哭起来，看了看在广场一侧排着长队游走不停的"老鼠"大军，足有几十万啊，全都气宇轩昂，目中无人。

Ch 妠嫉妒地想，他们终于发现了人生的意义。

Ch 妠也想哭，但拼命忍住。"这里没有意思，还是回去吧。"她软弱无力靠在 U5 夏的肩头，沮丧地对他说。

他却不干，说渡河的钱都花了，另外，还要弄明白什么是春节呢。

Ch 妠火了："我说回去！"她一把推开他，掉头便往岸边走。

他着急地追上来。"好，好，听你的，回去便回去吧。"

他们来到了一座筛网似的金色古堡前，上面隐约可见“Roszak”几个字母。U5 夏说这便是坎城的物质转换站。Ch 妠的父母当年就是在这里把自己设置成反物质肉身的，然后才移民到了离都。

但如今，这大楼却毁废了，空无一人，所有机器都停运了。

“不行了，我们回不去了。”U5 夏伤心地哭起来。

连接不同世界的转运网因此就成了单行道，只能从离都到达坎城。这是一条不归路。

Ch 妠看到，在等离子大河边，不断闪射出一个个绿色的荧光团，微型的核爆炸一样，从虚空中忽然就抛出一个接一个完整的离都人来。人们成群结队，偷渡到坎城，就像当初他们纷纷逃出坎城，前往离都。

她耳边又响起自小便震荡着的妖异之声：“你当初反叛的，今日却统统要管制你；你当初背离的，今日你统统要归去。”

这使 Ch 妠想到母亲。恐怕，母亲早已死了吧。谁在收她的尸撬她的牙呢？该死的罗斯扎克！

她又纵目望去，见洋溢着死尸气息的离都上空漂浮着一层美轮美奂的幻灭。那便是从坎城逃出的第一批人亲手建造的实验城池啊，曾经是无数代人的梦想！

但是，又是什么造就这批叛逆者的呢？他们自己是造不出自己的。他们只能造出 Ch 妠这样的垃圾。因此离都似乎又不是他们造的。这成了一个悖论。

“回不去了。”U5 夏越哭越凶。Ch 妠愈发烦这男人。她心想，哭什么呀哭，他为什么不去死呢？

U5 夏又痴痴地抬起头，两眼一眨不眨死盯着无休无止潮涌过来的离都人，说：“听说，如果不经过物质转换器，直接降落到这边，便会引发一场大爆炸。所有的将不再存在。我好担心哟。这个好不容易才完善起来的世界说不定会在瞬间毁灭，而这都是因为我们这些离都败类。”

Ch 妠没好气地说：“那才好呢。”

“可是，不经过转换器，又是来不到这边的。这个世界毁灭的可能性看来又不大。啊，这可让我们怎么办哪？怎么办哪？”男人的哭声更大了。

女人愤怒地说：“×，你废话！”

她失望地掏出点二二，卸掉多余的子弹，仅留下一颗，又旋转了一下弹仓。

“帮帮我吧。”她央求道，同时也是命令。

他不敢，直往后缩。她凶恶地一把捉住他的手，强迫他握住枪，塞进她的阴道。那男人仍然十分胆怯，不过还是尝试做起来。他不敢违背她的指示。

“这样玩女人真是稀、稀奇，要不是你，我、我可不敢。”他一边抽动，一边小心翼翼说，呼吸越来越粗。

Ch 妠这才稍微高兴起来，暂时忘掉了生命中的每一次不幸。做到一百下时，她命令男人扣动扳机，U5 夏不敢，她踹了他一脚。他才做了。

枪没有响。

她又叫他继续。第三个一百下时，还是没有打响。男人浑身筛起糠来，而她直接冲上了高潮。

但仍然没有把自己打死。

Ch 妠十分失望。“你饶了我吧，我手都软了。”U5 夏像个孩子似的又哭了。

Ch 妠骂道：“你太笨了。”

她爬起来。U5 夏无奈地抽出枪。枪口水淋淋的，这粘住了男人的眼神。他便用舌头去舔，又把枪管塞进自己嘴里，两眼合上了。

Ch 妠没有想到 U5 夏会这样，乐了。她伸出右手，把食指扣在扳机上，往后一使劲。

这回，枪打响了。

U5 夏一声没吭，仰面倒在了坎城的地面上。Ch 妠使劲往后缩起嘴唇，锁着眉头紧盯尸体看了两秒，便一言不发离开了。走出五步，她才淌下眼泪。

她想，或许，U5 夏是一个英雄。

她独自回到那群从离都偷渡来的人中间，又去做那游戏，才心花怒放。她觉得自己这回可以真正忘掉臭男人了。

她在“欢度春节”的霓虹灯下玩了整整一天一夜，仍然没有被打死。

对于一个花季少女来说，这运气实在太差了。

十五、蓝天下的坟

第二年春节的时候，情况有了一些出人意料的变化。

待到第三年春节，Ch 妠已经在坎城安了家。

这是她和某个臭男人结婚的结果。这是她第一次结婚。

大年初一这天早上，鞭炮声大作，舞龙舞狮的队伍过来了。

这盛大的游行，是从离都那边偷渡来的人，根据坎城的旧照片和旧图书翻版出来的。他们慢慢悟到一个道理：既然回到了坎城，还是应该有全新的成人游戏。

他们还从坎城的档案馆中捡出了历史文献，知道了第一批离开坎城逃向离都的人原来都是罪犯。

这个发现，使大家看待世界的眼光一下子改变了。

Ch 妠又一次怀孕了。她腆着大肚子，挤在围观的人群里好奇地观看游行的场面。

她的丈夫小心翼翼地搀扶着她。他是一个脾气温和的少年臭男人，是一年前从离都过来的。

人们用坎城尚没有耗尽的资源，重新盖了房——所有的房门前都贴着大红春联，还修复了汽车——却不是烧女人的脂肪，而是烧氢气。他们还建立了社区，有了新的商场和酒吧，也有了旅店，后者是为刚刚从离都逃来的人修造的，这些自由的寻求者需要有一段时间来适应新生活。

当然，也有了新的神庙，这一次，香火分外鼎盛。

Ch 妠带着她尚未出生的第十三个孩子兴高采烈看着。很快，踩高跷的过来了，划旱船的过来了，打腰鼓的也过来了，后面紧跟着京戏大班。

对于 Ch 妠来说，这一切十分的新鲜有趣，因为，是社区第一次组织新年庆典。她百思不解，当初，父母为什么要逃离？他们为什么要犯罪？

再后面，就来了士兵的队伍。每个男孩子都很英武帅气，紧握冲锋枪，正步走得当当的，押着长串的人头“老鼠”俘虏。

丈夫在边上凑着 Ch 妠的耳朵说：“又有一座城市被我们攻占了。鼠人的防线已经后撤到了下水道中。呸，他们一旦忘掉春节，便都成了垃圾。”

丈夫是新社区的一位物理学家，最近一直忙着研究返回离都的物质转换器。她和他都梦想着，他们的孩子有朝一日会回到离都，这几乎是肯定的，因为它属于一个宏伟战略计划的一部分，到那时，他们将成为英雄，受到没有机会偷渡到坎城的千百万离都人民的崇拜。

Ch 妠总也忘不掉刚到坎城那天，“老鼠”们看她的眼神。离都的臭男人们包括 U5 夏和 Ch 妠现在的丈夫，从来没有用这种眼神看过她。

因此，那将是一次全新意义上的重返啊。她对此充满期待。

看了一阵热闹，Ch 妠的丈夫说要抓紧时间工作了。Ch 妠便让他先回去，自己留下来再看一看。他放心不下地嘱咐她要注意身体。Ch 妠“啊啊”地答应着。

她又看了一会儿，心情不平静起来。她便离开繁华地段，一个人穿街走巷来到僻静处。这里是坎城的废墟，还没有被离都移民改造。

她的心态又变平和了，甚至，都不提防会有残余的鼠人埋伏在周围发起攻击。

她继续走，来到了一处恢宏的垃圾场边。她找到了一个孤独的坟墓，有点像一座缩微的神庙。正是这个吸引她来的。

坟里埋的是谁，她仿佛知道，却也不敢肯定。

坟的出现代表了一种变化。在离都是没有坟的，只有停尸场。

这时，她注意到，坟头上置放着一颗以前不曾见过的人牙。Ch 妠想，它是离都人的牙齿么？不怕湮灭么？

这时，她才去猜度，说不定，那绿色的大河与天幕都是虚假的？很有可能，并不需要什么转换器，两座城市的人便能来来往往。那是永恒而从不间断的来来往往。但为什么要弄这么一层烟幕？

她一屁股坐下来，沉浸入对往事的无穷回忆，而那些往事每一件又都像是发生在未来。

坐了半天，这女人忘了回家。坟头升起一股金白色的轻烟，直向她扑来，她一个猝不及防，它便从肚脐眼钻进了她的身体。

她的腹部剧痛起来，顿时，心中充满对轮回的恐惧。

她又想起留在离都的母亲，还有孤儿院里的十一个孩子。她觉得，她是爱他们的，即便身在坎城。

肚子痛得更厉害了，她便起身慢慢往回走，没走几步，便挪不动了。她一头栽倒在地，不停抽搐，下身流出血来。

她拼命呼喊，却无人回应。

她苍白无力的手在地上摸索，竟然找到一根铁丝，她费了好大的劲，才拿稳了它，用它剖开自己的腹部。

她哆嗦着伸手进去，把那个正在里面兴奋动弹的孩子掐死。

Ch 妠这时心中说，我把什么都还给你们了，离都，坎城……

她成了一个血人，挣扎着往回爬，但很快便不行了。

她最后的一眼，看到这边的天空是诡蓝色的，礁石和水草一样的云彩间，有无数的两条腿的鱼儿在自由嬉戏。

女人是一件衣服

一

具有女性特征的衣服，最初是定制给不敢爱，或者说想要女人却又不敢要真正女人的男性穿的，后来却在几乎所有男人中流行开来，成为广受欢迎的畅销商品。说是“女性特征”，比较含蓄，其实，这衣服就是一个女人，或言，一个“可穿戴女人”，包含了她的方方面面。乃是科技进步的体现。如今，各种日用品都嵌入了智能。衣服已远远不止具有御寒遮羞和炫美耀丽的功用，而愈加成为光怪陆离的技术融合体，尽其所能，满足人的一切欲望。一件衣服，就能提供音乐、阅读、上网、交流、导航、医疗、饮食、心理、身体等方方面面的需求。这其中就包括了性。说到把一样物品改造为作为生物体的女人，最初也考虑过直接利用汽车（曾被称作男人的第二个家），但最终还是觉得不如衣服来得经济实惠和方便直接。

这款衣服并不用普通布料，而是基于纳米技术和生物工程的仿真合成体，像十八岁少女皮肤一样滋润光洁，并且衰老变质非常缓慢。它的里层布满成千上万的电子纤维神经及微型传感器，具有血管、软骨乃至绒毛的感觉，充分体现了“魔鬼在细节中”的原理。但它也并不是那样赤裸裸的，否则上班时就可能影响工作。平时，它还是一件寻常衣服，可以穿着出现在任何场合，只在有需要时，按动转换开关，衣服就立即变成一堆血肉，或血肉那样的实体感，把男人紧紧抱住缠住，产生摩擦动力，令他们快活。其内层结构中专门设计了一些凹凸，如实际情况一样，正好配合男人的体格和器官，能够恰到好处触摸他们的敏感处。关键时刻，还会加大运动力度，并发出逼真的“嗯嗯啊啊”叫唤声，直至最后达到高潮，满足男人对“爽”的预期。完事后，衣服还能自动为男人做放松按摩。说起来，这也堪称我国一项了不起的创新发明，有效促进了产业升级。

我要说，这绝不是披挂在身体上的一样机械物，也不是一件简单的高仿真品，它与“二奶”及“小三”也有本质区别，比如，它不会制造男人不想看到的麻烦，不会成为负担和累赘。它最初比较简陋粗糙，但发展几代后，已经相当复杂细腻。噢，不能叫“它”了，而应称“她”。她不仅拥有性别，并且还具备情感反应，其颜色和力度会随主人情绪的变化而变化，让男人惊喜地发现他真正掌控了一个温柔或狂野的异性，而且她还永远是那么体己，完全服从指令，要她怎样，她就怎样，不会甩脸，不会背叛。总之，作为商品，其出发点是让作为客户的男性彻底满足——虽然，为迎合购买者的虚荣心，对外已不再直呼其为商品。不管怎样，在绝大多数体验过的男人看来，这就是一个完完整整、如假包换的女人。不管他们的征服来得如何的粗暴无礼，她也不会做任何反抗。她从来不提哪怕一丁点儿的要求，她不会让男人为她购买昂贵的首饰、香水、手包。她对男人做到了百分百的呵护。而且她只需要充上交流电就够了。什么叫作体贴入微呢？只有这个才是啊。但是不是美女呢？为此，增添了三维视像功能，与虚拟现实技术结合，通过头盔，可以在男人的视觉皮层上，显现她西施貂蝉般的容颜。

男人们把这件衣服穿在身上，到任何地方去，也不用担心她被别的男人拐跑，因为只有自己才知道她的密码。不少男人时时穿着她，睡觉也舍不得脱，还与她一起上厕所。但是，主要的危险是，随着男人成长过程中体型发生变化，他们胡吃海喝令自己发福变胖，再好的衣服也无法穿了，哪怕衣服永远不厌弃他们。在这种情况下，城市里雨后春笋一般出现了很多专为男人服务的服装店，按照他们不同时期的体格尺寸，有针对性地分型号售卖。这意味着，要是某一件穿得不合适了，或者穿得腻味了，随时可以再买一件新的。那用旧的，自然可以作为二手货，低价转售别人，或者当作慈善品赠送。但大多数还是直接扔垃圾筒了，对此衣服毫无怨言。总之，在可穿戴设备大众化的时代，这个新兴产业为各个阶层、不同年龄的男人服务，讨得他们的欢心，就好像他们统统丧失了与真实女性接触的能力，或者这样说更为合适：他们大概都在渴望着主动失却这样的能力，如此一来就可以毫无负担了。男人穿上这样一件衣服，比娶一个真实的老婆还要开心舒服。顺便提一下，在服装店旁边，同时开设了洗衣店。女人这件衣服一旦穿脏了，不方便水洗，得用高科技的负离子手段来清污。

二

说到服装的设计者，自然是个男人，他不是别人，正是在下的父亲。他是一名退伍军人，原先在部队从事智能迷彩服的开发，获得了不少军功荣誉。父亲一心向往打仗，他最渴望打到美国和日本，攻入白宫或皇宫，插上红旗，哪怕被敌人狙击手射来的子弹击中，牺牲在战友的怀抱里，葬在大洋彼岸的烈士陵园，那也值了。这正是他少年时的梦想。于是他大学工程系一毕业就报名入伍，成了一名技术兵。但等来等去，战争也没有爆发，这是一个和平年代，他设计的迷彩服虽然很棒，但派不上实际用场，只能在训练中使用。他很失望。待到复员转业，他到了一家国营材料公司上班，每天制造自己无法理解的产品，去伪装一些莫名其妙的事物，掩饰它们的真相。父亲大概从来没有想到，在他当兵时，世界已经发生了很大变化，军营外的人们都在干一些匪夷所思的事情。父亲于是更加苦闷沮丧，人生也彻底失却了方向。他郁郁寡欢，四十岁那年，才经人介绍，与一个寡妇结婚，这样才安定下来。他把这女人当宝贝，爱她宠她至疯狂。但很快他失去了她。母亲生下我后不久，就跟另一个男人跑了。什么原因也不清楚。或许她本来就不爱我父亲，或许女人就是这样的水性杨花。这一切我都能够理解。这位母亲毕竟不是衣服。

被妻子抛弃后，父亲消沉了很长一段时间，才慢慢恢复过来。大概到了五十岁那年，不知受了什么触动，他忽然灵感勃发，重新操持起军队里的技术，在业余时间做起了缝纫的活路。他是一个优秀的匠人。他把对前妻的记忆和想象，设计到一种新式的衣服里面，仿佛要用这薄薄的衣衫来向夺走他女人的男人报复，虽然，他从未见过他，连他叫什么都不知道。他好像在与一个无形的敌人打仗，尽管这事迟到了许多年，他却像真正的士兵一样毫不放弃地发起反攻，仿佛要实现年轻时的梦想。他也把这当作一项爱好，这样才能从令人生厌的生活中走出来，以弥补他对时代的深深失意。刚开始时，他只是自己穿了玩儿，后来，做出了更多的，也拿给退伍的战友们试穿。大家一开始很吃惊，很快都说好得不得了啊，实在太过瘾了。他就申请了专利，并加大产量。有服装连锁店的老板听说了，就来找他，拿去寄售，竟然销路不错。逐渐地，在人们的推波助澜之下，这成了一个产业。父亲本人倒是要求服装经销商不要哄抬物价，因为他从来没有想过要以此赚大钱，他在意的是让人自得其乐。他看到别的男人也穿这个，就无由来感到安慰，觉得失妻的怨恨，都消失得无影无踪。但商人们却很快把价格炒得很高。一切由市场说了算，父亲再度陷入惶惑。

这都是我小时候发生的事情。我亲眼见到，母亲离开我们而去时，父亲几乎成了一具僵尸。有段时间，他久久站在阳台，用阴沉的目光，眺望城市的景色，但这却不是战场。城市没有光明，楼房铺陈得如同废墟，男人在黑暗的夹缝间憔悴走动，他们极尽华丽的衣饰掩盖不了内心的空虚。他们想要出人头地，却找不到路径，现实太壅塞了。他们互相抢夺对方的女人，可那又如何呢？到头来花样少女都变成了枯丑婆子。昔日美好，尽成笑话。他们也去夜场，没有男人不偷腥的，但那又怎样呢？旦夕欢愉，无法持久。因此，正是那件别出心裁的衣服让父亲脸上重新有了血色，也给更多的失意男人带来希望。我知道，他发明它的时候，详尽模画了离去的母亲的身体特点。它也在我眼中成了一个神秘的存在。其实，少年时我尚不太明白它的功用，我不理解父亲穿上它之后，怎么就眨眼间变了一个人，他无以自抑，满脸通红，手舞足蹈，大喊大叫，把我吓坏了。小时候，我很调皮，有时也故意捣乱——当父亲把衣服挂在墙上充电，他自己出外办事时，我就偷偷用小刀，在上面弄出一个洞。我觉得，这必定会令父亲感觉不爽。

果然，他回到家，不明就里，没有发现那个破洞，就兴冲冲把衣服穿上，立即脸色大变，哦，怎么不一样了呢？衣服不再带来预料中的反应，好像精血都从那个破口处流失了。父亲像个大老鼠似的，在里面痛苦地抽动和挣扎。最后他无计可施，恼怒地脱下，翻过来翻过去看，才找到那处伤口，于是狠狠甩在地上，还用脚踩上一踩。衣服发出一声尖叫，便沉寂了。父亲虽然生疑，却没有责怪我，他不知道是我干的，还以为是自己不小心，在哪儿剐破了呢。接下来，他细致地做了修复。

三

我一天天成长。上中学的时候，我对未来开始感到恐惧，并第一回觉出做男人的无时不在的紧张，就好像父亲想象过的战争随时要爆发，世界末日明天即将来临。这并不仅仅是青春期迅疾上涨的压力所致，而更是看到成为大人的可怕现实在一步步向我逼近。为了缓解不安宁的情绪，我不断跟真实的女人睡觉，找女同学，也找发廊小姐。但很快厌倦了，觉得她们麻烦，还要花钱，脾气还刁。这时，我开始对父亲的衣服感到好奇，我已经大致明白它意味什么。这使我纠结郁烦，也便更加急切地想接近它，乃至有了抢夺和占据它的冲动，仿佛要与父亲展开一场竞争。

有一次，我偷到了它的密码，并趁父亲不在家，大胆走过去，取下它来，试穿在身。立即，我被一层莫名的感觉包裹，湿漉漉的，又若蛛网，也很温热，像有无数的小手抚摸我的身体，与我寻常穿的衣服绝不类同。那就似是一层真实的细胞膜，与我的皮肤紧贴，毫无间隙，在急促喘息、吸吮、抚摸、搔拧。不久，我仿佛听见一个女人愈来愈大的呻吟。然后她开始小鹿般挣扎，似要摆脱我这个猎手。她像是愤怒而无奈。她仿佛感觉到了，我不是她熟悉的那个男人，不是这件衣服的主人。最简单的理由，是我不合体。这是事实。但不合体就不行了吗？她毕竟是衣服啊，她只能居于被动地位，我一旦挤进她的身体，她再不愿意也只能服从。在我的坚决进攻下，她难以抵御，最后不得不束手就擒。她终于安静下来。我感到她伏在我的身上，阅读我的心跳、血压和呼吸，想从中发掘出来一点儿什么。她的电子触手甚至沿着我的脊椎，缓缓探入我的大脑皮层。最后，那竟是一股更强大的冲击，连她自己也感到意外吧。毕竟她以前只接纳过年过半百的父亲，尚没有体味到青春年少的潮涌。我能熟练、直接而清晰地感受到她的 G 点，她则因为我的年轻，而狂烈颤抖。我迅速把大股精液喷射在了父亲的女人身上，这时我恍然觉得，她便是我的母亲啊……夜里，我辗转反侧，怎么也睡不着。后来，再与真实的女人在一起时，就难找回那种强烈的感觉了。

这件事情之后，父亲可能嗅到了什么，但他一句话也没有说。他也许觉得尴尬，他甚至可能有一种挫败感，但这是他的疏忽，与当年他的女人被另一男人夺去，毕竟不太一样。说到底，这不过是件衣服。他只是困惑不已，独身已久的老男人不明白自己的儿子长大了。但唯其如是，他才什么也不说，或者是不好说吧。我干了坏事后，一段时间，都躲着父亲，脑海里不时浮现出一幕，就是他回来后，抖开衣服，看见里面那滩白花花的秽物，脸上现出瞠目结舌的表情。但他很快设定了一个复杂的新密码。只有他，才能把她穿在身上。他又得意洋洋了。他又在我面前趾高气扬了。我看着衣服套在这老男人的身上，只能望洋兴叹，牙都要咬碎了。不久，我受不了这个，就从家里搬出去，与同学一起住校。此后我与父亲很久都没有往来，我们的关系变得不正常，直到我大学毕业。在这期间，我也没有去找过我妈。我仍然嫉恨她跟一个名字都不知道的男人跑了，这才导致了父亲发明衣服。这件事情弄得我头昏脑涨，情绪低落。

工作后不久，我就结婚了。第一年相安无事，到了第二年，我忍不住也从服装专卖店偷偷买回那样一件衣服，把它搁着备用。妻子或会猜疑它的来源和性质，却无从找到把柄。从表面上看，它与传统的正规衣服一模一样，只有与我合为一体时，才显示出它具备的一切女性特征，而我也才变成一个真正的男人。说起来，只有置身衣服里时，我无论做什么，才都没有心理障碍。然而与妻子在一起时，总是有些问题。洞房花烛夜那一晚，我就为此忧心忡忡。我看着她美丽的容颜，不禁想到，这个润玉般的躯体今后老去了，我该怎么办？她跟我吵架翻脸了，又会是怎样？有一天她也像母亲那样，跟某个男人跑了呢？于是我决定购买属于自己的衣服。

四

时至今日，衣服的质量已经大大改进，增添了微型核动力，不用再像以前那样，需经常挂在墙上充电。而且，她们有记忆功能，能随男人体型的变化，自动改变形状，再不必费心思定制。其实在最初一段时间，我心里还是有些抵制，甚至拒绝穿它——或许只因为它是我父亲的发明。但很快我就忍耐不住了。除了对我与妻子未来前途的悲观，更是无以忘怀，多年前钻入父亲衣服时的那种强烈感受。这样的冲动，只可能被非真实的事物激发，就像女人最性感时，是她们穿着薄透的衣服而非赤身裸体。它借助含蓄内在的肉体感染，反而成就了我生命中唯一的真实。另一方面，也许是承袭了父亲的基因，我对自己从事的工作也感到不适应。我对单位的庸常保守感到绝望。我对上司的颐指气使十分反感。我对同事间的尔虞我诈深觉沮丧。而单位仅仅是社会的一面镜子。每天下班，我回到家里，都疲惫不堪，如若死人。这时，我觉得笑脸相迎的妻子，不过是一个虚假的符号，甚至，是谁安排好了来欺骗我的，目的是为了让我配合社会。这令我恼怒而怯畏。我是否真的需要她的安慰呢？她处处尽显虚情假意，果然比衣服不如。我也渴望一场战争来改变现实。但既然战争无法到来，我就越来越经常地逃入作为女人的衣服里面。并且，这衣服还不会像婚后女人睡眠时那样丑态毕露——佛陀当年就是看到了这个才出家的吧，这是对整个世界的弃绝。

这个时代，像我这样的男人绝非少数。有的人甚至拥有很多件衣服。我们有时也会举行主题聚会。平时像僵尸一样的男人，这时才活跃起来，叽叽呱呱有了大量话说。大家兴致勃发，纷纷展示自己的着装，炫耀它们，就像既拥有了江山，又夺回了美人。这时我才感到稍微放松。我心想，男人活得这么累、这么难，如果不穿这样的衣服，我们就不好维持下去了。这乃是对于我们作为 Y 染色体承载者终将从世界上消失的恐惧。现实中的女人对此却不知情。我们和她们越来越分道扬镳成为两种动物。

那么，女人的想法是什么呢？女人的确不是人类，而本就是另一种动物，我们永远搞不清楚她们的奇思异想。只是看到，她们好像也接受了衣服带来的改变，就像她们在历史上接受了很多针对她们的不公平一样。但这也不能说不公平。这是科技进步么。就如同汽车取代了驴车。连家庭有一天也是会消失的。据说也有为她们设计的具有男性功能的服装，却没有流行开来，或许是身心状态到底不同吧。她们不习惯，拒绝接受。这并非技术上不可行，而是有一种冥冥中的奇异力量，阻止了这种情况的发生。所以这并不是简单的男权主义，因为谁也说不出那力量究竟是什么。所以衣服还是留给男人穿吧。

以前有一段时间，我不敢直视男人，觉得大家虽然穿着衣服，却反而赤身裸体了，像是体毛被拔得精光的鸭子，塞在笼子里，等着送往餐厅，却一个个志得意满，精神焕发，仿佛吸了鸦片。这颇为奇怪。虽然，从任何方面来说，我们暂时还是社会行动中的核心物种，与女人相比，更是大权在握，颐指气使，却忽然意识到，其实自个儿身上什么都没有，就跟垃圾似的。而女人安慰我们的传统方法，是自我的和笨拙的，过时的和沧桑的。这造成一种担心：上帝死后，女人也死了。实际上呢，我们承担了荒谬，她们承担着责任。但男人在堕落的路上走得越来越远，女人最终也失望了。于是，衣服便来拯救我们了。这样做符合进化的旨意吗？这是一个无聊的问题。据我所知，父亲从来没有这样想过。

现在，我们拥有了属于自己的衣服，与我们的身体紧紧贴靠在一起，永不分离。血肉变成了灵魂——这是一个自然的过程。当代社会的物种间差异弥合了。这多少可以说是一种良性的置换吧，我们疲乏的神色于是消淡了，我们重新拥有了自己的想法，我们压抑着的情感也可以倾吐了。

五

比较热烈和闹腾的场合，是男人们的聚会，大家也会互相交换衣服，试穿对方的。然后讲述各自的感受，分享交流心得。其中有讲到好的，也有讲到坏的。为此有时爆发冲突。比如有一次，有个男人在试穿后，污辱了我的衣服，说她有股子未修炼好的狐骚气。我便冲过去，与他打起来。我对他嘶吼：“所有的衣服，都是我父亲发明的！你懂什么！”大家才以敬服的眼光瞧我。是啊，世界上许多美好有趣的事物正在毁灭，而我的父亲却在逆境中完成了一项伟大创造，帮助败落的男人们实现了梦想。在与同性打架后，我对父亲的理解，才得以加深。我与他的关系毕竟难以斩断。

父亲设计这些衣服时，并没有为她们安排生育的功能。但后来出现了公开宣称与衣服结婚的男人。他们要与自己的衣服一辈子生活在一起，组成新的家庭。真是佩服这样的勇气。如此一来，就得有孩子，来作为他们爱情的证明。于是，在产业化的过程中，衣服就增设了新的功能，比如某个塑化衣兜被改造成人工子宫，能够承接并合成男人的精液，注入从卵子库买来的产品，制造出血肉丰盈的胚胎。因此，常常会看到一些男人，穿着他们的女人，腆起膨胀的肚腹，猩猩一样挥舞手臂，豪气冲天行进在大街上。这是在显摆男人味。

这时，制造商们仍然需要购买父亲的专利。但他们也大胆做出了自己的革新。最显著的变化是，涌现了很多品牌。比如，有广告词说，某某牌子一穿上，就可以体验与某某影星共处的感觉。这让男人有了更可夸耀的资本。这样的衣服能够卖出天价。竟然有很多男人对此趋之若鹜，不惜大把掷金。我觉得，这个产业已经不如最初那样朴实平易了。但它也才真正地发展壮大起来。在此过程中，父亲的知识产权遭到侵犯。但他并不太当回事。

此时父亲已成了社会名人，但他有一天却隐居了，从公众视野中消失了。他离开我们居住的这座北方城市，在南方乡间买下一套七百平方米的院子，像个老农，还种了三亩地，自己栽菜吃。他添置了庞大的衣柜，里面塞满各种衣服，有紧身的，有宽松的，有苗条的，有丰腴的，也有奇形怪状的，比如像是太空人穿的那玩意儿。这些都是他的亲手设计。他轮换穿它们，一天换一件，甚至一天换好几件。不同的季节，他穿不同的衣服。在衣服面前，父亲永远不会老去，甚至变得年轻了。他岁数大了，就越来越迷上这个。衣服也会配合父亲的年龄和身体的变化，调适出符合老年男性的诸种功能。而她们本身融入了合成生物学的最新成果，亦被加入药性，以帮助男人勃起，哪怕他罹患各种男性疾病，亦无妨碍。

我有时也去探望他。我心有异样，但面对父亲，什么也不说。正是这些衣服使父亲健康活到今天，否则他早不行了。父亲脸上挂着清冷的似笑非笑，他就像一个得道的修仙者。这时，我们的关系逐渐缓和。我们坐在一块儿喝茶，眺望田野，看花儿开放，蜻蜓纷飞，云彩停驻在山腰。父亲眯缝眼睛，我们保持沉默，只一口口喝到晚霞爬上山头，农民们牵牛回到家里。我想问问当年他在部队里的事儿，交流一下我们两代人对于战争的想法，也讨论一下当前那让人不安的时事。但我还是忍住了，因为我忽然觉得没有意思，这是一种深深从骨缝中散发出来的无趣感，与周围的泥土、花香、烟气混合在一起，向天边弥漫。我没有把媳妇带来与父亲见面，也没有与他谈到母亲。到了晚上，父亲睡了，我就把他衣柜里的衣服取出来，逐个试穿一遍。这时我看到了那件以我生母为原型、早年被我弄出破洞的衣服，也就是所谓的“衣服之母”，已被压在箱底。

老年的父亲越来越富有。他的作品遭到了女权组织的抗议，但仍有不少女人寻访到了他的隐居处，前来拜访他，跟他套近乎，想得到他的青睐。但父亲生活在衣服的世界里，对她们完全失去了兴趣。当然，她们并不都是想要与他结婚，也不都是看中了他的钱财，有的就是崇拜他，有的则大概是想报复，因为父亲的发明，致使她们找不到男人。好男人都跟着衣服跑了。父亲的后半生一直居于爱恨情仇的旋涡中心。晚年时候，为安全计，他不得不频繁搬家，最后躲进武夷山中一座由瑞典建筑师专门设计的坚固城堡，安上钢门和电网，还雇了保安。他又变得不快乐了。他一人待在里面。他的脸上、脖颈上和手臂上，回光返照一般，再次出现了僵尸般色调。他整天沉默寡言，通过一个小孔，看着城堡外面的天空发呆。难道连衣服也不能最终拯救他吗？因为穿着，男人和女人之间，好像要爆发一场战争。这却不是父亲年轻时渴望的，那场男人与男人之间的、决定世界命运的大战。

但实际上，就连男人与女人的战争，也是不可能有了，因为在如今这个时代，与百年前已不一样。各种无趣的现象层出不穷，整个社会荒诞不经，连战争也变得十分乏味。衣服成了人世间唯一的亮点，男人们沉迷其中，平时打打架也就是为了穿戴而争风吃醋，根本谈不上真正的决斗。大家把女人穿在身上，再无法组成像样的军队。国家与国家之间，便不再有武装冲突。至少从形式上看，世界从此迈向了彻底的和平。这都是因为女人呀。

六

父亲死了。他在八十岁时，与一位老战友重逢，接受了对方馈赠的一件衣服，据说是外国投资商以父亲的专利为基础改进后开发的新产品。父亲非常高兴。这位战友退休前已官至高位，不明白为什么，他忽然想到要送父亲这样一件礼物。我猜测是父亲在部队时，曾经帮助过那个男人。他后来飞黄腾达了，一直感恩戴德，思想着回报父亲。但这很快却显得像是一个精心安排的暧昧结局。穿上这件华丽、金贵、娇嫩而水灵的新衣，白发苍苍的父亲来赴他的寿典，使这场面好像变成了婚礼。父亲一直孩童般呀呀笑个不停，合不拢嘴，那件衣服便在他臃肿的身上撒娇般蠕动，让来宾们看得目瞪口呆。我不明白，父亲老了，怎么竟昏了头，穿上了别人赠送的、来路不明的女人。以前，他穿的衣服，都是自己亲手设计的。那天晚上，父亲喝醉了，喘气都困难。第二天早上，人们发现，他被那件衣服勒死在了床上。衣服杀人的事件，闻所未闻。这可能是一起意外，也或许是一个阴谋。父亲那一代人，有很多恩怨，至今未能解。但为什么是外国人制作的衣服杀害了父亲呢？这后面隐藏着什么秘密？无人知道。

父亲一生中，积攒的衣服实在太多，以致为他的遗体换装时，很难选择到底让他穿哪一件。父亲死了，那些衣服仍然活着。有一刻，我试想了一下把所有衣服都给他穿上，但我很难想象，她们蛇蝎一样层层叠叠裹在父亲身上，像一座繁复的小山，集体殉葬，会是什么情形，会出什么问题。父亲死了，还是喘不过气啊。一时我很害怕，最后我只为父亲换上一件他在部队服役时穿过的普通布料军服——无性别的，没有装配任何肉体功能，或者智能。换衣时，我瞟了一眼他赤裸的肉体——我还是小时候跟他一起洗澡时见过，才触目惊心。父亲是白嫩而松软的，肥硕而丰厚的，河马般粗重的皮肤上爬着许多青紫色的斑纹，像是一片片迤逦的竹影。是许许多多可穿戴女性留下的印迹，清楚地暴露出父亲一辈子经历的欢娱和痛楚。父亲的眼睛没有完全合上，他只有脸部勉强带着些许刚毅，在死后恢复了一座残缺的军人雕塑般的形象，他就像一个永不服输的老英雄。

我怀着复杂的感情，把父亲护送进焚尸炉。这时我看到一个老太婆，蹒跚走过来，勾腰站在炉膛边，一声不吭侧头观看。我认出她是我妈。不明白她为什么要来。我没有理睬这个多年未见的女人。我说不上此时自己是个什么心情。父亲的那一大堆衣服，我都带到了火葬场，与花圈一起，投入火中烧掉了。她们化作滚滚黑烟，升上天空，仿佛终于获得了自由。我原想会有惨烈或悲切的呼叫，但竟然是死寂的沉默。天空并不是晴朗的。那儿翻卷着更大的乌云，很快吞噬了地面升起的烟雾，没有留下一丝痕迹。这时，我衰老而久违的母亲缓缓把头抬起来，抿紧嘴巴，像鸵鸟一样平静地久久注视。

差错工程师

我是在一列前往昆明的火车上遇上差错工程师的，我一眼就把他认了出来。差错工程师穿得普普通通，长相也没有过人之处，似乎还化了装，却有着不同凡人的气质。他最初还想掩饰自己的身份，但当我指出他就是差错工程师时，他只好承认了，并显得有些慌张。我很沾沾自喜，因为遇上了这么一位传说中的人物。我有很多问题想问他。在我表明并无恶意之后，他最初的紧张消失了。我们便在火车上聊起来。

“人们说，你生活的唯一内容，就是寻找差错？”我问。

“是的，寻找差错就是我的全部人生。你可以说这很单调乏味，但这是我的命定。”他说话的样子有些腼腆。

“你喜欢这种生活吗？”

“你喜欢你的生活吗？”他却反问。

我一下被问住了，想了想，说：“不知道。”

他就咬住嘴唇不说话了，去看窗外。飞驰而过的乌云在他泛白的鬓发间投下一道接一道阴影。我有些不安，又问：“你是怎么找出差错来的呢？”

“靠脑子，我天生了这么一副脑子。别人看不到的差错，我一眼能识出。当然也需要一些科学仪器的辅助。有时候，人的大脑很难发现隐藏在最深处的差错。我发明了一种高功率动态平衡分辨器，由一套类光系统组成。”他这才有些得意起来，像个孩子，语气也开始变得流畅。

“那么，你就是靠这个生存在世界上的吗？”

“哦，就像一个裁缝，就像一个锁匠，跟他们一样，做的是手艺活。的确有很多人来找我，请求我帮忙找出某件事情中的差错。很奇怪，越来越多的人犯错。以前还没有这么多人呐。不知道怎么回事，近年来，邀请我找差错的人一天比一天多。有些差错会让他们难受一阵子，有些差错则会要他们的命。他们给我报酬。我靠这个生活。”

他这么一说，我就想起，这些年，我遇到的那些差错。的确可怕。在我的单位，防差堵错成了头号命题。所有人如临深渊、如履薄冰。每次出了差错，都是一场灾难，相关责任人立马成了罪犯似的，一遍一遍检讨，但也过不了关。有的人因为一个很小的差错，而接受组织调查，被移送司法机关。还有的人自杀了。

差错工程师说，他以前是个测绘兵，退伍后去帮人开汽车运水果。他从未想到会过上这样一种生活。但他与裁缝还是有所不同。裁缝的任务，是把漏洞补上，把布块拼好，做出一件漂亮完整的衣服，而他只是发现差错，或者说，找出漏洞，让丑陋现身，让人看到这个世界的不完美。

“这令很多人觉得不舒服，但他们不得不面对现实。人需要时时负有罪感，才能活下去呐。”

“你都看到了什么差错呢？”我紧紧盯着差错工程师的眼睛，那是一双因为长年积劳而疲惫不堪的眼睛，像两颗失去水分的葡萄。

差错工程师缓慢搓着双手，小心翼翼说：“我看到的，什么都有啊，一言两语，无法说清……世界简直就是由差错构成的。或者可以说，差错才是世界的本质。”他茫然地略微转过头，羞涩地瞥我一眼，自己的脸先涨红了。

“你看到我身上的差错了吗？”

“是的。”他实诚地说，“我现在看到，你与一个你不喜欢的女人结了婚，她成了你的妻子。但这只是一个中等程度的差错。你更严重的差错，此时还不能说。按程序，那只能报告给你的单位。”

他说得很对。我一时心情沉重，也有些不太舒服。“你既然担着工程师的名号，那你是否也帮人弥补差错呢？”我试探着问。

“哦，不。我仅仅把差错找出来。任何避免和清除差错的举动都是徒劳。消灭一个差错，就意味着为另一个差错或者另一串差错的发生打开了大门。我最多只让隐藏起来的差错可视化、态势化和有源化。他们称我为差错工程师，只是这个意义上的。很多人不明白，以为我是在改正差错。他们不知道宇宙是一个模拟推演系统。它并不是真实的那个宇宙。它比真实的宇宙提前三个月来到我们身边。所以，才处处存在差错，并且从根本上无法弥补。生物的出现和演化就是一个不断犯错的过程，存在的目的从来不是为了去认识宇宙的真理……好在，尽管有这么多的差错，人们都非常隐忍而妄然地活了下来，或者去死。死活都流转在差错的夹缝中。”

“但世界除了差错，难道就没有别的了吗？”我绝望地想着从未获得的爱情，却不顾今后可能犯下的更严重差错，再一次紧紧盯着差错工程师的眼睛。

“没有。”他毫不迟疑地说。

车窗外面，大片夹杂小片的斑斑风景，废纸一样飞舞而过。我看了看它们。我看不出任何不对头的地方。太阳跟昨天一样无精打采。鸟儿欢乐歌唱。风在串门。树木们清晰地冥想并成长。这一切里面，掺入了大量的高楼、电线和公路，它们前一阵还没有。所有事物似乎来得突然，但看上去，似乎不会因为什么差错，而在瞬间毁灭。但在差错工程师的眼中，却不是如此，一切都是有问题的。他究竟是一个什么人？他总在这么孤独地旅行吗？他有家吗？他的老婆又是什么样人呢？他们关系好吗？另外，他本人也会出差错吗？这会对他的命运带来什么影响？我脑子里仿佛一下涌进许多盐水。

“你做着一件很了不起的工作。你是人类中的英雄。”我垂头丧气说。

“其实不是那样。”他悲戚地低下头。

我想了一想，觉得也是如此。一个满眼都是差错的人，一个整天的生活就是寻找差错的人，过得比普通人更不容易。

但我还是问：“为什么呢？”

“人们需要我，但又忌恨我。许多人想要杀死我，因为我发现了他们的差错。特别是有的人相信，他永远正确，绝不犯错。你能想象出这人是谁吧？我这一生，在不断逃亡。我从一列火车换到另一列火车。我跑遍了世界的每一个角落。我与每个人最多只见一次面。我从不敢停下来。我随时可能死掉，成为我发现的差错的牺牲品。我被差错绑架啦。”他双手掩面，做出要哭的样子。

“你不会不干吗？”我嫉妒地问。

“啊，我曾经也想过金盆洗手。但我已无法退出。差错是一个深不见底的旋涡。我与它已经融为一体啦。我不管走到哪里，都会听到人们热情地问我一个问题：尊敬的差错工程师啊，你究竟是在发现差错还是在制造差错呢？噢，谢谢你，你没有这么问我。唉，那些人其实是无法理解我的，正如他们无法理解差错。”

“因为你道出了真相吗？”

“不是真相。世界没有真相，只有一些浮在差错的汪洋大海上的破碎泡沫。”

“我们还能去到三个月后那个真实的宇宙吗？在那里，应该是没有差错吧？”

“但也许只能通过最严重的差错才能去到。我一直在等待这样的差错出现。”

这时，列车到站了。我还有许多问题要问，但只好依依不舍告别了差错工程师。他严肃地对我挥挥手，那样子像一只没吃饱的企鹅。接下来的人生中，我谨守承诺，不把遇上差错工程师的事情，告诉别人。

我下一次见到他，是在电视上。当时正在播放一条新闻：差错工程师因为向境外敌对势力泄漏我方的差错信息，而被判处死刑。他没有上诉。哦，他要死了吗？他在逃亡中犯下了致命错误吗？想杀死他的人终于得逞了。那今后谁来告诉我们什么是差错呢？我看到，差错工程师身穿蓝色囚衣，脸上又一次露出慌张神色。他面对镜头，供述罪行，表示忏悔，希望别人不要重蹈覆辙。

我指着他的影像，对我的孩子说：“你可千万别出差错，出了差错也别让人看出来。要把差错进行到底呀。”孩子不以为然笑了笑。妻子站在一旁，脸上满是不屑的表情。

世界清除员

小乔听到敲门声，打开门，见是一个年轻的陌生男人，疲惫不堪站着。

“你是谁？有什么事？”小乔问。

“我能不能进来？”他忧伤而惧怯地说。

小乔犹豫一下，让他进来了。男人干瘪瘦小，弱不禁风，像根蔫巴的稻草，塌身坐在小乔床头。他的确很奇怪，背负一个垂到地面的大黑帆布包，十分沉重的样子。他哀怜地向小乔请求，能不能在这儿躲一躲……这时，走廊里响起动静。男人脸色骤变。

小乔凑到门口，见是父亲的私家军来了，打头的是几个哥哥，眼睛瞪得牛铃大，鼻孔喷出紫色气流，狂呼滥叫。他们后面跟着一群弟弟妹妹，以及侄子外甥等喽啰，袖子挽到肩关节上，哼哼唧唧，小鬼似的。另有一些充数的，可能是临时从伙房抽调的杂役，高举菜刀，嗷嗷乱叫。父亲经常心血来潮，组织这样的集体行动，高兴起来，就在家里大肆搜捕入他法眼的人，名为“打黑”。隔三岔五来这么一次。小乔本人也被抓过，关押到父亲房间，接受他的爱抚。

“你是新来的吗？怎么惹得父亲兴致勃发了？”小乔问男人。

“不，我不是你家人。我没有办法令你们高兴。”

男人紧张地看着门口，从头到脚都在哆嗦，一不小心包包掉落地上。他“哎呀”一声，像害了心绞痛，伸出左手捂住胸口，又用右手去拎包。小乔纳闷。她就看那包包，见它开了口，里面露出一堆黑亮油渍的金属物，有点像是哥哥们平时爱玩的机关枪。见小乔一副不解的神情，男人就羞愧地解释，说这不是用来杀人的。但是做什么的呢？他越说越可疑，好像丧失了自信，最后竟然把自己说得瘫倒了，在地上滚来滚去，嘴角冒出杂乱的白沫。小乔忍住恶心，又凑近看去，见一件金属物上刻着一行字：世界清除机。

“咦，世界清除机？新品牌玩具吗？”

“不，不是……”男人结巴着更说不清了。小乔看看四周，才想起这就是所谓的“世界”——但她忘记了是在什么时候，被告知这是世界的了。她只记得早前自己还是个学生，在私塾上地理课时，就觉得世界的存在是一件滑稽的事情。但经历了长期的家庭生活，特别是对父亲有了深入认识，接受了他的爱抚之后，现在，她已不那么想了。世界就是世界，与家庭构成平行作业关系……但那金属物上的字是什么意思呢？难道，世界会被清除吗？这跟她有什么关系？

男人绝望地瞅着小乔，说：

“噢，我该怎么办呢？”

“什么怎么办，我还没问你是谁，来做什么呢。你这人莫名其妙。”

“哦，我其实一直潜伏在你们家中，刚刚被放大出来。”

“放大出来？怎么放大？”

小乔心想，自从“打黑”以来，家里就怪事连连，幺蛾子一个接一个。她愈感厌烦，却又好奇。

“啊，放大，也就是把之前看不到的，比如细菌那样大小的东西，给显形得看见了。这是一个把标码转化为物理存在的过程。”

“听上去很深奥，好像还带有高科技色彩哦。”

“这本来就是一个高科技的时代呀！你不信吗？我真的是早早潜伏下来的，喏，跟种子冬眠一样，就在你房檐下那个花坛中，有好多年了。”男人的脸都急白了。

“你潜伏在我们家中做什么呢？你到底是什么人？”

“我，是一名世界清除员。”男人说，“府上是一个制造世界的窝点。简单来说，你父亲，一直在无中生有制造世界，也就是俗称的泡沫世界。他本人呢，清醒的时候知道自己在做什么，糊涂起来就什么也不知道了——也可能是装作不知道。大部分时间，他或许是真不知道。他整天趾高气扬，自以为是，把一个接一个的泡沫世界造在家中，却不明白外面还有非泡世界。这样下去会有大麻烦！打黑只是他的伪装和掩护……我和我的战友们，被播撒到这里，一待时机成熟，就要放大出来，清除掉你父亲制造的泡沫世界。泡沫世界与非泡世界背道而驰，甚至互相冲突。你们活在错误的时空参数中。但你父亲居然有本事把泡沫世界制造出来，而且，这些非法运行的泡沫世界越来越强大，有了自己的力量，对非泡世界构成严重威胁。你们这些孩子，都是泡沫的副产品啊……”

小乔困惑了。世界，竟然是泡沫构成的吗？她以前一直不知道，整天咋咋呼呼的父亲大人，居然是泡沫世界的制造者。他那么一个糟老头子，生性粗鲁，不讲卫生，一个月也不洗一次澡，浑身一股尿臭味儿，能制造什么呢？他只会兔子专吃窝边草，捉住小乔这样的女孩子，就吃吃笑着在她们身体上摸来摸去。

“那你说，他是怎么制造泡沫世界的呢？此事太奇怪了。”小乔感觉到严重性，就问来客。另外，她一直就想打探上辈人的秘密，这下来了机会。

“哦，关于世界的真实概念，不是你们私塾课本上讲的那些，而其实另有一套深奥的理论。我说的，是幕后情况呀……”男人像个暴露身份的间谍一样压低声音，“简单来讲，五年前，你父亲曾经到外面上过一个培训班不是？”

小乔点点头。父亲的确消失过一段时间，回来后气象就大不同了。

“就是在那个培训班上，他和同学们一起，学会了制造泡沫世界的技术。教员还发放了世界制造机给他们，并颁予证书。这是一个延续几千年的大阴谋，一代一代的人，都在捣鼓这玩意儿……制造泡沫世界的方法，其实并不麻烦，首先，胆子要大；其次，得会乱来。喂，你父亲是不是喜欢乱来呀？”

小乔羞涩地点点头。男人不怀好意笑了笑，又说：“条件具备时，泡沫世界也可以由音频构成，这不过是引力势能的多种表现形式之一。你们不是每天召开家庭全体成员电视电话会议吗？你父亲一边昏昏沉沉主持会议，一边按动藏在衣袋里的音频遥控器，随着话音在受控场中重新编组，泡沫世界就咕噜咕噜被制造了出来。这并不是用核聚变的办法，那样占用空间太大。简单来讲，你父亲借助的是真空能。世界产生后会立即嬗变成物质，把自己伪装成第一性的，在外表上完全看不出是泡沫，这样就支持了你们的胡闹。欺骗性太大了。”

他语气虚弱，却煞有介事。小乔有些不安。除了有次失火，使用灭火器，在家中，她并没有看到过什么泡沫。一切是实实在在的。父亲摸在她身上的手犹如肉乎乎的蛇蝎，掰都掰不开，哪里会破灭。但认真想起来，如果不是生活在泡沫世界之外，而是身在其中，那也就无法看到吧，俗话说，不识庐山真面目，只缘身在此山中。只有外来者才能一眼窥破。

小乔只是偶尔猜测，世界或许并无意义。她曾和一些姐妹，私下议论此事。不过，相对于面霜、口红、香水、钻戒和丝裙什么的，这并不是她们关心的主题，稍微讲一讲便置之脑后了。而且，她得活着，为父亲而活着，甚至连恋爱婚姻都没有时间和精力去考虑。一想到父亲庞大而笨拙的巨蜥般身体，想到他裂开眼角大笑时脸上暴出的那些蝇状条纹，以及他七窍中喷出的河马似的浊臭气息，她就心绪飞扬而忐忑不已。

然而，要是世界被清除掉了呢？这不就等于是世界末日吗？这个大家庭该如何收场？父亲会完蛋吗？对此，她既害怕，也有些莫名兴奋，便又看了看寒光闪闪的世界清除机，听到男人小心翼翼叽咕：

“并不只有你家这一个窝点，泡沫世界处处皆在呢。有许多的像你父亲一样的人——我们管他们叫非注册程序员，整天忙碌干这勾当，也不是为了什么宏大理想，就是跟强迫症似的。他们无非也是工具，从教员那里领受任务……因此我们得赶紧。泡沫世界有个特性，如果它们越聚越多，积累到一个临界点，非泡世界就要被挤掉了。”

“那，非泡世界又在哪里呢？”

“它是一个看不见的维。具体的位置，把微观世界的反熵力矩叠加，再进行负十一次方后，才可以见到。只有它不是被造出来的，而是一直就在那儿，物理逻辑上，比你们所谓的世界要多出二千五百四十九点四六个回旋。这才是真实和正确的世界哟。”

小乔默然，盯住世界清除员看了半天，看得男人苍白的脸庞微微潮红起来。他难堪地低下头。小乔心想，为什么非泡世界才是正确和真实的呢？难道宇宙中竟然还存在特殊的节点吗？这是什么霸道逻辑？

她对来人产生了怀疑。

“你抑郁吗？”她问。

“什么？”

“抑郁。”

“什么是抑郁？”

小乔心忖，唉，怎么跟他说呢？姑且把他当作来自非泡世界的人吧。想到非泡世界要被泡沫世界挤掉，竟不知怎么的，她又可怜起这个弱小的男人来。她觉得，在父亲说了算的家里，也许只有她能容得下这个要来清除他们的访客。他跟她那些强悍的哥哥不一样。哥哥们僵硬而稚气地搂着机关枪，在一旁眼瞅父亲施予女儿以爱抚，只会痴呆而嫉妒地流口水。但这个人居然要清除父亲制造出来的世界，这一点让她钦佩。她从未见过这样的男人。难道，这就证明了她真的是活在泡沫世界中？

嘭嘭嘭！传来了急促的敲门声。父亲的私家军到达了。企图清除世界的男人吓得又打起抖。小乔急忙打开窗户，那里挂着一个她用毛线编织的吊篮，是为了防备火灾而预备的，一旦有事，小乔就会乘它逃走。现在，她决定启用它。她不知哪来的力气，把世界清除员从地上拉起，塞入吊篮，自己也挤进去，坐好了，扯动绳索，徐徐下降。男人缩成一团，把棉花糖一样的脑袋倚靠在小乔肩上，太阳穴像条臭虫一样胡乱蹦跳。小乔嗅了嗅，知道他才是臭的。

在下滑过程中，女人没好气地问：“你不是来清除世界的吗？怎么竟被我爹追得仓皇逃窜。”

男人眼圈又红了："原以为这事很容易，放大后才知道，其实是高难度工作。你父亲是制造泡沫世界的高手，他的速度飞快。非泡世界只得加派人手，却也赶不上。你父亲心情舒畅时，一天至少要制造十三个泡沫世界，而我拼命做下来也只能清除三个。有的清除员因此信仰动摇了。有的人竟认为若要让非泡世界不毁灭，只有一个办法，那就是掉过头来，帮助维持泡沫世界的存在，修饰和改良它，使之看上去像是非泡世界——不，让它真的变成非泡世界。这样一来，不同的世界就不会发生冲突了，大家就可以和谐共处了。这个荒谬的理论居然有很多人相信！一些家伙因此投靠了你的父亲。昨天，又有个战友叛变了，他向你父亲告密，我于是被发现了。"

"你为什么不投靠过来呢？"

"道不同，不相与谋。我坚信，泡沫永远是泡沫，变不成非泡！"

世界清除员像乌龟一样伸了伸脖子，吭哧说出了大概是他来到泡沫世界后最有骨气的话，又小孩一样尝试来拉小乔的手。小乔把手撤开，本能地护住胸，重新审视对方一遍。男人立时委顿了，乌鸦般皱着眉，翻起白眼。是的，这副德性，怎么干得过父亲呢。这正是一切冒失闯入者的悲剧。他们根本不知道这个家族的水有多深，哪怕它只不过是一堆泡沫。小乔心想，可怜的男人怎么才能明白这个道理呢？

不是道不同，而是世界不同吧……

但小乔还是准备帮助他。她并不在乎什么泡沫世界或者非泡世界。对于女人来说，这没有质的区别。泡沫即非泡，非泡即泡沫。有什么稀奇呢。她从父亲那吐在她身上的满嘴唾沫中，就看到无数遍了。她才意识到，世界在她心中，早已毁灭了许多次。她活得很厌倦。每周被父亲爱抚三次，刚开始还有乐趣，后来就烦了。老是一个花样，也没有变化和创新。父亲毕竟是个守旧的人，年纪也不小了。小乔已为父亲生下许多孩子。这些小家伙一生下来就从小乔身边带走了，被家庭接纳为新成员，待到会说话时，就去参加父亲主持的全会。如果是女孩，将来就继续接受老人家的爱抚，男孩则加入打黑大军，被培养成新一代中坚骨干。家庭越来越大，组成越来越复杂，连房屋结构也要不停加固，并配置更多的灭火器，才能保持安全和稳定。小乔常常迷失在各个楼层和走道的深处。连家养的猫狗，都不认识她了。一切越来越陌生。最近她经常想到，未来有一天，连她的名字小乔，也会无人知道的。她将沦为一个符号，夹在家庭档案或相册的某个活页角落里，许多年也不会有人翻阅，最后连父亲也忘记了她。他老人家在无数的家庭成员中，再也找不到她，不再来爱抚她了。一想起这样一种未来，她就兴奋而迷茫不已，既感到解脱，又觉得没有前途。也许正因为如此，小乔才决心帮助世界清除员。她并不很相信这个精神紧张语言混乱的男人，但这无所谓，或者说，唯其如此，她才打定主意要帮他。

也许，只有这样，她才能唤回父亲对她的注意。她真是矛盾重重。

他们终于下到地面。这时天已擦黑。世界清除员脸色铁青，浑身发冷。她拉他几次，才把他拽起。他又请求小乔替他把世界清除机背上，因为他扛不动它了。

“现在要到哪里去呢？”男人垂头丧气问。

“还要去清除世界吗？”

“不知道啊。”

“那就躲起来吧，先保住小命再说。哥哥们可不是吃素的。”

关于藏匿，其实小乔颇有诀窍，她这一辈子，都在躲猫猫，与父亲和哥哥玩官兵捉强盗的游戏。她早已谙熟这个家庭的秘密。“要想站直了，先得跪下；要想说话，先得闭嘴；要想活着，先得死了；要想逃跑，先得躲藏。”她告诉男人这些基本道理，也不管他听不听得进去。她没有跟他讲的是，到头来她什么也没有躲得过。但为什么要告诉他这些呢？如果他活下来，等到下一次机会，真的把世界清除了，那岂不是一切成空吗？就连小乔本人，不也无法存在了吗？女人心里布满杂乱的情绪。

“什么也别告诉我，告诉了我也不懂。你父亲的世界，太特别了，太奇怪了。早知道这样，还是不被放大为好。可这由不得我啊。”男人恐惧地低声嘶鸣。

小乔带男人来到一个地方。那是家庭的后花园，其实是堆放垃圾和死人的场所。见到有人来了，许多个脑袋从秽物及骨骸中伸出来，翘着小嘴吱吱叫唤。他们是被父亲弃用的孩子和杂役，里面也有小乔生养的。她现在知道了，这些人其实满怀感激，因为父亲制造出了泡沫世界，他们才有了出生的理由。虽然，眼下，什么事也做不了，但这么活着等死，也比养在隔壁场圈里的猪羊要强，至少有腐肉和垃圾可以吃，还不算太抽象吧。

“难道，我们要躲在这里吗？我可不愿意。我是世界清除员啊。”男人捂住鼻子，又抽泣起来，紧张地瞅着在黑乎乎的渣滓中挣扎的人类。

小乔吃力地替他背着世界清除机，轻蔑地瞥了一眼，说：“你还要怎样啊？”

“根据我的计算，非泡世界还有一天就要被挤掉。啊，我却身陷泡沫世界中，怕是回不去了。”

“你觉得还能回去吗？有人要来接你吗？”小乔脑海中浮现出电

影中的桥段：闪着绿色荧光的飞碟，天神一样徐徐降落，来接应落难于地球的外星人。

“情况的确不乐观。”

“你们那个世界里，人能活多久？”她叹了口气。

“三天。”

“三天，就是你们的一辈子吗？”

“是呀。”

“那你活了多久了呢？”

“被放大以来，已经两天了。现在正在过最后一天。”

“也就是说，在你人生的三分之二中，你一事无成啰。”

“正是这样。”男子像老人一般，死气沉沉垂下头，勾勾去看自己脏兮兮的肚脐。小乔想，他还没有享受过被爱抚的滋味。小乔又想到父亲对待自己的情形，不禁报复一般对男人说：

“既然如此，泡沫世界破不破灭，与你有什么关系呢？你活得那么短暂！什么世界都与你无关。你无法看到它的生成与发展，它美好也好，丑恶也罢，你都很难体会。你根本无法了解我的经历，而我们却待在一起，这算怎么一回事呢？唉。不过，幸运的是，这回你毕竟有幸见证你那非泡世界的毁灭——如果它真的只剩一天的话。你们不是每个人都有这样的福气吧。”

“这叫福气吗？”男人苦笑，“另外，你为什么要帮我逃跑呢？你是你父亲的女儿呀。”

“不为什么……这你不明白。并不是什么都要问出个原因。你来到我们这儿，是为了你的世界的存在，但我真的不为什么。”小乔悲伤起来。

是的，不为什么——虽然她不再愿意去到父亲的房间了，她甚至也不想再接受他的爱抚了，但她内心深处，真的是这么以为的吗？她真的是想孤单过一生吗？她的一生又有多长呢？她受得了这永不死亡的泡沫世界里的寂寞吗？不为什么——是啊，她一个女子，在这人口数量巨大的家庭中，又能为什么呢？这一刻她很想哇的一声哭出来，但在陌生的异世界男人面前，她不能流露软弱，便忍住了。像个保姆一样，她还替他背着世界清除机呢。她哀怜地看着面前这个试图清除她父亲的世界却落入败局的男人。他用短短三天、仅此一次的绵薄生命，来做这件毫无把握也毫无结果的事情，听起来跟三流童话一样。小时候，她也许在私塾的课文中读到过这种故事吧，记不起来了。其实是那男人自己的世界太弱了吧，经不起推敲，所以，从根本上讲，这跟泡沫世界又有什么关系呢。

这时，男人又拿出一个耳机模样的东西，试图与他的世界进行通讯联系。看来信号并不畅通，也可能是，在非泡世界，信息也不自由。小乔忽然有了一种感觉——说不定，连世界清除员也是父亲制造出来的泡沫世界的一部分呢，这家伙却蒙在鼓里，竟还以为肩负着重大使命。他凭什么证明，他的非泡世界，是实实在在存在那儿的，而不是一个泡沫呢？

“是在呼叫飞碟吗？”她不禁讥笑道，又像是在自嘲。

“不，不，并没有什么外太空的飞船。我根本不是外星人。这点请你放心。”男人乏味地申辩，额头淌下虚汗。

她便在手上加了把力，拖拉他离开人满为患的垃圾堆，就像是要为自己找到一个脱逃的借口。这次，她决定到外面去。家庭很大，重楼叠阁，富丽堂皇，迷宫一样。墙上和柱子上挂满恒星一样的东西，又像一层层的金币，闪烁不定。每间屋子里都有人在赌博和数钱。私家军释放的无人侦察机，扮作苍蝇形象，绕梁嗡嗡游转。小乔和世界清除员走了半天，来到一条水银的河流边。似乎，过了它就是家外了。靛蓝色月光下面，聚集了很多的姐姐，由梳着羊角小辫的母亲带领，大呼小叫驾驶电动筏子，正在打捞河中闪闪发光的浮尸。那些人大概也是试图逃走的，但统统淹死了。不，可能是水雷炸死的，是机器鳄鱼咬死的。小乔没有把握，能不能过得去。

这时，私家军的先头部队已经追至。但是，就在即将抓住逃亡者时，哥哥们却带领官兵们歇息下来，在岸边的小食店里团团围坐，开始喝酒吃肉，猜枚划拳，有的人还脱掉衣服互相交配，嗷嗷乱叫。也许，觉得要捉拿的人，迟早是逃不掉的吧。他们得先填饱肚子，并娱乐庆祝。

“他们果然不用这么卖力啊。看样子还是泡沫世界好啊。”世界清除员哭丧着脸，羡慕而忧虑地看着沉浸在快活中的追击者。

“你现在叛变你的世界，还来得及。”小乔鄙夷地说。

“不，我决不做那种事情。”男人又眼巴巴地瞅着小乔，“你饿了吗？没想过死前吃顿饱饭吗？”

“哦，当然饿了。我又不是神仙。但有什么办法呢？我们现在是逃亡者。我虽然不是非泡世界的人，但做了违逆之事，若被父亲抓住，也会被打死的。只能一直逃。回不去了，就东躲西藏吧，反正挂着世界的名号，活一天是一天吧。”

他们便试着用新的方法过河——踩着尸体过去，避开水雷和鳄鱼。电动筏子上的女人们都停下来，目瞪口呆看着他们。以前，还没有谁胆敢踩踏尸体的。这方法真新异。除了母亲率领的女子打捞队，其他人都不允许触碰尸体，这是家庭的迷信，所以，他们反而没有受到阻击。机械鳄鱼乖乖地待在一边，没有跳起来噬咬他们。

“知道再往前走，就到哪儿了吗？”女人驯鹿一样轻巧地在一个个的尸体上纵跳，明知故问。

“是灵山吧。”世界清除员掏出一个像是卫星导航仪的玩意儿来看了看，黯然说。小乔心想，他们越走就离毁灭越近。

河对面果然是灵山。其实，它一直巍峨地与家庭的主楼遥遥相对，就像一面顶天立地的大镜子，映照着世界那肤浅浮夸的外表。以前，小乔经常趴在窗户边眺望它，还对着它化过妆，没有想到现在竟然亲身来到这儿。人生好像开了一个玩笑。

“按照你说的，这儿也还是在泡沫世界的地域之内。”她瞅着金字塔一样的山体，发出冷笑，“但我也没有更好的办法，只能带你来此了。”

“现在顾不得这么多了。依你说的，咱们先在山里躲躲吧。”男人说。

“对于毁灭而言，灵山其实也不是最佳藏身处……这你要有思想准备。”

这山也是泡沫吧，或泡沫中的泡沫。她无法明白，父亲活得好好的，为什么要制造泡沫世界这种东西——如果他真的制造了它的话。父亲也是别的什么人操纵的一个傀儡吧。但那些教员又为什么要做这种事呢？他们也是被操纵的吗？

“但你有没有想到过打游击呢？”男人忽然奇怪地冒出一句。

“打游击？”

“是的，占山为王，农村包围城市，荒郊反攻家庭。这样或许能缓解形势的紧张吧。”

男人为自己想出了这样的主意，而激动起来，顿时回光返照，竟然好像忘掉他的世界快要灭亡。女人轻轻摇头，觉得一切更加荒唐而幼稚。她大惑不解盯着男人。他怎么会有这样异类的想法。

灵山上响起此起彼伏的叫唤，是包装在石头里的扬声器，在呼叫她的名字：“小乔，小乔，你知道吗，连你也被入侵者确定为了清除的对象，你怎么能跟敌人待在一起呢？你对他泄露了多少家庭秘密？你知不知道，在平时的生活中，你帮助父亲制造出了多少世界啊？你能狠心丢下那些孩子吗？这个事实，是掩盖不了的。你得活在我们自己的世界中呀。回头是岸，还来得及！”

小乔吓了一跳。听这话的意思，似乎，不仅是父亲在制造世界，而且她还是助手呢。她却一直不知道。这事儿看来并不简单。她不禁震惊着迟疑了。她想大哭一场。这时，她看到一个大坑似的东西。坑边竖立一个牌位，上写“此处既非灵山，毕竟什么世界”两行字。大群大群的骨色虫子爬上来。清除员看了一阵，哀叹：“这应该就是世界毁灭的边缘了。”小乔说：“你误会了吧，这不是你的非泡世界。”

“等一会儿，你就会看到，世界就要从这儿，像拉长的电磁波一样，丧失掉能量，一点点走向终结。那样的话就等不及打游击了。咱们得快些啊。”男人好像没有听明白小乔的话，挣扎着坚持说，又仿佛在为自己的无能寻找借口。

小乔鼻子里哼了一声：“如此说来，你的世界似乎要提前结束了。而我们还没有吃晚饭呢。刚才你说什么了？饿了？”

这时，小乔看到，到处是歪倒损坏的佛像，形象狰狞。大殿什么的都倾圮了，遍地瓦砾。山上很冷，她希望找到一些柴火。但到处是光秃秃的。她也是第一次来到这里——到一个她天天都看得见，却一直来不了的地方来。

天黑了，是没有星星的黑。灵山显得格外恐怖。有狼在叫。这是父亲放养的宠物。这儿不是家庭的核心区。小乔很揪心，转头四顾。兴许是只母狼吧。终于见到，在石板路上，躺着一只死狼，红红的肋骨露出来，发黑的乳头耷拉，果然是个雌性。一头公狼缓缓走近，跪下身，伸出剪刀状的舌头，舔吃骨上的肉。小乔蹲下，在一旁静静观察。她仿佛和狼一道等待世界结束。但这一刻迟迟不来，急煞人了。什么都没有把握，什么都说不准，什么都像是假的。而那男人的生命，只有他自称的一天了。小乔不知道，与这种人待在一起，还能做些什么。她愈加心烦。她不明白自己为什么要心血来潮做这件倒霉透顶的事，跟这个世界一样没有任何意义。她把背负的世界清除机解下来，扔在狼尸旁。然后，她走回去，看到男人在坑边仰身躺着，死鱼一样闭着眼睛，嘴里像手淫般胡乱呻吟。她触了触他的身体。他的肋骨像鸟儿似的，是中空而脆软的。她想象那上面悬吊着一挂挂猩红的瘦肉，却没有听到他的心跳。男人，不管来自哪个世界，到头来还真的只是一具躯壳。

“回家吧，回家吧。”山石间发出密密麻麻、威严却温和的声音，像一群秋虫在婉转低鸣。小乔流着泪望过去，见到漆黑的天空中，有两盏探照灯似的东西，在炯炯飞翔，那大概是父亲永在的眼睛。不一会儿，光芒落在她的身体上，轻轻抚摸。高潮来临之前，她昏睡了过去。

游泳池

汤滓失恋，彻夜无眠。凌晨，他走上大街，唯见一处灯火，原来是游泳池。世界一片黑暗，仅有泳池开放，如淤泥中荷花，熠闪灿灿，冉冉招摇。池中亦无一人，像是专为汤滓预备的。水碧绿无波。他脱衣跳入。水微凉。他划动，让水像绷带把他裹住。这样与伤害他的世界隔绝。他没想到竟能游这么久。他试图一直游下去。刚开始，心还在泳池外，想着哀怨事，但游一会儿，慢慢平和了，逐渐心水合一。游泳的，除他外无别人。这个世界若有目的，融溶无间，包裹住他。泳池是用来防止伤口感染化脓的。

忽然，一个像手的东西从下方伸过来。是看不见的手。汤滓想，有人淹死在这儿，遇到鬼了吧。他却不害怕，而是喜悦地随之下沉。

在泳池底部，他见有一个出口，眼眶一般，闪耀辉煌。原来是一处虚空。往里看，只见铺满星辰，不同的生物来来往往，状貌各异，无所依附地游动。汤滓潜入。此处之水有辣酱感，是火红的，他的身体由凉变热。又见一个猪一样的生物，面相稔熟，从边上游过。汤滓改变节奏跟上它。它转头冷冷看他一眼。奇异的是这儿的生物都会游泳。

“猪”忽然冲他说话：“这泳池，俗名叫宇宙，本名曰伤心者池塘，是所有失意的生物们，要来到的所在。如果在你的原世界受了伤，就回到水里，便可恢复。”

“怎样恢复？”

“就是轮回。”

“为什么是水中呢？”

“若从宇宙本性来讲，是一个原汤呀。胎生卵生，化生湿生，生物皆来自水。想想在妈妈子宫里的模样吧。”

“游泳者都从哪儿来？外星球吗？”

“有来自彼时，也有来自他时，譬如亿万年前的生物。”

汤滓划动的四肢，不禁打起寒战。他看看四周，有些泳者不动了。那是古老的生物，在很早以前即已灭绝，此刻却也回到这儿，无不在水中。是的，又一座坟墓，亦为一个复活通道，他看到的，是重现的万有。置身如此世界，其他的不是可以放弃吗？

“大家都有什么伤心事呢？”汤滓又问。

“都是爱欲。因为爱欲，有了生活。舍不得呀。宇宙是用爱欲做驱动引擎的，所有物理学公式都是近似表达。”

“宇宙是一片爱欲之水吗？”

“你死后即知。”

“猪”笑了一下，游远了，像一片虚影。汤滓吓了一跳，不禁觉得，水的国度拓展了视野，在失去爱欲后，却有了宽阔之感，或者说，通过爱欲之水，他与宇宙交融了。原来，这就是游泳池的秘密。大概世界上的每个游泳池都开了这么一个口子，来联通有情众生难以割舍的。

汤滓回忆起，他的游泳本领，是那女人教的。他们是同事。她在水中，把着他游，肌肤相贴，令他有了反应。那一刻觉得，是真正而唯一的爱，不知不觉中，浑身湿透，沉入她的深渊，她溽湿的怀抱成了他的归宿。但他们终究还是分开了。

他又记起，第一次做那事，不是与她，而是跟水。读初中时，和一群同龄男孩，泡在大人洗衣的池子里，用自来水龙头，放满水。水流绞缠碰撞下面的家伙，有奇痒感。他去摸小伙伴的，小伙伴也摸他的。都硬了。不一会儿，水面漂满白花花的泡沫。他们勃然嘻笑，随即悔恨害怕。现在他却想做一次，与宇宙做一次。

他正要伸手下去，虚空却消失了。生物都不见了，像是气泡破灭。池底入口关闭。他浮出来，离开宇宙。这时，水中渐有了别的泳者，却是正常人类，令他不安。影影绰绰，游在他前面的，是位女性。泳衣紧紧包裹住像是海豚的身体，矫健地缓慢扭动。以前，他刚学会游泳，获得了一样兴趣，就是游随陌生女人身后，看她两腿如蛙状分合，股间三角地带，绷张出饱满的红、黄或蓝，亦如湿淋淋绽放的鲜花。这时，前方的女人，也是这样的，就在下身处，恰才消失的爱欲宇宙又盛开了。他不禁伤丧痛惭。

汤滓不禁又想到她。单位组织郊游时，住在宾馆，他尾随那女人去到泳池，才发现她其实是不会游泳的。她要游的话，没有他的照拂，便会淹死。但他的游泳技艺，又分明是她教会的。他后来反复想这事，也琢磨不透，觉得超出了男人的理解力。其实世间之事无非如此吧，不必较真。就在她下水之际，他见到她泳衣下面胖乎乎的小猪般身体，不禁惊诧地屏住呼吸。

汤滓想着赶紧游开，超越前方的女性，尽快到达彼岸。但他的身体变重了，好像再不会游泳。水从绷带变作绞索，却是轮回的必由之途。

这天，游泳池的救生员上班迟到了。他发现一个男人在水面漂荡，四周涟漪散逸。刚开始，还以为他在休息呢，但很快意识到不对。救生员走至池边，才发现，此人实际上还在拼命游，却不动分寸。他已经死了，却还手舞足蹈游行，只是停留在原地，给人的感觉是一动不动。没有见过一个死人，是这样子的。他游在自己的宇宙中。他脸上挂着贪婪的调笑，咧开的嘴巴像一道从腹中伸出的伤口，咕嘟冒着成簇的气泡。四面八方的水体形成绷带，密匝地缠绕住他，显得他好像一个正准备吃大餐的人。

副　本

我大脑皮层上的感应器捕捉到一个报警信号，说是我的正本出事了。我根据搜索引擎公司提供的路线图赶过去，发现正本已被送进医院抢救。我便为他缴押金，出证明，填表，签字……办完各种手续后，我把身子缩成一个球，坐在抢救室门外，抱紧双臂，把脑袋插入裤裆中间，凄凉地等待。医生和护士在我面前不急不忙走来走去，好像情侣们在午后的公园散步。“他的情况到底怎样了？”我终于忍不住，从地板上跳起，问一名医生。“他是谁？”他轻漫笑笑，反问。我汗如雨下，解释半天，医生才似乎有些明白。“哦，那么你是谁？”他根本没有在意我的问题，还是反问。“我是他的副本！”我如实回答。医生看了我一眼，就扭头走开了。我就又坐下来等待。

我在医院的走廊上默默坐了一个月，才被允许进入病房探视正本。他好像已经被抢救过来，但仍然昏迷不醒，脑袋上插满橡皮管和玻璃瓶，一些移动式电子探测器正围住他的身子转悠。我看到这一幕就哭了。现在，我作为副本，成了照料他的唯一责任人。正本像只甲虫一样躺在床上，沉静而深度地睡着，脸上铺满疲惫，好像他已有很久没睡过觉了。我疼爱地久久打量正本。他长得跟我一模一样，除了身上的个别记号不同。看上去我们都还年轻，身体既不像男人也不像女人。这说明，这正是我们大有作为的时候，可是，我们却都已身陷医院。所以，正本，你好好的啊，请赶快恢复健康吧，才好去上班呀。这个社会需要挣钱才能活下去。我们两个用的是一份钱呀。我这样不停祈祷，泪水滚滚。

又过了一个月，正本终于醒来，一眼见我坐在他身边，就轻捏一下我的手，问："你是谁？"我说："我是你的副本呀。"他说："副本？你来了。""是呀，你得感谢我哇。""我为什么会有副本？""现在的社会就这样。每个人都有一个副本。把神经元拷贝出来，储存在复制的身体里，这很容易。"我忧心忡忡觉得，正本丧失了记忆。这时，我以为他接着要说，请替我给单位请个假吧，不请假可不行哇，是要记考勤的——其实，这件无比重要的事情，我来医院的路上还惦记着呢，但一到医院，一紧张一着急，就忘脑后了。正本是有工作的，而工作是一个人生命中的头等大事，人生的所有价值都汇聚于此，正本还是单位的劳动模范呢。

意识到这个，我恨不得立即给正本跪下请罪。但没有想到，正本说出口的却是："现在，一切是多么的风平浪静啊，瞧这病房，多么安宁，多么祥和，我好像来到了生命中的绿色港湾，这正是我期待已久的理想生活。是的，我出事了，就可以不用上班了。"他说着就哭了，而我觉得他本应该笑的。结果我也跟着哭了。我想，正本真是太劳累了。现在他终于把这么多年积聚在心身里的压力释放出来，所以不愿意上班了，这也是说得过去的。看来之前我还不太了解正本，虽然我们拥有同样的神经系统。

我就暂时把请假的事放在一边，又问他到底出了什么事，才把自己弄成这副模样。正本说他记得是在单位外面出的事，但究竟是怎么一回事——是摔了一跤，是心肌梗塞，是遭遇车祸，是被狗咬了，是被女人强奸了，还是被黑社会殴打了，都不太清楚，只怪自己不小心吧，跟单位全无关系。看到原来精神抖擞的正本变得萎靡不振，我心里一阵抽搐。但正本转瞬又兴高采烈："没有关系的，我老早就期待出事了，只有出了事，才可以不去上班呢。副本，你明白么？"我假装懂了似的点点头。不管怎样，我为正本活过来了而欣慰，而且他真的有理由不用上班了，就随他吧。奇怪的是正本的单位也没有打电话来询问，也没有领导和同事来医院探望他，就好像正本出了事与他们毫无关系。但正本毕竟也是一条命呀。也可能在正本的单位里，生命的定义有所不同吧。这也十分正常。我没有去过正本的单位，但我知道天下的单位都是一模一样的。

说到这里就不得不交代一个背景：我是正本的唯一直接联系人，也可以叫作代理人。这个世界上，家庭早被消灭。没有父母，没有夫妻，也没有儿女，人类都集体诞生在一个超级机器子宫里，由单细胞发育而成，每个人生来便在法律和物理意义上拥有一个正本和一个副本，除此之外，再无其他。平时，正本与副本相对独立生活，有了事情，就互相照应，当然主要是副本为正本服务。总之，在这个世界上，人际关系就是这样简单。这说明社会进步了。想到这儿，我又欣慰起来。

待正本有所恢复，我就引领他，爬到医院楼顶，在悬崖般的边沿坐好，肩并肩，头挨头，手牵手，打量脚下的这座城市。是的，平时太忙了，我们从来没有停下来好好看过它。城市真的是很大呀，一望无际，像穿在一件灰扑扑的大罩衣里面，显得它很高深似的。我们看到了城市，才意识到自己其实是活着的。这太了不起了。我犹疑了一下，悄悄问正本："你的单位在哪里呢？""喏，好像在那个方向。"他指了指，羞涩地说，声音小得几乎听不见。我看过去，只见到一团棕色的像是大蛋糕的浓雾，其间有一些金色的小星星在闪耀。浓雾把城市的细节完全掩盖，显得这好像是一座没有人的空城。我正看得入迷，忽然，下面传来一片嘈杂声，原来，医生和护士都跑了出来，集体站在一个阳台上，欢欣鼓舞地朝我们不断挥手——其实是对我的正本挥手，一边喊："跳啊，跳下来吧，我们把你救活，就是要让你跳下来啊。"

于是，正本迷惘地看了我一眼，就站起身，跳了下去。正本自杀了，他从医院的楼顶往下一跳，把自己杀死了。他本来已被救活，却又死了。这有些意外，令我想不太通。我作为副本，没有照料好世界上唯一与我有关系的亲人，非常内疚，觉得前途和未来变得昏暗。

正本死去后，我剩下来要做的事情就不太多了，其中一件是调查他自杀的原因。我去找医生和护士理论。他们严正告诉我，正本活着时，每天三番五次去问他们："我的单位还没有人打电话来问候我吗？我的单位还没有人来探视我吗？"这些话，正本从没对我说过。我听了医生和护士的转述，感到十分难受。刚开始我还以为是正本害怕单位来找他，催他去上班呢，而他很害怕再过那样的日子，所以不愿去。但医生和护士暗示我，正本其实是为此感到失落。他嘴上说终于可以不上班了，但是，这并不是他的真实想法。他一心一意渴盼的，是尽早恢复健康，好回到单位上班。与我一样，正本也是一个深陷矛盾的人。他骨子里还是想努力工作的。但他又是绝无可能回去上班的，因为一个电话都没来问候他，一个同事都没来探视他，一个领导都没来关怀他，正本觉得自己被抛弃了，可他又不好意思对自己的副本说，大概觉得这样很丢脸吧。总之，正本是个极要面子的人。所以医生了解此事后，才给出了唯一正确的治疗方案：让他跳下去。

正本死后，我作为副本，好像替代了他，也病倒了。我整天躺在病床上，胡思乱想。人生本来短暂，我和正本平时见面不多，不料就出了这种事情，真让人郁闷。却见医生和护士拿着药片、血浆和输液瓶，在我面前晃来晃去，展开引诱与挑逗的攻势。正本的死亡并不影响医院的正常运转，反而增加了其收益，因为我的病情看起来比正本严重得多，所以不久后我也被强制送进了抢救室，为此交了一大笔押金，但医生说还不够。我就提出是否可以像正本那样死去呢？医生却不同意，说我已经没有副本了，“你死了谁来为你买单呢？”嗯，这的确是个问题。

为摆脱困境，我就偷偷溜出医院，去了正本的单位，仿佛是要代他上班，这样也好领取他的那份薪水，来支付高额医疗费。同时，也想了解正本当初到底出了什么事，才被送进医院的，最后竟难逃一死。一路上我很是忐忑，心想正本真的在上班吗？他有工作吗？要是他本来就没有单位，这事儿又如何说得过去呢？说不定正本早就失业了呢，不然没法解释这一切。但正本的确是在上班，他工作的单位是一家大公司，在全国很有名气，我找了半天才来到，看到一座像个阳具的塔形办公楼隐身在棕雾里，楼顶有很多高科技的天线在冷傲地转来转去，焕发出一阵阵神仙般的破碎金光，像是试图对全世界实施统治，并牢牢掌握了天地间的话语权。我一看就明白了，果然，这就是力量的源泉，跟正本很匹配，但实际上，这使得一切更难解释。

我没有办法，便鼓足勇气，模仿正本的模样，跨进公司的大门——这时我奇怪地觉得这个地方我很熟悉，虽然我这只是第一次来。然后，我看到很多人在忙碌，还有很多人在忙着开会。有的人忙碌着忙碌着，或者开会着开会着，就幸福地微笑着咕咚一声，一头栽倒在地爬不起来，这时公司就紧急召唤来救护车，把这人送往医院。搜索引擎公司就把信号发送到他的副本那儿去了。

噢，原来如此。我好像明白了什么。但我的正本却一口咬定，他的不幸与单位无关，只是他自己不小心造成的。啊，人生真是一个不解之谜。忽然，有人看见了我，但他想必还不知道我是副本，只是满脸堆笑地睇我一眼，说："你回来了？"然后又忙他的去了。正本失踪了那么久，与单位失去联系，竟也没有人过问一声，都不知道他已死了。好像有没有正本都无所谓。失去了正本的单位，仍然运转正常。我又发现，公司每层楼走道的墙上贴满了公告，正本做出的业绩，都已安放在了别人的头上。我正在思考这是怎么一回事，却听到头顶的一个大喇叭响了，原来是用愉快的声音在催我："快快快，开会了！"这东西怎么知道要找我呢？但我要往哪里去呢？这时搜索引擎公司又及时发送来了新的路线图，原来，道路早已确定了。

我就遵循这项指示，花了大半天的时间，走过好些个迷宫似的走廊，快到下班时，才终于来到一个巨大无疆的多功能厅。进门后我吓了一跳，满屋坐的，都是长得跟我一模一样的人，高高兴兴把脸冲着一个方向。于是，我终于发现了这世界的一个秘密：我的正本，其实只是另一人的副本。现在，那人穿西装打领带，人模人样挺出胸脯，端坐主席台，眼睛看着提词器，嘴巴对准话筒，一本正经给大家演讲，肥硕的胳膊不停在半空中描出圈儿。但他究竟是什么人呢？不管怎样，我现在知道了，这家伙至少拥有这一屋子的副本——成百上千个吧，我们彼此之间，根本分不清谁是谁，也没有必要去分清。其实我只是副本的副本。我本来只是想到单位来看一看，但现在只好在这儿工作下去了。不是为着顶替或缅怀我那已死的正本，也不是为了领取我该得的那一份薪水，而只是因为我的人生轨迹就是这么编制的。

意　义

早晨，贺志跟妻子周芹告别，就开了车出门。他有一种一去不返的预感，因此心里很悲凉。这天，他预约了意义年检。每个社区，如今都设有意义检测中心。人们依法受检，鉴别自己的存在有没有意义，这件事本身很有意义。中心是一幢仿古式大楼，又兼作展览馆，里面挂满挪威画家蒙克的油画。气氛肃穆而庄严。大厅中排起长队，队尾甩到大街上。一些穿黑色长统丝袜和灰色制服短裤的男青年在维持秩序。污浊的空气中回荡着一种激动人心的壮美，但略显沉闷。贺志默然排着，感到孤独，但他已经习惯了。

不知过了多久，终于轮到贺志。他站到一台红光闪闪的机器前，刷了信用卡，缴了年检费，再在屏幕上的指定位置按下指印。身份核对完毕，就开始检测。机器终端连接着一个档案库，那儿存储了过去一年来与贺志有关的所有信息，事无巨细——他说过的每一句话，经历的每一件事，做过的每一个梦，产生的每一个思想火花。贺志居住的这颗星球，连同它轨道上的人造卫星一起，已被改造成一个巨大而灵敏的意义检测系统，大气中每一百粒尘埃里面平均放置了三个人工感知神经细胞……眨眼工夫，机器亮起红灯，输出打印结果。贺志沮丧地看到，过去一年里，他做的事，没有一件有意义。这样子已经连续第五年了。按照法律，除了罚款三万元，还要吊销今后两年的生存权。贺志取了一张表格，写下申诉并提交，却立即被驳回。

离开中心，贺志无地自容。一个没有生存权的人，怎么回家去见老婆孩子呢？他就开着车，茫然往不知什么地方驶去。城市黑洞洞的。偶尔的亮光，是从装在人眼中的识别器中发出来的。这让贺志明白自己的确是没有意义的。他只好加快车速。这时，他从反光镜中看到，一些车辆朝他追来。它们是由意义维护者驾驶的。一定是接到了检测中心的报告，要对贺志强制执行。他想停下来，束手就擒，做出的却是加速逃逸。

三天三夜，贺志都在狂奔。他不停想到，自己是一个被吊销了生存权的人。忽然他嗅到了大海的气息，就停下来，看到一侧是一道悬崖。他就冷笑一声，走出车，站在崖边，注视脚下的大海。他该怎么办呢？追击者围了上来。真是厉害，他们不吃不喝追了三天三夜。果然是不允许有人逃脱啊，哪怕他都无意义了。意义维护者从车里纷纷跳出，他们裸露在短裤外的大腿闪闪发光，像青铜一样。贺志不管他们，只是看海，心中奇异地涌出一阵欣喜。他记得小时候就很喜欢海，曾跟父亲来看，但父亲变得无意义后，就不来了。庞大的城市已把星球表面覆盖。贺志现在看到的海很小，带鱼般肤浅搁着，几十亿年了，跟人生一样，又有多少意义呢？他便回头冲追兵一笑，纵身跳了下去。扑通！……从水中立即浮出三名比目鱼般的潜水员，他们好像已在这儿等了贺志许久，抓住他的尸体，拖拽到海底一座金字塔中。无意义的人终究逃不出预设的网罗。

这番遭遇，怕是要令一般人心寒，但金字塔中一派光明，反而不像大陆上的城市那样幽暗，并且不用排长队，令自杀者多少感到安慰。在一个堆满先进仪器的房间中，几个黑丝袜灰短裤年轻人打开贺志的脑袋，把他的记忆提取出来，移植到一具用生物工程制作成的身体里，再把这新生者带到一名满头银发的老年男子面前，说：“交给你了。”这人其实贺志以前就认识，是他单位的同事老向，他失踪已有一段时间，大家都把他忘记了。

“你也来了啊。”老向面无表情对贺志说。复活的贺志很奇怪老向怎么会待在海底。“我也是跳下来的。其实，每年年检时，都有很多人跳海。扑通，扑通！”老向比画一下，又闭上眼，做出死人样，差点把贺志逗乐。他这时忘记他已死了。

“老向，你可是资深员工哟，还得了劳模奖，也没有通过检测吗？”

“完全没想到。”老向叹口气，“意义不是靠奋斗就能获得的。”

“你如今在这里做什么呢？”

“哦，你很快也要去做啊。”

金字塔中的意义维护者要老向做贺志的师傅，让他教他一些谋生手段。塔中有一个生物制药车间，一年到头进行海藻加工。贺志跟着老向做徒弟，做打捞海藻的工作。老向被吊销生存权后，已在这儿干了一年，算是被罚做义工吧。这不能叫作生存，而只是一种生存的近似模拟态。他们都与各自的家庭和社会断绝了联系。

贺志觉得，这样也不错，感觉比死还好点。毕竟，死是不可能的。他就沉下心老老实实干活。他和其他义工在潮间带以下捞海藻。这儿是终年为海水覆盖的亚潮带，一年四季均可见到各式各样的藻类繁生。常见的有马尾藻、松藻、蕨藻、海木耳、石花菜、鸡冠菜、麒麟菜、海膜、蜈蚣藻等。自杀者被组织成一支生产大军。现在地球上人手太紧张，最好的办法就是让死人加入。

海藻捞上来后，就被加工，提炼出藻胶。海藻富含多种生命活性元素，如多糖、高不饱和脂肪酸、牛磺酸、类胡萝卜素、甾醇及海带氨酸等，但是得把它们提炼出来。然后，倾倒在一个池子里，它名叫“意义池”，跟地幔连通，接受热液炙烤。关于意义池，固然可以顾名思义，却让贺志感到难受，他又想到自己的人生。藻胶，并不是通常想象的，用于护肤，它其实是意义的原始碎片，用机器随机组合，形成模式化产品，也就是某种可以被概括的东西，介于抽象和实在之间，再经过钴辐射，添加鱼骨，就可以刺激人类的性腺和神经系统。理论上，世界上的一切都可以被概括出来。这就是传说中的意义替代品或衍生品（而不是意义本身）。

但为什么是海藻呢？藻类虽无花、果、种子等构造来繁衍后代，却能用各式各样的生殖方式来适应环境。海洋之所以如此缤纷热闹，海藻的功劳实不可没。这最初跟生命的续存有关，而生命的续存制造出了无意义，海藻才走向了对立面。它暗藏的药物特性，是新近被发现的。海藻为虚幻的人类世界增添了可能性。

“原来，有趣的东西在这儿哪。”贺志看着翻腾的药罐般池子，那儿不停涌起五颜六色的泡沫，不禁心生感慨和嫉妒。

“是啊，无意义的我们在这儿用无意义的方式生产意义，这很绝妙。”老向做出一副过来人的架势，仿佛满怀成就感。

然后，有人负责把凝结起来的、作为意义衍生品或替代品的藻胶概括物，用潜水艇一吨一吨运送到海面。这儿是公海，停着用核动力航母改造的超级赌博船，叫作“人间天堂”。每天有很多男人坐飞机从陆地过来聚赌。他们玩得很大。但赌博船只是一个幌子。如果仅仅为了赌博，世界就会变得十分琐碎，没有办法形成整体，城市也要分崩离析。所以，男人的存在十分关键。除了赌局，这儿同时是一个毒局。前来的男人都自称艺术家，他们不约而同留着大胡子，腆着大肚子，穿蓝布工装，看上去雍容华贵，喜欢交流，热衷接触新信息，谈吐不凡，议论的是政治而不是艺术。穿着黑丝袜灰短裤的男青年忙着为客人们服务。船上充满人类精液和藻胶混合的味道，令人窒息而痴迷。

贺志和老向，因为干得不错，被从海底金字塔中提升上来，派到船上当小工。他们做的是外围服务，也就是端茶送水的工作，还不能直接向艺术家们提供藻胶。年轻人才做核心服务。他们中的一些其实是机器人。贺志见此，心中难过，因为当初就是这帮人驾车追逐他，逼他跳海的。但现在无所谓了，他和他们似乎成了一伙儿。

在船上，他见到了不少大人物。比如他服侍的第一个家伙，他打小就在电视上见过，如今八十多岁了。他把蓝色工装服脱掉，露出裸体，躺在泡沫沙发上，被三名黑袜短裤的年轻男人搂抱，打打闹闹，嬉嬉笑笑。贺志送来咖啡时，老人就把淫猥的目光投向他，令他心惊肉跳。

后来有一次，贺志走进房间，发现老头儿喝醉了，那三个年轻男人也不来了。老人温存地拉着贺志的手说：

“你是新来的吧。”

“是的。您有什么吩咐？”

“你知道我是来做什么的吗？”

“您是来玩儿的呀。”

“是的……不过，玩儿也是幌子，毒品也是幌子。”

说着，老头儿从腋窝下把一件东西掏出来，那是一个玻璃瓶，里面装满藻胶。他取出一些，加水速溶之后，注射入血管。

原来，艺术家们故意在这儿输钱，好把意义买走。这样他们在年检时，会顺利通过。他们的生存权很少有被吊销的。贺志觉得更受伤害。但世事无非如此吧。

老向说："看到了吧，赌船就是世界。或者说，世界因赌船而存在。生活的希望是从这条甲板上升起来的。我们从前算什么玩意儿呢。"

艺术家是财富的源泉。进一步了解到，海底金字塔呀，赌船或毒船呀，藻胶提炼术呀，统统是意义检测站的少数人私下搞的。目的就是为了赚黑钱。

难怪大家都在追求成为艺术家。贺志想到，自己的妻子最近也在学习画画。他在赌船上看到一些熟人，其中有他单位的领导和同事。他们利用周末组团前来购买藻胶。这让贺志心堵。原来，那帮人掩饰了自己的艺术家身份，也从来没有带过他玩呀。他悲伤地向老向投去求救的目光，老向却使个眼色，让他保持镇定。

忽然，一位领导看见了贺志和老向，似乎把他们认出来了，尴尬笑道："嗯，你们怎么会在这里？"贺志想解释一点儿什么，却窘得无言以对。领导明白了，不再言语，面带理解的笑容，拍了拍贺志的肩膀，就转身走掉了。

老向才对贺志说："你感觉到了什么吗？"

"什么？"贺志满脸通红。他恍然大悟，潸然泪下。是的，这近乎意义。他刚才好像看到了意义。它恍兮惚兮，窈兮冥兮，不可言说，无以描述。这就是艺术吗？

不久，贺志和老向被派到陆地，去向更多人推销藻胶，术语叫"钓鱼"。他们在意义检测站附近游荡，瞅准目标，向被裁决为没有意义的人们，展示概括物，诱引他们购买。贺志说：“喂，有一样好东西，想试试吗？”一般人很难抵挡钴辐射的诱惑。实际上，已有很多人听说过藻胶了。但他们装作不明白的样子，甚至做出生气的表情，虚伪地试图拒绝贺志的推销。贺志便邀请他们来公海赌博和吸毒。他把地址和联系方式留下来。

他对老向说：“以前，竟然不知这个。没有人向我推销过。”

老向说：“我们的信用级别不够啊，缺乏做艺术家的潜质。”

贺志记得，老向在单位时，是负责考核工作的，他是一个认真勤勉的员工。他为了部门一个很小的排名，都要去争。他年年被评为优秀。但他现在已经死了。只有死后，人才会去做一些跟意义有关的工作。

两人继续干了一段时间，感觉尚可。但有一天，贺志心惊肉跳起来，路也走不稳了。

“你怎么了？病了？”老向问。

“我被吊销了两年的生存权。我忽然想到——要是到期了该怎么办？”

“啊，原来，你也怕呀。”

“是啊，是啊。”

老向便带贺志去见老焦。老焦曾经是一个城市的市长，他也没有通过意义检测。老焦又引着贺志和老向，来到市中心一个废弃的野生动物园。他们直接进入猴山。它被改造成了一座很大的水泥洞窟，里面聚了不少群众，都是老焦以前那个市的。因为这儿不太像意义检测中心，所以贺志觉得不可思议。老焦向众人介绍了贺志和老向。大家鼓掌欢迎。人们由一种无意义的共同气息互相吸引。

“来这儿就对了。”老焦说。

“是在做什么呢？”

“学习做海盗呀。”

原来这是一个海盗训练营，老焦是大伙的头儿，不知什么原因，他背叛了他的组织。贺志和老向就留下来，接受训练，学做海盗。想要当海盗的都是些下层人，信用级别不够，做不成艺术家，通不过意义检测，有的死了，有的还暂时活着。他们又叫“无意义者联合体”。

训练十分艰苦，也就是在洞子里，像老鼠一样爬来爬去，用装满水的洗脸盆练习让自己忍受窒息，又模拟打靶和泅渡。三个月后，在老焦带领下，他们携上刀剑棍棒，出发来到海边，乘坐五十艘自制的燃煤动力独木舟，朝公海驶去。这是一个月黑风高的夜晚，他们袭击了赌船，把它占领，杀死了船上的客人和服务员，把能找到的藻胶焚烧。然后，他们又去到一座海洋石油钻井平台。那儿有人接应。从世界各地赶来的海盗会合了，大家兴高采烈，好像终于夺回了世界。

平台已被改造成一座火箭发射塔。老焦带着大家，走进一艘核动力飞船。然后它就轰的一声起飞了，离开地球。这事来得突然，贺志不知所措，就问老向，又怎么回事。

“看样子，是踏上了寻找意义的征程。”老向说，“对于我们这些人来说，地球上是没有意义的。”

“好像离家越来越远了啊。”贺志这时想起老婆孩子。

“这本是殊路同归的事情。”老向不耐烦地摆了摆手。

飞船很快飞出大气层，进入虚空。这是贺志从未来过的地方。不久，船长老朱召集大家开会。他原本是海洋石油公司的董事长，像老焦一样，也背叛了自己的组织。他要把过着无意义生活的人们统统拯救出来。他和老焦一起打出一个口号：全世界无意义者联合起来。大家称他“领路者”。

老朱说："大家成了今天这种样子，完全是环境和生态变化的缘故呀。没有人愿意对此负责。我们要到月球背面去。飞船携有建设永久性基地的材料，还有植物种子和动物胚胎。我们将在那儿过全新的生活。这样我们就能找到意义。意义不是伪造出来的，或者强迫购买就能获得的。"

"月球上的意义，究竟是怎样的呢？"贺志憧憬地问。

"因为是在月球背面，所以可能比较阴冷啊。"老向说。

贺志觉得新鲜。但他还是有些怀疑领路者。没有藻胶的宇宙，总有什么地方不对劲。全世界无意义者靠什么联合起来呢？

一天后，飞船在月面着陆。大家列队走出来，好像凯旋。然而，迎接他们的，却是黑丝袜灰短裤年轻人。贺志傻眼了，心想这回完了。但年轻人并没有惩罚登月者，没有拷打他们或逼迫他们自杀，相反，还带大家参观。这才知道，原来，月球背面也建有金字塔，而且不只一座，密密麻麻，重峦叠嶂，覆盖了所有的环形山。以前觉得，金字塔很神秘，兴许是外星人早年殖民太阳系时兴建的，但现在知道，其实就是这么一回事呀。金字塔是一种温室花园，里面种植了菊花。种植者用基因工程的方法，让菊花在任何时候任何地点都能直挺挺开放。月球成了一个与大海不同的世界，却也似后者的备份。这儿虽无海藻，却有菊花。贺志瞠目结舌。只能说太巧了。他们竟然来到了意义检测站的总部。它不是建在地上，不是建在海下，而是孤单寂寞却又繁茂炽烈地矗立在月球背面。从这儿看不到母星，也许压根儿就没有打算看到它吧。

金字塔的管理者被称作院长，他接见了海盗军团的全体人员。他很年轻，也很瘦弱，是个小个子，风一吹就要倒的样子，眼睛好像永远也睁不开，又像一直在宿醉。没想到决定意义或无意义的就是这样一个人。接见仪式在一个操场上举行，院长远远坐在一个玫瑰色的高台上，对大家的莅临表示欢迎。他说，陆地、海洋和月球，构成一个三角形，这是人类存在的基础。

“对外叫意义检测站，实际上，是意义探索中心。地球上做的一切，包括收钱啊罚款啊赌博啊吸毒啊，都是为在月球上进行这场伟大实验积累经费和经验。”他对大家解释。

“怎么探索意义呢？”人们惶惑地问，心想连院长也在寻找意义啊。

“观察宇宙哇。”

贺志吃了一惊，宇宙也可以观察吗？

院长早先是一个天文爱好者。他家世代都是。他本是羲和的后裔。《尚书·胤征》篇记载，羲和沉湎于酒精而不知日食发生，成为最早被杀掉的天文官。“实际上并不是因为这儿能看得更清楚，而是我的青春期结束了。青春期一旦结束，生活便有了真正开始的可能。可是，待在如此清静的地方，还不断被你们这些疯子打搅。真是讨厌啊。好在现在也逐渐习惯了。”院长说。

“你看到了什么呢？”老焦问。

“自然，什么也没有看到。”院长摊了摊手。

“但宇宙中不是有星星吗？”领路者又问。

“嗬，你们以为，看到的真的是星星吗？其实一无所有哇……”院长略显无辜地翻了翻白眼，“但正因为什么也没有，才种植了菊花。你们来得真巧，花儿开得正旺呀。一个小时前，我刚刚完成了对宇宙的一次年检。不好意思，它的一年不同于地球的一年，所以才花去这么长的时间。多少个世纪来，我的家族就想弄明白这事。”

“宇宙……有意义吗？”趁大家陷入沉默，贺志斗胆问。

“怎么能这样问！怎么能这样问！”院长吃惊地注视贺志，似乎以前还没有人问过这个问题。

贺志才有了放松感。他在地球的学校，曾读过一些书，它们从哲学上谈到了宇宙有无意义。这个问题从古至今不知有多少人说起。但后来大家不谈了。宇宙有无意义暂且不论，这个问题本身是无意义的。

贺志和老向，还有老焦和领路人，以及其他海盗，在月球背面待下去，每天的工作就是给菊花浇水。工休时他们又去看天，竟然看到了星星。以前在地球上，贺志不知道天上还有星星。它们冷冷置放在一个空洞狭窄的箱中之海中，仿佛是专门拿来给月球上的人看的。不知道它们上面是不是也有生物在朝贺志他们这边看，然后觉得什么也没有。

除了菊花养殖，月球上还用氘来培育意义，所以也开凿了意义池，但这回却是超越意义的。所以围绕它们又栽种了更多菊花，仿佛太极图在一圈圈旋转。菊花和池子配合，似乎象征着宇宙不能被写成文字的深层结构。菊花朝着星星的方向扭动身躯，因此叫向星菊。贺志又做起小工，维持这一切的存在。此间辐射要厉害得多，重力也小一些，所以意义的替代品成长得更快。

后来也有一些地球艺术家知道了月球营地的存在，坐火箭到这儿来购买意义，但他们一着陆就被杀死了。月球上不需要艺术家。

贺志渐渐开始思念老婆和女儿。偶尔想到，与她们一起时，做过的那些事，窘迫不已。他想，婚姻及生育，大概在月球上，才可以放心讨论吧。

过了一段时间，贺志尝试重新申领生存权，竟然获得批准。然后他被发射回地球。他朝家走去，一路心想，怎么向两个女人解释，这两年他去了哪里。

然而，她们一点儿也不关心的样子，好像他只是正常下班回来。她们不知道他死了。他也没问她们这两年怎么过的。

家里的每面墙上，挂满周芹画的画，无一例外是海藻和雏菊，具有蒙克的风格。贺志从藻丛和花簇中看到了自己的小小身影。

晚上，一家三口出去，找了家小馆子，一起吃了顿饺子。他们吃得缄默而冗长，所以也不像是庆祝。妻子和女儿厌恶地看着贺志的吃相。黑丝袜灰短裤的年轻人进进出出，时而朝他们扫来一眼。

第二天，贺志去单位上班。他要靠领薪水才能活下去。单位还在那儿。于是，开始了新一轮循环。聆听领导训示后，他制定了第二年的工作计划，列举出要做的事。他从办公室的窗户看出去，见到整座城市处处盛开着海藻和雏菊。

成 熟

一

王费四十岁，一直生活在一个大园子里。他每天和玩伴们一起游嬉，无忧无愁，不知岁月。这儿都是男人。有一天，王费忽觉心中有异，仿佛一朵乌云从腹脏间冉冉升起，遂从玩伴中脱离，一人离群出走，而众人还在沉湎地玩自己的，对他也不加挽留。王费孑然往园子中央行去，这儿有一座二十四层黑色大楼，上书“综合服务中心”的红色大字，王费也不知它代表什么意思，便不由自主往里走，乘电梯来到十四层。为什么是这一层呢，他也不知道，仅在下意识的驱使下行动，迎面看到一个“闲人莫入”的标志，他歪了脑袋，好奇观察一阵，就斗胆闯过它走了进去。

他沿着寂静的楼道，来到一个弧形的青色塑料台子前，抬头上视，见有个牌子写了“老师工作站”。台后坐有一位穿明黄衣裳的年轻男子，正捧了一本外文厚书在看，大概是教科书吧，见王费来到，就树木一样欠身问道：“你来做什么呢？”似乎还冲他笑了笑。王费也朝他笑起来，好像二人早已认识——其实也是这样的。但王费从前对存在这样的关系并没有十分在意。

王费笑道：“老师，我想知道，我是不是成熟了呢。我今天感觉不一样。”

那男子脸色骤变，伸手去摘墙上的电话，但王费已从肋下抽出一根木棍，击向对方头部，打出他的脑浆。老师惨叫一声倒下。

然后，王费平静地看了一小会儿尸体，迈步跨过这个物件，进入工作站，仔细翻找，发现一个铁皮箱，打开来，见里面储有各种玻璃和镔铁的仪器。他取出一支一头尖尖的、体温计般的管状物，通过自己的鼻腔插入脑袋。过了一阵，他抽出来，抹掉管壁的血迹，看看刻度上的数字，自言自语：“哦，我果然成熟了。可是我还没满六十岁哩。”原来，园子里的人要到六十岁，才会达到成熟标准。王费感到兴奋、欣狂、恐慌、哀怨、不可思议、无法理喻……他便走到楼道边缘，观望窗外。

二

他看到南部，就是他所来的那片园子，整个色调是洋灰色的，玩伴们仍在不知疲倦地游戏，都是六十岁以下的男人。他走到大楼另一侧，也就是北侧，往下看去，见到还有另一片园子，他从未去过，基色是翠绿的，那里的人年纪要大一些——皆在六十岁以上，穿的衣服亦不同，是粉红的长袍，而不像王费他们，是杂色的，乞丐一般。那些老人也在游戏，但玩法殊异，似更高级。在整个园子之外，是遮天蔽日的白色原始森林，像亿万根象牙冲天而起，围了个铁桶似的。

王费一时恍惚，不知道该往哪边去。他没有马上下楼，回到有人的地方，他还在苦恼而欢悦地想，啊，我一夜间成熟了，这太奇怪了，可是我还不到六十岁呀。

他就下意识又移动起来，在这黑沉沉的大楼中游荡，窜入一个个房间，像要探究里面的秘密。他推开一扇门，发现室中也坐有一位年轻的男性老师，他见王费进来，就“啊呀”一声，笑着起身相迎。王费不作声，照样击死了他。如此，不到半个时辰，他一气打死了五名老师。他傲然而有理地想，这正是成熟了的人要做的事吧。老师以前教的东西是错的，专蒙小孩。他们一直把他当好骗的儿童看待。

王费杀完人，有些累了，便钻进一个厕所，在便器上坐下来歇息。他平生第一次为自己的身世而掉下眼泪。过了不知多久，他好像蓦然惊醒，摇摇晃晃站起来，走到洗手池的镜子前，照了照自己。乱糟糟的头发，一身破烂，像一个从地上捡起的过期蛋糕。他为什么会待在这里？他这四十年是怎么过来的？他是怎样的一个人？这一切全是空白。但他明白不能在厕所久留，便离开了，坐电梯下大楼，回到南区的玩伴中间。这时，他看待他们的眼光不再同于以往。

游戏又开始了，一切按部就班。五十多岁的一个男子，是这群人的头目。他盯紧王费看了一阵，似乎觉得哪儿不对头，但想不起来，他甚至没有注意到，王费刚才离开众人，一人进了大楼。如今王费已与大家不一样。但他只是佯装不知。他已然对头目满怀怨愤，因为这人总带大家玩同一种游戏，也不变换花样，着实让人烦，而众人还兴致勃勃。王费还想起来，就是这头目，在他小时候，教会了他手淫。以前倒不觉得有什么，现在王费成熟了，便深以为耻。他不禁暗暗攥紧木棍。但他装得若无其事。一天后，他才采取行动。

他谒见头目，送他一些吃食，又引领他来到一个跷跷板后面。这里躲了很多人正在互相手淫，见头目来就走掉了。头目冲王费使了一个眼色，便笑嘻嘻脱裤子。王费掏出木棍，趁对方脱完裤子之前，把他打死。他又用一把早准备好的锯片，切下头目的耳朵。

王费拎了这个耳朵，回到玩伴中间，向众人展示，说大家玩的游戏不好，现在，由他来带领大家玩。众人看着血淋淋的耳朵，便一致同意了。王费就派人切了头目的尸体，烧水煮了，大家分食，吃得一星骨渣都不剩。有的人不愿吃，王费就强行塞入他的嘴中。他还让人把血迹清除了。从此大家都惧怕并慑服于王费。

三

这天，综合服务中心门口有了动静。原来，是老师要出动了。王费只打死了五名老师，还有不少老师活着。王费感到紧张，但他装作平静的样子。老师是来教大家玩新游戏的，却似乎没有注意到头目已经换了人。老师教的新游戏，其实也是老一套，换个名称而已，王费已玩了四十年。大家都识不清，唯独王费瞅出破绽，知道是旧的。但王费感到奇怪的是，老师好像并不知道发生了谋杀。大楼中有五名老师被杀，园子里有一名头目被杀。要么，他们就是故意装聋作哑。为什么会这样呢？王费虽然成熟了，但还是无法弄明白所有的事。只看到老师没有来为难他，他也就不去多想了。

晚上，王费跟玩伴一起睡觉，在腥臭的人味儿中，回忆杀人的感觉。他意识到，这个世界是有问题的。他也想起了往事。他活了四十

朝这些升级的家伙招手，意图让他们帮他牵线搭桥。那些人已在北区开始学习新游戏了，有人看见王费，就过来，抬头瞅他，却做出一副不认识的表情，小眼睛里只剩下一汪眼白，陌生地向外涌溢。似乎一到六十，人就整个变了，仿佛不再是一个物种。王费意外而失望，也没有办法，只好悻悻掉头回去。

四

成熟之后，对于女人的冲动不时泛起。在看到北区老人的游戏后，王费才明白自己还有另一种需求。他见那边的老人把女人脱光，压在身下，起起伏伏，不停尖叫："猪！猪！猪！"过于老迈而丧失功能的老人，则蜷缩在一旁流口水，眼睛红红地注视，双手使劲把肋部挠出道道血痕。

王费渐然发现，在北区，只有女人似乎永远不会在智力上成熟，不管年龄多大。功能正常的老人只愿意跟年轻女孩玩游戏，十七八岁的最受欢迎。女人人数不少，平时她们并不与老人住在一起，而是栖息在一个叫作巴甫洛夫村的小区域，位于北区偏东方向。老人们修了一条混凝土小道，把巴甫洛夫村与北区核心区连接起来。路途沿线投掷了食物和饮料。女人会定期过来，取东西吃。老人们便站在路两侧，加以遴择。要是两个老人或几个老人看中了同一个，他们就签订战争合同，找时间打一仗或赌一局来解决问题。被选中的女人便留在北区玩游戏，玩够了再被送回巴甫洛夫村。

王费发现这个秘密后，就组织手下，偷偷挖了一条地下隧道，把巴甫洛夫区与南区也连通了。他依样画瓢，在隧道中投掷食物和水。然后，他便等在那里。一天后，果然有女人出现，三五人结伴而至。因为这回食物的摆放地点与先前不同，女人们总体上显得迟疑。但这几位胆大，又贪婪，所以来了。王费冲上去，随便拉了一个就跑。他没有回到园区，而是再次进入综合服务中心。他已知道这外表让人惧怕的地方其实畅通无阻，是最安全的。

王费和女人躲进厕所，反扣上门。这是他早想好的干事之处。他观察到，很少有人进入厕所，这只是一种装饰，好让一切平常或平庸，掩饰了某种隐秘的目的。老师平时并不上厕所。王费怀疑他们有可能并非人类，他们展示的只是一种外在形式。但现在他没有时间思考老师的身份。在便池边，王费急不可耐扑倒女人。游戏结束后，他才看她的长相。她二十出头，有些憔悴和害羞，但神情间更多是漠然，略显忧郁。他们互相也不说话，因为不知道讲什么好，仿佛是差别很大的两种生物在野外偶遇，也仿佛是父亲与从小失散的女儿重逢。但王费是这女人游戏过的最年轻的男伴，所以女人也很讶异。

“你跟他们不一样。”女人说。

“哪里？”王费心里咯噔一下。

“哪里都不一样。”

“喜欢我还是喜欢他们？”他呼吸变得急促。

“不知道。”

王费把牙齿咬得嘎嘣响，又把女人扑倒。“你不准回去。”他对女人下达命令。他又喂了她吃的。她忙着咀嚼，不置可否，像对自己的未来毫无想法。他便把她匿藏在综合服务中心的厕所里，自己回到园区，召集大家玩耍，让假象继续，晚上再来与女人相会，给她带来吃的，与她玩新的游戏。

五

但这事瞒不了太久，北区老人对园子里有多少女人，是做过账的，何况这女人还是他们头目的固定相好。老人们便开始寻找。先在北区找，在那条道路一带寻觅。随后又群拥入巴甫洛夫区。平时他们不直接来这儿，怕沾染晦气。老人们神情中流露出困惑。但他们同时也很亢奋，似乎觉得女人失踪这事很新鲜。他们像粪便蛋子般挤成一堆，挤眉弄眼。忽然，一个九十多岁、头戴红毡帽的老人朝南区指指点点。他便是头目。王费见了，不安地心想，他们是不是发现了隧道？但老人们并没有走隧道，而是通过综合服务中心的连接甬道，直接往南区过来。

王费和女人大气不敢出，伏身在厕所里。女人这时才感到害怕。老人们很快过完了。王费和女人也不敢出去。到了晚上，两人听见楼外有惨叫。似乎有人在喊王费的名字。他不敢回应，也把女人的嘴捂住。早上，他到窗户边窥觇，见玩伴们血淋淋躺了一地。一群老人拎了刀剑，正在翻检尸体。王费对这些老人又嫉又恨，却什么也做不了。这时，红帽老人又对准综合服务中心比比画画。老人们在他的带领下，排好队形朝大楼走来。王费赶紧又躲回厕所。老人们逐层而上，把一扇扇门踢开，大呼小叫展开搜索。老师也不管他们。

王费握住女人颤抖不止的手，说："没事。"

她怯然道："我怕。你不知道他们的厉害。"

“怎么厉害？”

“他们成熟了。”

“我也成熟了啊。之前，没有告诉你。现在，正式给你讲！”王费压低声音，咬牙切齿道。

女人不相信地看着王费。这时脚步声到了厕所前。门打开来。一个老人的脑袋鹿似的探入。王费没有多想，当头一棍，对方哼一声就倒下了。然后，王费牵了女人逃出厕所。外面的老人见了，发一声喊，把刀剑举过头顶，兴奋地追击。王费和女人仗了年轻，跑得更快，老人们不一会儿已气喘吁吁。两人慌不择路，竟逃入北区。余下的老人还在玩游戏，见到有年轻男人出现，顿时大惊小怪，但很快安定下来，讨论一会儿，纷纷攘攘跳出小火车，都来围捕这两个活物。满地玩具，有的老人踩在上面滑倒了，半天挣扎不起，捶着胸脯一阵乱哭乱叫，口中直冒白沫。

“我们怎么办呢？要去哪里？”王费着急地问女人。她没有头脑，但在生死存亡的关键时刻，却具备直觉，而且，她长期跟老人们厮混，对这里的地形熟悉。她便带他往西北方向跑去。他们通过几座高架滑梯。一群埋伏好的老人在桥洞下挥臂狂吼，还敲锣打鼓，其中几人勇敢冲出来，手儿背在屁股后面。王费把女人一掌推向前，她强抑恐惧，做出欢笑招摇之势。老人们愣住，一齐掏出藏在背后的熊猫玩具，高举起来，流着口水，笑嘻嘻迎向她，脚步也蹒跚了。王费就趁机从侧面冲过去，用棍子把他们一个个打倒。他比最小的老人还小二十岁，因此在格斗中占了上风。北区的老家伙虽然经过战争熏陶，但也是外强中干。这时，王费回过头，看见综合服务中心的窗边露出一群老师的脸，绿幽幽的，没有表情地朝这边看，好像这一切在他们意料之中。

女人带了王费跑到一栋用彩色积木堆砌的高楼前，它有一个奇怪而嚣张的尖顶，快要把薄薄而羞怯的天庭捅破。原来，这是神庙。女人和王费钻进庙里躲起来。

六

追击的老人们统统在神庙门前止步。他们在台阶上跳来蹦去，嚣叫詈骂，却不敢擅自闯入，似乎这里是禁地。

王费看到，神庙里有一座奇形的神像，七八米高，半人半兽模样，是用千百种玩具的碎片砌成的，穿了老人穿破的衣服，缀连成一件脏兮兮的百衲衣。王费和女人躲在神像的阴影后面。

女人说："我饿了。"王费就伸出手指让她吮吸。这时他又硬了，就不顾一切，又游戏了女人。女人母狼一样抚摸王费汗津津的身体，说："你的年轻倒是不假。难道这园子真的有了变化？"王费尴尬地笑了一声。她把头靠在他胸上。王费一下觉得烦躁，想起南区的玩伴都被杀死了。这时夜又一次黑下来。这对二人是既是安慰，也是考验。王费听见庙外涨满老人的喘息，纷攘如海潮。他的女人则在瑟瑟发抖。他把她抱在怀里，想与她再来一次，却已力不能举。他们都不敢睡过去。但女人还是睡了。

后来，她醒了，说："我做了一个梦。梦到我死了。"

王费说："死很难，活着很容易。"

她说："活着是需要成本的。你的成本是什么？"

王费说："我的成本就是活着。"

他愁上心头，抽了她一嘴巴。她哭了。他又捂住她的嘴。早上，他听见上方有奇怪的响声，抬头看去，见有老人爬上房顶，透过天窗玻璃，装成大蜘蛛的样子，朝两人不停做鬼脸，嘘嘘啸叫。“讨厌的妖怪。”王费不满地冲老人们吱了一声。那帮家伙也很害羞，不久便玩腻了，披了阳光纷纷离去。随后，一群老人又在红帽老者的召集下，群聚在寺庙外面，齐声高喊：“猪！猪！猪！”“滚出来！滚出来！滚出来！”王费和女人像冬眠的蛇般不动，眯起眼睛互相打量。

他们就这样在神庙中藏匿下来。

七

期间，他们也试图寻找出路，探察有无地道之类，但神庙修得结实，不知经历了多少代人，积木统统卡死了，连条缝隙也没有。因此走不掉。两人冷了时，便扯下神像穿的裤子盖在身上，结果把神像也扯散了，上面的玩具扑扑落下来，露出腔子里的支架，竟然是小孩的骨头。他们饿了便吃这里的老鼠。他们希望外面的老人不再惦记他们。但那些家伙竟然一直不走。他们最记仇。到后来王费和女人都顶不住了。

一天早上，一个有四只轮子的乌龟形玩具吱吱呀呀爬进来。这是一台遥控谈判机。老人通过它来与王费对话。“如果把女人交还我们，就放你一条生路，否则，你会死。那又有什么用呢？这个园子里，你是唯一不到六十岁就成熟的人。太可惜了。我们已经决定，将要破例接纳你。我们会重用你。”谈判机含混不清地嘟哝。

王费饿昏了，此刻连对方说的是什么也听不太明白，便与女人商量怎么办。他希望她能理解他，他是一个没有野心的男人，无非是想要过上正常的成熟人生。她陌生而畏怯地看着他，但也像是有些想要讨好他，两手钳子般抓紧他，弄得他胳膊上流出血。他又一阵心烦，学着老人的腔调说："猪，我没有力气再打老鼠给你吃了。你还是出去吧。如果不是为了喂饱你，我不会如此落魄，我的玩伴也还活着。"最后，他把她推向神庙门口。

她失望地不愿走，但王费拒绝再挽留她。她只好哭哭啼啼往外去，老人们在等她。红帽老者又带了头，大伙扑通扑通跳起脚，嗓子里嚯嚯发出咳痰声，挥舞一片枯干拳头，当场打死了她，又扒掉她的衣服，羞辱了她的身体。随后在红帽老人带领下，几十人"嗨哟嗨哟"用麻绳拖了尸首，兴高采烈装上小火车，一圈圈游行，最后把她倒挂在一根旗杆上。红帽老人又指挥大家，用大大小小的树枝演奏交响乐。他们由此战胜了王费，找回了崇高感。这时他们终于克服了对神庙的心理障碍，直冲进来。王费已无战斗力，瘫倒在神像脚下。老人们七手八脚把他捆上。

押解王费的，是他以前在南区的一个玩伴。这人冲王费冷笑一声，吐了一口唾沫在他脸上。王费只能无言承受。老人们腆胸抿嘴，手持刀剑，沿途夹峙，神情严正，却又忍不住窃笑。有人伸手来摸王费的大腿，啧啧称叹，却又畏瑟。王费的确太年轻，走在路上像一颗太阳。有的老人看他一眼，便满脸红潮哆嗦不止，站立不稳，倒在地上，昏厥抽搐。

王费没有被押解到刑场，而是来到刑场附近，这里有一家玩具自选店。他被安放在玩具堆中坐好。

八

红帽老人走过来，拿了一个芭比娃娃抽王费的脸。“你弄我的女人。你谁呀。”他很快打累了，坐在地上喘气。又换了一个老人，用儿童专用的丙烷打火机烙王费眉毛。又有人拿了刀剑，在王费眼前晃来晃去。王费很委屈，但忍住不要哭出声，心想自己跟他们一样是成熟的。“够了。”有人说，“给他吃点东西吧。”“为什么？资源这么紧缺。”“得问问他的来历。看上去没这么简单。”有个老人打开一小袋杏仁花生，自己先拿了一些放进嘴里嚼了嚼，吐出一堆糊状物，撮住塞进王费口中。王费想，这东西本是给女人吃的吧。

老人们讨论：“他到底是谁？”“传教士？”“间谍？”“颠覆者？”“噢，兴许是来扔原子弹的吧。”“天哪，要毁灭这园子哟！”“核讹诈呀。这还真不好对付。”面对南区来的年轻人，北区的老人们踊跃着炫耀自己拥有的知识。他们腰上佩的简易手机忽然振动起来，大家便强作笑颜慢慢悠悠走出玩具店，像要去看戏。王费想，是老师在叫他们了吗？

夜幕降临，老人们没有回来，大概找女人游戏去了。但后半夜，悄悄来了一个矮个子的秃顶老头儿，他把绑住王费的绳子解开，说要放他走。

“你为什么要这样做？”王费不解地问。

“这个问题好像在说：为什么要杀人和找女人？”

“成熟了啊。”

“但你成熟得太早，威胁了大家。”

“可是，你呢？”王费看看这老人，他大概有七十多岁。

老人笑了一笑，忽地往脸上一抹，摘下一张面具。这才看见，他很年轻，甚至比王费还要小。他竟然好端端混在北区老人堆里。

王费目瞪口呆，问："为什么是这样？"

那人说："我们的生命周期，生来便如此。跟蝉一样。在地下蛰伏十七年，某一天听到身体中的指令，忽然钻出来，瞬间成熟了。但人不是十七年，而是六十年。咔嚓一下，摇身一变，登峰造极，龙袍加身。"

"谁设计的这个程序？"

"不知道……是不是老师呢？"

"但为什么会有我们两个？"

"噢，也许还有别人，我一直在找。什么地方出差池了，我也不明白。"

"好难受啊。"

"没办法呀。"

来人的意思是，提前走过人生的必经阶段，便要付出沉重代价。他看王费的眼光，就像是等来了期待已久的同盟军。王费问：

"怎样才能脱离困境？"

"那得逃出这个园子。"

"你说外面的世界哪。"王费眼前浮现出比天空更广阔的白色森林。它死气沉沉，密不透风，发出大象尸体般的腐败气息，他没在那里看到过飞鸟和走兽。

"我也不知道是否可行。"那家伙说。

"很难吧。"

"不能坐以待毙。"

"你怎么不逃走？"

“没人说我是来扔原子弹的咧。”

“你的面具做得挺不错。”

“其实，出去的门始终敞开着，但我从来没有看到谁出去过。”

“咱们试一试？”

“我想，呃，你能不能先代表大家出去看一看？没有危险，再一起去。”来人吞吞吐吐，狡黠而悲伤地竭力微笑，仿佛显露出他的真实意图。王费觉得自己才最可怜，比死去的女人还要不幸。他想抱一抱对方，那家伙却嘴里嗤地一响，灵敏地躲开了。

王费记得，他以前在综合服务中心的楼上，看到隐隐约约，北区的东部有一扇门，的确一直洞开。这是没有选择的唯一的门。如果有两扇，或者多扇，那么留给出走者的难度会更大一些，因为如此一来，便不知如何做出决定。但由于仅有一扇，情况反而就好起来。

那人见王费犹豫，便说：“你要在天亮前拿定主意。老人们就要回来了。那时他们会痛痛快快杀掉你。”说完像条小狐狸似的颠跑走了。

九

王费便开始研究门的问题。有一扇门存在，这不寻常。仅仅看它一眼，人就会战栗，四肢瘫软，大小便失禁。难道，它比死还可怕吗？他知道没有门卫。但也许，真的靠近了，躲在暗处的哨兵就会一头冲出，把逃跑者轻松拿下。另外，说不定会有巨石坠落，会有滚水浇淋，会有暗器激射，会有猛兽跳出。那么，刚才来的这人，也许根本就不年轻，他就是一个真正的老人，他颇费周折化好装，来诱惑王费，要他走那道门，只因为它通往一个更大的阴谋。这是老人们游戏的一部分。想到这里王费又生发了憧憬，此番是对死的向往。时间一分一秒过去。王费看了看房间里摆放的玩具，就随手拿了几件，自己跟自己玩起来。他一边玩一边想，这可是真资格的老人们才能玩的家伙啊。也许，死在老人设定的游戏中，比想象的要容易得多，比一个人孤独去死更像话。那样方能得到认可。

不知不觉，已到清晨，王费听见脚步声又响了起来。老人们屏住呼吸，蹑手蹑脚，拳了爪子，鼓起眼泡，从四面八方猫一般群聚过来。他们像小孩郊游一样情绪高涨，浑身赘肉哗啦啦抖得很凶。王费闭上眼睛。过了不知多久，待他睁开眼，看到屋子里一片明艳，有一团奇异的光亮漏进来，是以前未见过的。他赶紧走到窗户边往外看，见到一样熠闪的东西正飞越园区上空。它头部是椭圆的，身后拖了长尾，像一束柔和的羽毛。它便是来自外部世界的访客，好像走了遥远的路程，才风尘仆仆赶到这里。

老人们看见，都停住脚步，张大嘴巴，“啊啊”直叫，手中的刀剑砰砰坠地。王费心中轰然一响，不禁精神抖擞，迈步走出玩具店，跟了天上的亮光而行。那陌生物体缓缓移动的方向，正对准那扇打开的门。王费受了它的引领，往门口走去。所有的老人这时又都伸长脖子看他，满心嫉妒的样子，有个别胆大的伸手欲捉王费，却雕塑般停在冰凉的空气中。他们不敢相信发生在眼前的事情，最终受到电击般瘫倒在地，屎尿迸流。“不，不，你还是回来吧。我们为你准备欢迎仪式。”红帽老人哭叫。王费撇嘴一笑，没有回头。他随了坚定飞行的光亮来到门口，一步跨入，走了出去，没有受到任何伤害。

十

这时，他已站在了白色高墙似的森林前，在它的脚下他就像一只蚂蚁。此处地面生硬坚固，不是天然泥土。这才发现，森林原来是一望无际的废墟，早先应是一座城市吧，也像一艘牙雕的巨艟。王费一直生活了四十年的园子，就锚一样浮挂在废墟的边缘，是一个不仔细看就看不出来的小附件。而天空好似海底，路到这里就中断了。一些穿绿制服、戴头盔的两脚动物正从腐臭的瓦砾间轻烟般冒出来。他们看上去比园子里的老人还要老，一个个却好似猿猴，头大身小，神采奕奕，柔若无骨，笑盈盈朝王费迎来。

打头的人对他说：“你是第一个放弃自己的故园，逃出来的人。这仅仅是实验发生错误的结果，却也是难得的机会，五千年才遇上一次。这意味程序仍在进化中，还没有如他们诅咒的那样死掉。对你的研究将正式开始。你会被投入另一个园子。如果刚才算是幼儿园毕业的话，那么，现在可以说是取得了小学资格。下一扇门，你还能走得出去吗？”说罢，便把王费捉走，投入那片无边无涯的白色森林。

黑　雨

一

刘政开着车就迷路了。大雾在高速公路上降下。不知不觉落雨了，呈黑色骨灰状，又血丝般密织，黏稠地要把万物掩埋。雨是从哪里来的呢？难道真从天上吗？却仿佛自地窟涌出。驶了许久，也没有见到其他车辆，收费站亦无人。世界上好像只剩下刘政。他冷汗下来。绕来绕去，才终于从迷宫中闯出，侥幸来到目的地——单位建在郊外的基地，全身上下已是透湿。基地被森严的筋骨般大树披覆，下面掩映着一幢三层的破碎绛色砖楼，墙上密密攀着爬山虎。黑雨还在无脸人一般下着。刘政忘记要来这儿干吗了。

忽然，传来人声。刘政心悸看去，见院子里几个年轻人在电影慢动作一般打篮球，像一群懒猴子，湿淋淋的，跳纵飘忽，若隐若现。刘政见到人，松了口气，拔腿冲进招待所，在大堂坍塌的前台上找到一把刻有自己名字的生锈钥匙。他深一脚浅一脚走过布满窟窿的楼道，那大概是被淫雨腐蚀的吧，打开一个房间，终于脱围似的，一屁股坐在蛆虫麇集的湿溽床板上，发起呆来。他沮丧地心想，到底发生了什么事呢？他要面对什么样的不测？这时，外面有人扯着嗓子喊："开始了！开始了！"原来是催大家吃饭，这才是最重要的节目。刘政恍然大悟，记起自己是来赴这顿大餐的，据说是很久没有机会吃到的烧烤，基地下了很大力气组织的，为了庆祝即将来临的节日。刘政是领导，怎能缺席？他不禁窃喜。

他兴冲冲奔出招待所，发现打篮球的年轻人不见了，他们迫不及待先去了。他左转走进一片朽败树林，看到浓荫下，有三五个穿白色雨衣的厨子，正挤眉弄眼在熊熊炭火上烤肉，地上溢满污血，混入黑色雨水。还有一些烹好的自助餐一类红白食物，委顿的花儿一样植在奇形怪状的金属器皿里，在雨中一溜儿摆好了。现在食物匮缺，但他们似乎总有办法弄到。大树下搭建了一串串临时塑料棚，像连绵的蘑菇。刘政被几名年轻人拥到一张破烂的镔铁桌前坐下。这里升腾起一层略近温馨的气氛，冲淡了黑雨带来的压抑。名叫钟兴的男孩拿来酒壶，满脸谄媚地说："刘总，这可是您上回说起要吃的酒啊。瞧，给您弄来啦。"于是，像在单位那样，刘政受用地端出架子，先喝上一小口，那劲儿有些特别，却把黑雨积聚在身的寒气驱掉不少。他放心了，又吃了块肉，觉得味道也很怪异。

"老师来了，老师来了。"钟兴喜悦地伸长脖子嘶叫。

"老师坐这边吧。老师坐这边吧！老师坐刘总的身边。老师盼望刘总来哩。"另一个名叫华伟的男孩讨好地说。

老师是个姑娘，她挨刘政坐下，腼腆地看了他一眼。刘政长者般微笑一下，轻轻拍了拍老师的大腿。那儿跟磁铁一样。

"刘总，老师带我们练歌把嗓子练哑了，不怎么说话，请您多包涵啊。"钟兴惴惴解释。刘政看到，老师上来就双手抓住烤肉大口啃噬，好像饿坏了。她有多久没吃到东西了呢？刘政心生恻隐。老师一点儿也不拘束，却显得缺少礼貌。

华伟向老师介绍：“刘总来晚了，他可是单位的大忙人哟。他深受年轻人爱戴！他很有才呀，歌也唱得好。”年轻人的眼光却落在肉上，嘴里也不停流涎。

那女的掩口浅笑。刘政对她既无好感也无恶感，只是觉得她究竟年轻，而且陌生，为基地带来了新鲜气息。不，他好像在哪儿见过她。是谁把她请来的呢？在这黑雨滂沱时节，不容易啊。这时有个七八岁的男孩走上前，手执一串焦黑冒油的烤肉，面无表情举到刘政鼻子前。

刘政皱眉，认得是那个名叫尤春的女下属的孩子，他和她长期保持暧昧关系。刘政兴起时，就把她叫到办公室来睡觉，还钻在她两乳间撒娇，管她叫妈妈。于是，他就不耐烦地，一把从男孩手中把烤肉拿过来吃掉，又赶紧把他打发走。

同桌还有一个年近六旬的男人，被称作汤大爷，只在闷声喝酒吃肉，嘴唇红花花的，像烂掉的疮口。他是老资格员工。另有一个五十多岁的女人，大家管她叫林总，是刘政工作上的搭档，喝得脸上一片春潮，仿佛反季了。她比刘政要早些来到基地，主持了这里的合唱排练。“吃东西真是太有趣了，咳，咳，太有趣了！”她不停娇喘作声，却警觉地去观察刘政身边的年轻女人。

刘政忽然感到头晕，便走出棚子，去找自己爱吃的食物，顺便给老师取了一盘腰子。他知道能把老师请来不容易。节日快到了。这是一年中最盛大的庆典，单位要举行歌咏比赛，哦，比赛结束后还会有宴会，又要大吃……老师冲刘政感激一笑，又小心看了一眼林总，便埋下头，自私地继续吃，很快扫荡干净了盘子，连续打着饱嗝，说要先走，就乍然起身离去。大家的话一下少了。有些冷场。众人都抬头巴巴看刘政。他有些心慌。只有林总显得释然。

“我们这些人，平时都忙，难得一聚，尤其是吃烧烤。小刘，以后要多组织类似活动哟。来，走一个吧！”林总豪爽地举杯。刘政、钟兴、华伟和汤大爷也俱举杯，一起敬林总，感叹这聚会的不易。这时又挤进一个胖子，是基地的邓所长，他愁眉不展也来敬酒，跟大家别扭地干了几杯。刘政觉得不对劲，却不知从何说起。黑雨在棚外继续哗哗下着。

二

刘政放下杯，离席去上厕所，不料又迷路了。他就站在一棵柳树边尿了尿。这是树精般的植物，长得有十人粗，树身上挂了好多黑色瘤子，被黑雨浇得锃锃发亮。刘政心想，基地真有意思。他来过多回，越来越被它吸引。哪怕要在雨雾中，穿越阴森无人的高速公路，他也不顾危险要来。有时他甚至觉得，基地成了自己生命的一部分。退休后，要长住这里就好了。他很感激最早动议修建基地的人。他其实最怕待在单位。

他回过头，看到宴席不知什么时候散了，一个人都不见了，连厨子亦不知所往。烧烤像从不曾举行。万籁俱寂。他有些生气，怎么不叫他一声呢？怎么不给他打个招呼呢？刘政感到还没吃饱，有了失落和忌恨，又担心回不去，或不方便回去，就撒气般，继续往茂密的林子深处走去。让林总自个儿带大家折腾吧。这女人总跟他过不去。于是，世界上似乎又剩下刘政一人了。

黑雨洒在头上，让他心凉。刘政忽然产生了自杀的冲动——真要能自杀也很不错。其实这些年来，他一直这么想。这个单位，别看表面上还红火风光，但其实早已维持不下去。刘政爬到这个位置，举步维艰，做什么都没劲，还要当众装笑脸，说些鼓舞人的话。就他个人前途而言，当一把手已无望，他也不想当，知道对付这烂摊子，无力回天，而与尤春那没有结局的关系，也令他心烦意乱。更主要的是，他对自己和世界都感到厌倦，唯有基地还能带给他一些安慰。可是，虽然来到基地，却连自杀也办不到，这儿好像有什么隐秘而强大的东西在磁场般制造屏蔽效应，阻止人们自杀。另外还有心灵监控器，谁有自杀的趋向，就会被测出来，发出警报，立即便有保安前来阻止。以前也有职工试图自杀，都碰了一鼻子灰。这是基地在为自己的存在着想吧，它要凝聚最后的人气。创建者有着周到的考虑。

不得已，刘政继续往深处走。树林慢慢变得密匝，巨伞一样把黑雨障住。刘政听到头顶传来轰隆声，过喷气式飞机一样。雨这么厉害，但连它也一时颠覆不了基地，后者就像沙漠中的绿洲。多亏还有基地，在单位朽败后，灵魂一样存在着，由此单位的生命得以苟延残喘，也把宝贵的年轻人像种子一样储备下来。仿佛是为了制造出生机勃勃的假象，基地还特意饲养了一批动物——夜暗中，鸵鸟痴呆站立不动，还有癞毛孔雀，特工般伏低身子，并及火鸡，张开吸血鬼般的尖嘴，龇出凌乱交错的槽牙。基地为湖中的无名水鸟筑了简单的巢。它们难民似的，一排排傻傻地支好身子，收缩起枯萎凋零的翅膀。黑沉沉的林子中，动物只剩下两只耀出绿色荧光的眼珠子，还偶尔转动几下。刘政这时觉得，刚才吃的，莫不就是这些动物的肉吧。只有基地还能实现自给自足。“说不定，将来，我也会是它们中的一员。”刘政胡思乱想，肚子又叽咕叫唤了。

前方出现一亩池塘，水似是活的，漂荡着烂碎而幽黯的浮萍。刘政想象下面睡眠着肿胀得像是怀孕的女尸。她们是被单位那些乱搞男女关系的中层干部始乱终弃后干掉的。他又想到了尤春。他有一天会不会也对她做同样的事呢？围绕池塘，屹立着一圈怪模怪样的石雕，从外形上看不出是什么动物——跟基地的现存动物都不同，连性别也没有。据说是牟总的创意。牟总是单位的一把手，是苗总出事后，从别的单位空降过来的，谁也不知道他以前的履历。牟总刚刚来过基地，但在刘政到达前已离开。他怎么能提前走掉而不跟群众打成一片呢？他怎么不和大家一块儿吃烧烤呢？牟总总是神神秘秘。大家拿他也没办法，都知道此人城府最深，面对单位的危机，他能做到泰然自若。牟总那一套，包括搞雕塑，他们可是学不到。

刘政又看到一些动物的尸体，密集地一眼望不到头，原来是海星，重重叠叠。位于北方内陆的基地怎么会有海星呢？粉色的，红色的，金色的，像被风浪冲上岸，搁浅死了，亡故前必定还像人类一样挣扎过吧。世界真出问题了吗？海星的尸身边撒落着一些像是砍砸器和刮削器的玩意儿，好像是用来切肉的。哦，连海星肉也吃吗？基地其实连通着远方的大海吗？他们的食物供应需用海产品来保障？因此，哪怕世界发生了最严重的变异，烧烤也会有的。

这时，刘政眼前出现了一个一动不动的黑影。他吓了一跳。他本以为不会有人了。原来竟是老师。她也没有随大伙儿返回招待所。刘政迟疑片刻，像心里接到命令，大步上去，挡在她身前，不让她看见海星的尸体。但她已认出刘政，撇嘴说：

“我什么没见过呢？我在你之前就看见了，这是怎么回事啊？”

她像老妪一样费劲说着，嗓子果然是嘶哑的，让人产生邂逅夜叉之感。刘政做出难过的表情，连连摇头。他这时觉得，基地的管理恐怕还是存在问题，邓所长平时不知在干什么，也缺乏监督机制。到头来，在好不容易请来的老师面前丢人现眼了。不过在这非常时期，基地也很难维持。要平衡眼见和记忆的关系，并不容易。

刘政就搀扶了老师，蹒跚着一起前行，却不知道要往哪里去。

三

不一会儿，脚下出现大堆瓦砾，又看到了废墟，在池塘岸畔，陵寝一般矗立。刘政负疚地告诉老师，这是上一任领导，也就是苗总下令让停工的。苗总认为这属于豪奢的楼台馆所，按上级规定不允许兴建。但刘政去过其他一些单位的基地，见到类似设施，普遍修得很好，有温泉游泳池，有保龄球馆，有垂钓乐园，代替单位而活了下来。似乎只有他们单位的基地处于半完工状态。职工们抱怨苗总太死板，不料苗总自己却被查出有经济问题，先倒台了。如今，杂草长得过膝高，牟总来了，才着手建雕塑，有了重整山河之意，却为时已晚。

“你们苗总是个什么样人？”与刘政在一起，老师的话仿佛多了。

“你也知道他啊。”

“听以前来教歌的朋友说起过。”

“他去年出事了。”

“太遗憾了。听说他严于律己，又慷慨大方……但你们的新领导是怎么想的呢？”

“牟总是个艺术家。他对基地有新的构想。”刘政想说，所以请来了声乐老师。

“那当初为什么要开工建设呢？花了这么多钱又半途而废。”

“因为一切是不确定的，具有随意性。那时单位也还有钱。”

“你们抱怨过吗？”

“抱怨？没什么可抱怨。”刘政死死盯住老师的脸，才看出她鼻子和嘴唇之间那块肉，一片青郁，就像刚刚刮过胡子。

“抱怨一下总可以吧。”

“哦，抱怨也只能在心里，当着领导不敢说。”刘政说，“是外面的世界出了问题，跟单位无关。但究竟是怎样一个情况，要取决于我们看到的，与我们记住的，这二者之间，生成的一个比例关系。这是一个数字百分比，分子和分母总在此消彼长，我们没有办法决定，这不是单位能搞定的。我在单位待了二十年，深知它已给予我们很多。我们的衣食住行生老病死都由单位负责。不管哪一任领导，这些方面还是尽到了责任的。我们要求职工学会对单位感恩，而不是和它抵触冲突。但是，外面的世界出了问题，单位也没有办法，就只好动用基地了，哪怕它还没有完工。”

“明白了。请放心吧，我不会对别人说这些的。你们有新领导了，也许会转变观念，重新施工，在这儿起高楼，像迪拜塔，哗，冲天而上，惊世骇俗。”

刘政吃惊地看着老师，觉得这不像她说的话。此人非同寻常。她真的只会教歌吗？他和她之间，以前说不定果然发生过某种交集。刘政心情诡谲。雨声之中，乌浊的寒气从四周草丛中冒出，针一样钻入骨髓。

“你们单位的待遇一定很好吧，”老师在暗黑中盯着刘政，像一只准备出击的斗鸡，“你一个月拿多少钱？”

“唔……也没有多少，够用就行。”刘政心想，女人问这个，什么意思呢？他又看看她，见她有一种肉太松的感觉，长着猪似的鼻子，虽然端庄持重，但哪哪都不精致。刘政似乎看到了这姑娘五十岁时的模样。原来，对她的熟悉感，是这么来的。他蓦地一惊，以为她其实是来投靠他的。她大概要把刘政的单位当作提款机。就凭教歌么？他可不想惹这个麻烦。

刘政小心翼翼挽着老师，沿池塘绕行一圈，在森林中，一共见到三座大型废墟，还有些暗堡似的小废墟。但其实也不能叫作废墟吧，已成了田鼠的巢穴……刘政不知道，怎么会与老师在黑雨中徒步走到这里来。他和她湿透了。

“你在想什么呢？”老师用她肋下的肉紧紧贴着刘政，狡黠地问。

“我、我什么也没有想。”刘政想，别和她粘得太紧。我可以做她的父亲。苗总出事，最初就是因为女人。

“你只是在想家吧。”老师慈祥而阴险地笑道，“别那么紧张嘛。”

“家？为什么要想家呢？”自黑雨降下以来，刘政就没有回过家了。

“是啊，这的确很奇怪。”

“我是有家的，你别以为我家里也出了问题。”刘政微愠而心虚地想，这不用你来管，“还是想想单位吧，这是大事。前些日子，牟总派我去参加中日韩青年领导人会议，讨论亚洲的发展方向。但我觉得那个会议是不真实的，就违背牟总命令没有去。我决定赶到基地来参加唱歌排练。很明显，根据我掌握的情报，外面的世界出了问题，那样的会议根本无法举行。亚洲已被抛弃……”

“亚洲”和“中日韩”这些词汇使老师困惑，但听刘政说到唱歌，她来了精神：“这歌可是我特意为你们单位精选的哟，还没有在社会上传唱，所以绝对不会重复。我保证你们在比赛中一定会赢。”

刘政已经知道，这首歌的主题，是歌颂性质的。节日快到了，单位组织歌咏比赛，以鼓舞职工的士气。选什么曲目才最关键。

他想，老师，你真的能救我们吗？

这时，他看见一样椭圆的东西，像只大铁桶，大概是一个坠毁的空间站，残骸扎入池塘中的淤泥。刘政很吃惊。他之前没有在基地见过空间站。晚上喝的酒，就是利用空间站上保存的大麦种子酿造的，所以口味特别……但空间站怎么会掉在基地里呢？是被谁打下来的吗？用什么打的？他的不祥之感更强烈了。

忽然，池塘的水面上现出层层涟漪。是黑雨终于突破封锁，从树林的间隙里泄漏下来。近年来，每到这时，就会下这么一场，但今年的特别大，并更持久。雨带有放射性，树林根本拦不住。刘政害怕基地有一天会被彻底腐蚀掉，连招待所也荡然无存，那样的话，大家就无处可去了，单位也便断了后路。这时他隐隐觉得，附近有东西出没，却不是基地饲养的动物，仿佛遭到幽灵入侵一般。

“你知道异形吗？”他问了老师一个冷僻问题。

她摇摇头，又一次靠紧他，像是要保护他。他嗅到了一股老女人腑脏的臭气。他开始怀疑来自外太空的异形已经占领了整个地球，难怪外面的公路上见不到一个人。

“在中学，我只是一名音乐老师，不是教生物的。”女人辩解，“我是你们请来教歌的。我不懂得你说的异形。我只知道我们学校的孩子，都很势利，也很抠门，对老师不孝敬。但你们是大单位，一定很大方吧。”

“我们这群人，只是因为节日的名义，而暂时聚集在这儿。”刘政说。

四

这时他们听到人声，职工们打着手电找来了，鬼哭狼嚎地呼喊刘总。群众居然还在，并未散去，惦着领导。刘政觉得意外，也很感动。

“最近，基地常常有人失踪呢，真担心呀！”大家装作后怕地嚷嚷，又好像在掩饰看热闹的心理，纷纷冲刘政绽出笑意，而故意不去看他身边的女人。

老师挺了挺胸，做出矜持的样子，整整衣襟，拢拢头发，恋恋不舍瞪了一眼刘政，驯鹿似的慢慢吞吞走出密林。有人殷勤地往刘政头上罩住一把雨伞，却没给老师打。刘政垂头丧气走出来，像小孩做坏事，被人当场抓住。越来越大的雨中，人们脸上的笑容正在瓦砾般一片片溶解，谁也没有再说什么。尤春站在人群后面，愤怒而无奈地瞅着刘政，像是对发生的事情难以置信。

林总走上前，把刘政拉到一边，那表情就好像责怪他在关键时刻临阵脱逃，不愿和大家共同承担风险。

“基地遇到麻烦了。节日生成器出了故障。你不在，我让邓所长带人正在抢修。”林总口鼻喷着酒气和肉腥，大声对刘政说。

“出故障了？怎么会？”刘政大惊失色，“我们只剩下基地可以依靠呀。要修不好怎么办呢？”

“这你最懂。噢，那样的话，我们得从这儿离开。”

“但你知道，我们是不能离开的！我们没有去处了。”

“可是，你不是刚刚从外面过来的吗？你看到的和你记住的，不是取得平衡了吗？那女人都知道了吧！”林总讥讽地说。

“不，我其实不是……”刘政矛盾地想着他驾车来时遇到的迷雾。腥臭的黑雨正顺着伞盖淌下来，像鱼的内脏一样。这时他困惑了，竟认为自己其实从来就没有离开过基地。外面的那些道路都是假的，而这也是牟总的精心设计——不，也许在苗总时代就这样了，所有的已确定下来，大家无非在尽力维持，要营造出一切正常的假象。但现在节日生成器快要停转了。这在以前还没有遇到过。这样的话，庆典就将搞不成，歌唱比赛也要泡汤，还有什么借口可以吃烧烤呢。老师也白请了。

“我也知道出了问题。”林总怪异地冷笑，“外面的世界有人死了。印度思想家拉古凡什遭到暗杀。在南亚和东北亚，新兴市场崩溃了。那个名叫‘泰山’的熊猫也死了，她本是我们送出去的和平大使。但总不能拿尸体去巡展吧。还是自己吃掉为好。小刘，你不告诉我，我也知道，食物供应其实非常紧张，只在勉强维持。这烧烤能办成，很不容易噢。我费尽心思。基地发生的怪事，我都一清二楚。听说那些失踪的人，是被宰杀来吃掉的哟。但暂时还没有影响到唱歌排练。谁说死了人就不能歌唱呢？”

“基地到底发生了什么？”

“你明知故问呀。”

“哦……如果节日生成器修不好的话，我们恐怕就要被计数器清零。”刘政心想，林总为什么不提异形？

“邓所长做了检查，发现有百分之十二点四七的输入来自视网膜，剩下的百分之八十七点五三来自记忆层。就连来自眼球的，也都是些破碎的噪音和影像碎片，需要填补和修复。而如果能对那百分之八十七点五三输入做实时於菟，也许能搞定吧。要看邓所长的能耐了。他原来不是我们单位的，是跟着牟总一起过来的，他当过牟总的秘书，有生态核物理专业的背景。”

“牟总知道我们现在的情况吗？向他汇报了吗？”

“没有。他只对雕塑艺术感兴趣，却对於菟很陌生。而且，现在不知道他在哪里。我们还是去唱歌吧。”林总没有直接回答，而是抬起腕子把手表举到离刘政眼睛一厘米的地方，逼迫般让他看，“现在正好不是集体排练时间，因此我们可以自由演唱，不受她的辖制！哼。”林总斜了一眼老师，就像正房妻子一样，大大方方挽上刘政，挟持人质般往歌厅走去。刘政没有挣扎。夜更深了。黑雨不停下，基地在沦陷。谁也不知道，黑雨其实是什么。

五

歌厅像个巨型的防弹掩体，是用招待所的地下室改建的，里面已坐满黑压压的人群，无声无息，电风扇吹来淫猥的潮腐气，好像黑色的雨滴能像子弹一样透过混凝土地面钻下来，打进人的肉体。大家见着刘政和林总进来，都起立鼓掌，就好像他们带来了希望。

似乎为了提振士气，林总拉着刘政，率先合唱了一首《三国·糊涂的爱》。女人唱：“我爱刘使君，大爱化寒冰，一身铮铮骨，热血裹柔情。”刘政侧目看了一眼，吃惊地见到林总泪光迷离。他有些不好受，就掉转头，去找尤春，却没有见到她。艰难地唱完了，他就在场子边找了个座位坐下，这时发现脚下是崎岖不平的，就好像盐化风化了，不过这儿说不定以前是海底山脉吧。这时，他才看到尤春和孩子就在对面，仿佛坐在礁石上，她从胸脯到小腹在闪闪发光，不知穿了一件什么质地的衣服，显得她很年轻，乳房也变大了。刘政又有了冲动，想起在她身体里的感觉，那种热辣辣潮乎乎的记忆让他想笑。尤春和儿子交谈着什么，人影摇晃幻象。这究竟是记忆，还是眼见呢？

林总见刘政发愣，又来拉他陪她唱歌，仿佛要掩饰节日生成器故障带来的恐慌。刘政精疲力竭唱完回来，发现尤春不见了。不知她什么时候走掉的。也许孩子在这种场合坐不住，她就带他离开了。因为孩子的缘故，她通常不在集体活动中玩到很晚。刘政有些扫兴。老师则一直冷眼旁观，坐在后排，一首歌也不唱，也不发表专业意见。刘政想知道她观察到了什么，思虑些了什么。节日生成器坏了，这排练还有意义吗？对老师而言，这才是最大的灾难吧。可她竟能不动声色。刘政无法理喻的是，他刚才那样子搀着她，在密林和废墟中，亲人般走了好长一段路，居然冒雨赶了回来。但他最后却是和林总一起唱歌。这么一想就不禁脸红。

忽然音乐大作。一群老男人在汤大爷的带领下，挽起裤脚冲到场子中央，扭跩着跳起迪斯科。这正是他们铭刻在陈腐身体中的老式舞蹈。他们好像是自动机器呀，但已经腐蚀，山魈般跳得歪歪倒倒，怪模怪样，似乎在竭尽全力要把身上的铁锈抖落，这样就会成为基地中适应进化的新人。他们一边跳跃，一边呐喊：

“不管出了什么事、什么事，要继续、要继续！跳、跳、跳！”

记忆好像又在往平衡的一边走了。由于地面不平，不少老人跳着跳着就叭叭摔倒了。汤大爷喝了不少酒，不明来历的肉也在胃里撑紧，跳一会儿，再跳不动，就抢过话筒，仰脖嚎起老歌，也就是《春秋·歌唱王二小》。他唱："牟总上厕所，群众跪下了。小手捏大脚，做就做周到。"

刘政心想，这帮老男人分明是表演给老师看的，要讨好和取悦她。他不禁嫉妒。年轻人都战战兢兢躲在一边瞅着，不敢加入。过一会儿，只有一个男孩斗胆来找刘政。原来是钟兴，没有吃饱的样子，但似乎也喝多了酒。

"刘总，我很苦闷。我们为什么一定要过节日呢？"钟兴向刘政请教。

"这个，你不要怀疑。只要有节日在，就说明我们的历史还在延续。另外，是为了进行观察啊，才好做出比较。正像你们现在做的这样。你看到了亚洲的情况吧？很糟糕。在基地的外面，有熊猫被吃掉了。世界出了问题。但我们有能力保住基地，这是最后的堡垒。放心吧，单位不会有事的。"刘政和蔼而生硬地说，想着钟兴拿多少工资。靠这点儿钱这拨年轻人一辈子都买不起住房，可他们还操心着天下大事。因此，要鼓励他们。基地今后将属于他们。

"听说不光熊猫死了，北极熊也死了。吃北极熊的肉，不是更禁饱吗？气候变化，生态改变，北极冰盖融化。到处下着黑雨。我们躲在基地，也活不多久了。别以为我们年轻，就好骗啊！"钟兴仗着酒气，不再装温顺，放肆地打量刘政，仿佛他已不再是领导。刘政发现钟兴正在释放他那鬣狗般的欲望。

这时，华伟带着更多年轻人静悄悄齐步走来，手爪收缩着拳在胸前，像一群纪律严明的夜行豺。他们忽然按住刘政，把他拖到黑暗角落，然后，十几只手一起狠狠掐他的脖子。刘政嗓子里叽咕：“不，不！难道，你们这帮家伙竟要代替牟总、林总和我的集体领导吗？我们平时待你们可不薄呀……”

他快要窒息。危急关头，忽然，灯火啪地闪成一片。老师气势汹汹站起来，小脸儿已经憋青，指手画脚尖声说：“集合，集合！要练唱了。你们没时间可以浪费。别胡闹。雨就快要下进地底了！”

年轻人吓了一跳，这才放掉刘政。刘政后怕地站起身，心想，是啊，节日快到了。节日生成器却坏了。曾听牟总讲，它其实是一台永动机，包括基地在内的一切，均是由它生成的。

这时，大家按照表演队形，排成十列横队，男五女五，像一大片密密麻麻的等待交配的螳螂。刘政想要离开，却明白不能。

尤春回来了。原来刚才真是去安顿孩子。大人熬得住，孩子受不了哇。刘政想着她曾送肉给他吃，心中浮起爱惜，又深知自己无能为力，同时担心老师知道了他的想法，跑过来打他板子。孩子不在身边，尤春可以卖力献唱了，嘴型像河马一样夸张，与她的娇小玲珑不般配，刘政看了一眼，老大不忍掉过头去。他认为她不该来基地。他有些恍惚，被可憎的眼见为实感一击而中，缠绕着摆脱不了。他鲫鱼一样举起双手，在眼前晃了一阵。老师警告似的向他投来一瞥，却没有过来打板子。汤大爷此时已被老师任命为了低声部部长。他一边唱，一边扭臀，哼哧直乐。高声部很好，因为以年轻人为主。他们精力充沛，善于表演。但低声部总是不行，汤大爷要对此负责。他就被老师拎出来，她要他独唱给她听。他果然是老员工，呀呀咿咿毫不在乎，高歌猛进像一头厚皮水牛，对危机一点儿也不担心。刘政焦急地看手表。凌晨一点了。他就给尤春发了个短信，嘱她注意安全。

“你才要注意呢。瞧你，刚才都在陪林总唱了，还来找我！”她回信。刘政苦笑。这时他又接到另一条短信，来自电信公司。原来是老婆在移动充值里给他预存了话费。每次存三百元，一共存四次，总共一千二百元。刘政心里一酸。他很久没见到她了。她在哪儿呢？她的单位有基地吗？残存下来的世界好像正在分裂成一个又一个基地……所有基地之上，只剩下中移动还在工作……他听到歌声中混杂了窃窃私语，原来，已经有人在传播印度思想家和熊猫的死讯了。不知道消息是怎么走漏的。年轻人议论：

“谁能修复节日生成器呢？”

“哦，据说，决定未来世界命运的，不是机器，而是人。”

“我们单位没那样的人哇。是老师那样的外来者吗？”

“嘘，她可不是什么老师。听说，她的真实身份是节日使者。”

“所以说，希望寄托在她的身上了吗？”

“没这么厉害吧。看上去，只是个普通女人。”

“也不普通。我们要能在比赛中拿到名次，才有资格让基地继续挂牌。”

“听说，今后的世界要由节日来构成，我们始于节日，因节日而存在。苗总已为我们打好基础，牟总又为我们做了约定。不要乱来哟。”

群众热烈交谈，脸上重新溢出幸福而短浅的笑容，好像失忆者经过治疗得到恢复。上级和下属之间的关系又趋于融洽。黑雨制造的非现实场景有所消退。刘政想，邓所长的工作取得了进展吧。

“认真练唱，不要说话。”老师——节日使者，这时像个医生似的用假声吼叫，“注意，音准！注意，音长！还有，节奏！这个段落一定要精神饱满，才能传达出节日气氛！好好思考一下节日的内涵吧。

你们要靠这个救命哟。”她蛇一样嘘嘘发出气声。

六

这时，林总在队列中接了个电话，立时号啕大哭。原来，她的丈夫喝酒死掉了。那男人在另一个单位的基地练歌，今年才五十五岁。五十五岁就死掉了！而且，那个单位的情况要好得多呀。大家都敏感地停下来，不唱了，互相谦让着围过去安慰林总，说她的丈夫应该可以评定为“因公殉职”，这也是她的荣誉呀，都是为了节日嘛。刘政手足冰凉。他无法设想林总怎么赶到那个陌生的基地去料理后事。黑雨的屏障阻绝了道途。另外这儿也离不开林总。刘政一个人支撑不住局面。不过他觉得，林总也是活该。她老在说印度思想家死了死了的，熊猫死了死了的，但死的其实是她的老公。

歌声也停息了。节日使者有些不知所措，好像这个意外超出了她的控制范围。刘政本来应该悲哀，却不禁奇怪地有些幸灾乐祸。说到头，庆典什么的，虽然厉害，不就是唱唱歌嘛，瞧这老师。忽然，他看到邓所长像个幽灵一样静悄悄溜进来，眼圈黑黑的像个熊猫，嘴里包着一团肉，翻来覆去哗哗咀嚼，气味难闻死了。

“怎么样？”刘政赶紧问。

“还没有修好。”邓所长看了一眼泣不成声的林总。

“一定要修好呀。”

“我尽力吧。”

刘政又诡秘地俯在邓所长耳边说：“不能出去。不要到别的单位去。从来都没有人离开过基地。这儿全靠你了。”

“是的，这我知道。”邓所长的神情中流露出技术人员才有的自矜和谨慎。

“似乎只有老师一人能够自由通行，她是从外面世界来的……依你看，如果这次完不成任务，她下次还会再来吗？”刘政又小心翼翼问。

“不一定。”邓所长正色说，“基地的经费不够了，今后恐怕请不起节日使者。”他又担心地看了看哭昏过去的林总，换了个话题：“听说她的丈夫不是喝酒喝死的，而是遭到宰杀，做成了烤肉，被年轻人吃掉了。几乎所有的单位都在做这种事。这也算是报应吧。林总在这儿，不也指挥大家把年轻人杀掉，做成食物么？不然，光吃那些饲养的动物和潮水送来的海星，哪里够哟。”

“哦。”刘政想了想，又问：“林总家里还有什么人？”

“有个男孩，在美国念大学。”

“美国？”

“美国主宰着外面的世界，这你不知道吗？但听说那儿的情况也不好，现在都靠发粮票过日子了。”

邓所长古怪地猛抖身躯，低头吃吃笑了，又试图掩饰住得意的表情。刘政记起，节日生成器是美国生产的，这种高科技的玩意儿，单位制造不了，长期依赖进口。他就问：“节日使者究竟是个什么样的人呢？”

“我查了一下从机器中恢复的数据，原来，她就是你的生身母亲呀。”

“难怪呀。”刘政心中才好像一块石头落了地，却感到殊异。他想到自己冲尤春喊妈妈的情形。

七

凌晨，一切结束了。歌也不练了。年轻人趁天还未明，林总又不能主持工作，终于发动反叛，杀死了汤大爷等老人，又搜索其他人。他们不甘心等着挨宰。邓所长赶紧带着刘政，逃入废墟，躲了起来。

待到上午，刘政惦着老师，就派邓所长出去找她。邓所长很快回来了，说给了节日使者三千元报酬，让她赶紧走。但她好像不高兴，嫌少吧，也许想要美元，脸都拉长了。但还是用一台越野车把她送走了。她的学校在哪儿？不知道。车子在基地门口的大雾中消失了。刘政有些不悦，又不好说什么。他为母亲感到过意不去，担心会遭到她的报复。她可小气了。他记起自己小时候就是在母亲的学校念的书，还上过她的音乐课。他要是唱不好，她就用教鞭抽他。她指着刘政的鼻子说："你不争气，将来我指靠谁啊。我拿这么点儿工资，养你多不容易。"刘政从小没有父亲。然而那时一切还不是现在这样，黑雨也还没有下。

问题在于，刘政在基地见到的这位母亲，却像尤春一样年轻。为什么会这样？基地的时间难道与外面世界的时间不同？他遽然心痛，想到女人并非是来救他的单位，而应该是来投奔他的。学校停课了，不发薪水了，没得吃了，因此她才找了个借口到基地来，单位毕竟是瘦死的骆驼比马大。然而，娘俩因为时间的屏障，并未能相认，她还被打发走了。眼角有辛辣的液体溢出，刘政悄悄抬手拭去。邓所长装作没看见。

刘政设法与年轻人和解。他们一起吃掉了汤大爷的肉，又商量好，等到牟总来时，把他也宰杀了。

天亮之际，节日生成器又一次凑合修好了。年头太久，修了不知多少次，这回差点要彻底报废。零配件供应跟不上，就算美国不禁运，也由于无法离开基地，买不到二手材料。

“你能肯定这一定是我们的节日吗？”刘政问邓所长。

“是的，刘总，这点请您放心，从技术上讲的确是的。”

邓所长若有所思，歪头打量刘政，就好像他是基地饲养的动物。刘政想，如果没有了节日，如果母亲不再来，大家怎么办呢？他回到自己的房间，拉开窗帘，看到下面还是那个不变的池塘，厨子们正举着大锅和汤勺，在忙碌着打捞尸体。尸体源源不绝从池中产生，就好像那地方是一个孕育生命的子宫。但刘政越看越觉得它是个屏幕，水面下有无数电缆连接着於菟。黑雨仍在飘摇直下，如母亲崩溃的经血。刘政从未见过这么壮美宏阔的景色。听说美国的尼亚加拉大瀑布就是这样吧。基地正在雨雾中静悄悄萎缩，说不定不久就会断掉与海或海所象征的事物的联系。但何为海呢？北极冰盖真的融化了吗？洪水将要淹没这个星球吗？直到现在，刘政还不知道危机是怎样产生的，所以也就找不到化解它的办法。这时，他看到尤春的尸体也被捞上来，已经高度腐败。

接下来，刘政听到了袅袅欢歌，原来是林总，从隔壁窗口伸出长颈鹿般的脑袋，头发爆炸般蓬乱，一夜间全白了。她像笼中鸟一样，对着大雨中微微蠕动的密林，啾啾吟唱。正是节日使者教的那首歌，要用来拯救他们的。刘政心想，她也是在召唤自己的母亲，而其实并不是丈夫吗？他恍然大悟一般，哧哧笑了，走过去敲她的门，结果看到尤春的孩子站在倾圮的走道中央，正咬牙切齿盯着他。

脱　母

这些丑八怪，也曾经是女人啊，
埃波宁，拉伊斯！她们弯腰，驼背，
曲身，爱她们吧！她们还是人啊！

——波德莱尔

一、如临大敌

一直被认为是地下潜流的脱母运动，终于浮升到表面，开始大声呼唤自己的权利，要求国家承认其合法性。它的发起人石柔高喊：“没有母亲管束的社会才是正常和全能的。国家应该由脱母者来领导！”这在社会上引起混乱。对于脱母运动，刚开始，尤其是它还处于半地下时，有关部门的防范是松懈的，居高临下几乎没有把它当一回事，乃至简单地认为这不过是年轻人青春期的叛逆。而法律方面也没有任何针对性条文。似乎都是小瞧它。只是当这场运动一夜间呈现全国化乃至国际化的趋势时，人们才如临大敌。

后来分析，它的兴起的确奇怪，因为中国经过几千年进化，早已不是母系氏族社会，略在的一些遗存，比如号称“女儿国”的西南某湖畔的某民族聚落，也不过是贯彻市场经济下的旅游策略，以吸引属意猎奇的无聊中年男性游客，要掏他们的钱袋吧，又何来哪怕稍许带有反叛性的冲动呢？因此，专家学者皆为这股悖乱逆流而困惑，探讨起国民性在新时代的不确定走向。虽然，脱母运动也有可能只是布朗运动的一种特例，但是，随着它开始影响越来越多人的生活，更随着最高决策层指示的下达，有关部门开始了行动。境外敌对势力被指称利用这场运动来制造社会不稳定，企图破坏国家的现代化发展大略。以 M 国为首的西方国家成了罪魁祸首。很快，整个舆论基调都成了这样。

但这反而激怒了脱母者，助推了运动的升级。洛阳警方抓住一名脱母者，要他承认与外部势力勾结。这人很快在刑讯逼供中死去。脱母者团体遂在各地实施报复，一些分支组织发动暴力袭击。在南昌，一名从事案件调查的政府官员被脱母者抓住并处以私刑。给他定的罪名是勾引一位有孩子的妇女，而那孩子正在准备脱母。行刑之际，濒临崩溃的母亲也被带到现场。脱母者让她在寒风中像匹种马一样双腿分叉站好，当众一件件剥掉她全身的衣服，让她观看对她情人施刑的过程，就用这样的方式令她反省。所以呢，其实可以这样说吧，这位母亲才是刑罚的中心呢。说起来，她还是我一位熟人的中学同学。其时，她八岁的儿子也被带来，正是这孩子咬牙切齿亲手为他妈妈扯掉贴身内衣——这时发现她正来例假。小家伙只冷冷看了看，便接过脱母者递来的一把刀子，小狼般冲上去为母亲的男友去势，那股狠劲儿令人咋舌。很快这帮脱母者被警方抓获。舆论谴责说，这充分暴露了脱母者反人性反社会的残酷。事态发展至此，已是匪夷可思。

二、变得陌生的妻子

在听闻这事的时候，妻子的表情似笑非笑。她似乎想表达一种独有的内隐情绪，却显露出几分颇不由衷的尴尬，自己也说不明白，更无以对夫君解释，又有些顾影自怜，只穿着胸罩裤衩，露出苞米样的黄白色身子，小便一般蹲在大衣柜旁，久久地长吁短叹，好像她明天也要走上同样的刑场。我便怀疑这就是那种拥有了所谓“母体自觉”的下意识表现，仿佛已然预知自己将被脱母的悲惨结局。这是许许多多女人时下的忧虑。直觉到或许世界正在进入一个新的动荡周期，未来的生活无法料定，我面对妻子，不知是安慰还是斥责，只好报以沉默。

那段时间，家庭笼罩着一种特别的焦灼。妻子有时也会忍耐不住，情不由衷与我讨论脱母的新闻。这时，我们便把八岁的儿子支开。“如果换了是你，也会那样做吗，啊？”妻子通红着眼睛这样问我，像一只错失季节而无法南飞的大雁，在枯寒中徘徊低吟，令我暗暗难过，深感作为一家之主的失职。“那么你觉得呢？”我不知如何回答是好，心底淤堵着一股恐乱不堪的苍白潜喷。我们结婚十年，夫妻间还没有这样说过话。一时我觉得做人真是很难。为什么要把一个生物种群分作两种性别呢？

“我觉得，你这种人会的，一定会的！你也忌恨着你的生母吧？”

妻子眼含泪水道，“这难道算是一种异样的暗恋不成？男人其实都是对女人既爱又恨吧，爱起来不顾天不顾地，恨起来翻脸不认人。这样一来就说不好了，致使你们的行为变得乖戾。与你在一起，这么多年了，老实说我有一种不安全感，严重的不安全感！”女人紧皱眉头，把双手绞缠得像一团乱麻，得病的猎豹似的，竖起无精打采的耳朵，凶狠而可怜地打量我，又仿佛我是一个半夜街头相逢的打暗棍者。我忽然觉得她变得格外陌生。最近我们甚至连夫妻生活也已告停。这难道便是那场奇怪的本与我们无关的运动导致的吗？就算有一天我会脱母，这跟她又有什么关系呢？我愤怒起来，为平静的生活被打乱而想骂脏话和摔东西。这个世界，为什么总是安宁一阵子就又折腾一阵子呢？为什么苦难好不容易过去了又复重来呢？难道这就叫作历史的循环？为什么别的国家没有脱母运动？想到这里我就又想笑：报纸的社论不是说了吗，这是M国在捣乱啊，不是我们的问题，大家应该同仇敌忾。

我又看妻子，霎时间意识到我其实就是从跟她同一类型的某个中空的腔体里面，扑哧一声混合着腥臭血水，被吐出来的呀。我长大后，却要与另一个同样的异质腔体发生人肉方面的关系，在生物过程的基础上，进行某种暧昧的历史性重复，这难道本是应该的吗？因此还是内因在起作用吧，外部势力仅仅利用了我们的弱点。妻子是为此感到羞愧的吧？于是，我不好意思窃笑一下，把目光偷偷移开妻子的脸庞，朝外厢忐忑投转过去。矮胖丑陋的儿子正待在他的卧室，专注地做作业，独立而阴森。他与那个施刑的少年脱母者同岁。我这才明白过来，做孩子果然是如此的无助，他一生下来，便不由分说被指定了一位陌生女人做母亲。这个事实，绝大部分人忽视了。作为女性，一旦意识到这个，她的感受必然跟男人不同。

我便讪然对妻子说：“说什么男人对女人既爱又恨，脱母者又不光是男的呀……”

她眨眨眼睛，敏感地提高声调：“哦，我说的就是你！那个乡下女人，把你生养在了那样一个环境中。要是我的话，哼……”妻子这时给人的观感，就像是一个在强大法术面前即将土崩瓦解的妖精，却做着绝地反击。她似乎是要把目标引向我的母亲呀，这样以显得她的无辜。我愈加不寒而栗。

这时看到，我们一起吃饭的桌子上，摆放着新出版的报纸，头版刊登的是各地脱母者杀人纵火的新闻，还有经过马赛克处理的血案现场照片。向来柔弱胆小的妻子面对这样赤裸裸的文字和影像，无法抵御，所以才胡言乱语吧。或许真是大乱在即，非人力所能挽回。我想到我那生活在陕西乡下的父母，两个老实巴交的农民，他们现在怎样了呢？有没有受到运动的冲击？我每月寄钱回去，悉心供养他们。虽然我已学会与城里人坐在一起喝咖啡，但我仍是农民的后代，一个孝子。我自信不会脱母，但妻子似乎不这么认为。她是土生土长的城里人。她觉得我虽然拿了城市户口，骨子里却还是乡巴佬。以前，她最担心的就是我的父母会进城来住在我们家里，认为这样一来必定要平添许多麻烦，大家会不习惯不自在，弄不好还要产生口角。这难道不是我脱母的绝好理由吗？

——似乎，每个人都在冷飕飕地害怕着，都在对未来世界会成为一个什么样子，在陌生惶惑中咂味到不期而至的恐惧。几千年来，我们是否有过不曾畏怖的时刻呢？哦，似乎很少吧。

只有电视台在危机中的表现，是一贯的坦然自信，这乃是因为有着所谓信息时代理论及实践撑腰的缘故吧，好像也能像以前对付类似情况似的招架过去。在第三套娱乐频道，制片人用基于电子计算机程序的数字虚拟技术，逼真合成了少年脱母者杀死男人的三维动画，这是传统纸质媒体做不到的。从高清晰画面上看到，漠无表情的孩子们围了一圈，两腿八字站立，像是坚硬凌厉的史前石柱，两个寡味悲切的痴男怨女收割的麦子一样支在中央，浑身筛糠。我那熟人的同学还是一个少妇，她像看卡通怪兽一般，两眼一眨不眨瞪着她的儿子，后者成了一台失控的电动机器，动作神速地剥去妈妈下身的粉红色内裤，又用瑞士军刀把她男友的阴茎从根部旋转着切割下来，然后把大人的男根像蚯蚓一样塞进女人渗血的阴道。她蟋蟀般低吟一声，脸上露出难以置信的表情，却奇怪地好像在幸福微笑，闭紧双眼，周身抖动不已，如若达到高潮，泪水痛快地扑扑洒落下来，砸在那尚有半截在外的紫红色物体上，滋滋的冒起几缕白烟。

由于是动画，它给人的想象空间比实景更大。每当看到这里，我便倒吸一口凉气，慢慢取过一支香烟，战栗着把它点燃，静静插入长满水泡的糜烂口腔，心中布满粗颗粒的密麻灰雾，沉甸甸的疱疹般经久不散。这时我觉得我的臭嘴就像妻子的阴道含着电视台节目制作人的阴茎，想吐却不能吐。数字画面据说可以在白日梦里激起普通人的兴奋。这引发的是与性变态者所渴望的人体开膛不一样的快感，但是，在清醒时分则只相当于一种变相而轻微的威胁、抚慰或嘲弄，于是有人称可以刺激消费欲。这才是十几亿人既害怕却又一定要收看的缘故吧！他们内心深处暗暗羡慕着脱母者啊。但不知道电视台这样做还有什么深意。仅仅为了收视率？仅仅为了广告费？或者，是为了培养新生代的新闻主播？还是媒体内部潜藏有脱母运动的同情者？脱母者已经打入了电视台这个巨无霸机构吗？谁在试图操控国家的舆论工具呢？千万别让孩子看到这样的画面啊。

自有文明以来，家庭关系的变化便总是世间一切变化的先兆。我警觉地又看看妻子。她这时稍微冷静下来，开始手忙脚乱为我和孩子做饭。我才略松一口气，暂时不再以自卑和怀疑的心情去揣想电视台的制片人。

三、脱母联防员

第二天一早，刚刚上班，处长便把我叫到他的办公室，问我能不能兼任一份新工作。原来，派出所下达了通知，根据上级指示，要在社区建立脱母运动联防中心。每个单位都要出人担任联防员。这么说来，事态已经相当严重。“组织决定，就你了，经考察你是孝子。”孝子！多么光荣的身份，而且是组织决定的。估计现在他们不太好找。我受宠若惊。但正像此时不少人一样，处长的表情也是格外紧张，惶惶然如临大敌。他难道不是孝子吗？组织没看上他吗？然而不管怎么说，在关键时刻，组织显示了主心骨的力量，推出了孝子这样的典型人物，这大概是应对家庭危机的好办法吧。

处长说，联防员不脱产，主要任务是监视本单位职工及家庭成员，如果发现谁有脱母趋向，即行向上级报告。由于是组织的决定，我没有商量余地，并且我也憎恨脱母者，就点头答应了，并办理了手续。

主流媒体开始集中批判脱母运动给社会带来的危害，称其违反现代人伦和传统道德，给社会带来重大破坏。舆论攻势一起，就为实施更高层级行动做了铺垫。果不其然，在三月份的人代会上，通过了刑法修正案，把脱母行为定义为犯罪，也就是在危害国家安全罪、颠覆国家政权罪、煽动民族仇恨罪、流氓罪、绑架罪和重婚罪之后增加了破坏母子关系罪，可判七年以上直至无期徒刑，造成严重后果的可处死刑。这是少有的为一种单项行为而专设的罪名，可见严峻程度。媒体报道了广大民众的热烈拥护。

这一年春天，花儿开得似乎迟了一些，天气好像也冷得不同寻常。因为蔓延于全国的脱母运动，人们连上班也倦懒了。国内生产总值增幅出现同比下降。进出口和居民消费情况也不乐观。民间投资不振。股市连连下跌……石柔和他的追随者对这一切视若无睹，继续我行我素，并表现出对新法律的藐视。城市里出现了怪异传单，上面声明：脱母运动不是国民经济的威胁……脱母运动不反政府，也不反人民。这是一场深刻而伟大的思想解放运动暨身体解放运动，也是一场民族救亡运动……

事态引起了国际社会的关注。一些国家声称要与我国断绝外交、经贸和文化往来，撤离使节、商人和侨民。它们害怕中国向境外输出这场运动。我由于联防工作的关系，顾不上关注国际形势的变化，只是需要尽快熟悉脱母者，抓紧时间研究他们的理论、思想、路线和策略，以了解这些变得奇怪而陌生的同胞，从而尽力完成组织交办的任务，于私而言，这样也好保卫我自己的家庭。

脱母运动孳生于三年前，具体怎么兴起的，众说纷纭。一种说法是，石柔当时还是B大学教育与人类发展系的一名四年级学生，在一个夏日夜晚，他与女友幽会后，在回宿舍的路上，忽然停下小便。他一边撒尿，一边抬头，看到星空高悬于头顶，这一刹那，他以心灵感应一般的方式，接收到来自天蝎座方向的一道神秘指令，要求他带领全人类断绝与母亲的一切关系，否则，就将大祸临头。他吓坏了，尿也没尿完就拔腿奔回宿舍。这孩子思考了一夜，第二天真的就那么做了。没想到，很快就有了追随者……如今，运动拥有自成一套的思想体系和组织体系，对于很多人尤其是缺乏社会阅历而又处于青春反叛期的年轻人来说，产生了特殊而强大的吸引力，把他们引导上危险的道路。

“母亲作为生物性质的基因载体，在完成生育任务之后，没有理由再与我们继续保持精神和肉体上的联系。儒家代表人物孔融先生早就主张母子关系是如瓶之盛物一样，只要把瓶内东西倒了出来，母子关系便算完了。母亲是有原罪的——没有征求我们的同意，就自私自利地孕育了我们，使我们毫无防备、赤裸裸来到了这个充满不公和恶意的世界上。而且，她们还一辈子拉扯和关怀我们，就像是要求我们为她们偿还债务。这太不道德了。我们莫名其妙，在毫不知情的情况下，就承袭了她们因为荒淫而与父亲共同制造出来的基因物质，帮助她们达到不可告人的目的，却在出生之后，还要继续做她们的附属品。到底是她们养活了我们，还是我们维系了她们呢？这个命题如今已很清楚了。我们发誓：毕生与生育我们的女人脱离关系，绝不与她们有任何来往！”这就是石柔在《脱母运动宣言》中的告白。每当读到这里，我便心潮起伏，产生了想要亲眼见见这场运动领导人的冲动。本来的国家栋梁之材，缘何竟成了反社会的核心呢？但石柔来无踪去无影，连他的僚属和亲兵都难见到他。那么，可不可以拜访一下这孩子的家长呢？这也很难。石柔的母亲，据说是一位小学教师，已经被组织严密“保护”起来。

学院派的研究者当然不相信脱母运动的产生是由于某人收到了某个荒诞不经、难以证实的“太空指令”，那不过是追随者给石柔制造的一圈神秘光环，以确立他的领袖地位。忠实于组织的我们是无神论者、实证论者和科学主义者。因此有专家指出，这大概是在其他信仰淡薄丧溃之际，一些意志不坚定者投靠的一种新的精神寄托吧。也可能源于孩子对受不到母亲保护而产生的失望愤怒。像石柔，他家境贫寒，父亲在他两岁时去世，母亲守寡，患了卵巢癌，举债治病，他自己靠奖学金和勤工助学念大学，无法享受到同学们那样的欢乐。他憎恨母亲为何把他带到这个世界。这是一种极端思想。因此，归根结底不能代表主流吧。但无法解释的是，为何能吸引如此众多的人呢？脱母运动中，出现了诸多异常现象。比如，一些人的确是发自生理和心理对母亲感到厌弃，而没有获得任何理论的指引，也没有受到任何宣传的鼓动，甚至连石柔的名字都没有听说过；另外一些人，只是单纯具有好奇心似的，一念之下，就不由自主走上这条道路；还有的人，则什么预兆都没有，一觉醒来，就像扔掉一件旧衣服一样，义无反顾解除母子关系……正是这些不可思议的行为举止，令专家学者困顿张皇。但他们仍然兢兢业业从事着组织交办的工作，编造出一个又一个假说，以此去申领专项科研基金以及集体和个人奖金。他们的职称和职务也在这个过程中得到提升。

谈到组织，不得不说，脱母者也在各地建立了结构繁复的组织。这尤其令人不安。它们与我们的组织形成对抗关系。当然，随着新刑法的实施，非法的脱母者组织被逐一摧毁，成员们只得转入地下活动。但野火烧不尽，春风吹又生。特别是，隐藏在大脑深处的脱母意识是无法一眼看出来的，这产生着比有形结构更强大的破坏力。无法知道全国有多少人直接参与脱母运动并加入其组织。一种统计是不少于六千六百万，另一说法是接近一亿。这约是全国青少年人数的三分之一。外围同情者更是难以计数。最可怕的是，这个群体在滚雪球般长大，又如迅速扩散的恶性肿瘤。

脱母探测机终于由中科院自动化所发明了，由有关部门联合发文，通过组织的渠道，迅速配备到基层。它实际上是一种加强型便携式脑电波仪，能够在百米直径的范围内探测到可疑的脑波指纹。H大学的一项突破性研究表明，脱母行为可能是基因突变引发的一种新型精神疾病。专家在对5–羟色胺转运酶基因单核苷酸多态性的研究中，发现了十六个新的多态位点。进一步分析表明该基因在进化上存在较低的核苷酸、多样性、弱阳性选择、较弱的连锁不平衡水平以及较高的重组率。在环境应激条件下，诱使疾病发作，并会刺激大脑皮层释放出脑电波频率为每秒二十一次的β波。也许，称其为脱母症，比起脱母罪来，更恰当一些吧。但是组织显然有更高站位的考虑，这毕竟不是一个简单的医学问题，而涉及民生福祉、社会稳定和国家复兴。时下与脱母有关联的暴行正在增加，令遵纪守法的广大民众惊恐不宁。因此从单纯生物角度看待这个问题是不行的。当然了，H大学的研究结论，后来也在学术界引起争议。有人指出存在急功近利伪造实验数据的情况。但是，舆论很快被平息……总之，无论组织，还是脱母者自己，都不承认这是一种病。

四、堪称变态的记录

不久，在奥林匹克篮球馆召开了首次社区联防动员会，主要单位的联防员都参加了。在会场上，警方一名队长通报了脱母者最近几次地下集会的情况。这帮家伙的可耻言行，被秘密监视系统记录下来，此时在银幕上向联防员们放映，令大家震惊而愤怒。

“对于母亲的依恋，难道不是很可笑的吗？像喝下一大罐汽油般难受啊。毕竟，是直接从阴道那种可悲的地方哆嗦着掉出来的肉坨吧。一旦长大成人，回想起曾有过那样一段难堪的经历，就羞耻得想打个地洞钻进去。”从资料影片上看到，在脱母者的秘密集会上，有骨干分子发表了这样的感言。

“对呀。面对八十岁的、浑身长满龟纹的老母亲，想着她竟然也拥有那种发出鱼腥味儿的狭窄通道，而我居然就打那儿赤身裸体、屁滚尿流地爬出来，不正是关系到出身背景的难言之隐吗？”另一名脱母者附和，痛哭流涕，像是在做深深的忏悔。

又一人回忆道，年少时曾由学校组织，参观面向大众的科普展览，有生物标本陈列，在麋鹿和棕熊尸体的旁边，看到了据说是老年妇女的阴部切块，马鞍状呈暗红色浸没在后来才知道是福尔马林的药液中，又像一堆板结的黄土。深海生物般的干燥皮肤上刺眼地挺立着几根稀疏、枯萎而短拙的阴毛，带给参观者兴奋、眩晕而作呕的感觉。“抑住飞速的心跳，努力想象那是青年女学生身体的一部分，但是怎么也做不到哇……自己的生身母亲也是这种样子吗？”

“喂，有人曾经收集过妈妈的腋毛吗？那种雀巢般茂密而精巧的奇异装饰，却又不同于鸟羽！”一个肥胖的青年男子气喘吁吁插进来，述说他的经历。小时候，他喜欢依偎在妈妈身旁，趁其不备，猛地伸手拔下她的一根腋毛，然后在女人的惊愕眼光下咯咯笑着迅疾逃掉，回头偷偷装入爸爸的胃药瓶子里。但他在后来的很长时间里丧失了这段记忆，只在参加工作的那一天终于猛然什么都回想了起来，便再不能释怀，看到任何一个空玻璃瓶子便会久久出神，黯然发呆，却只能试图找些鸡毛填塞进去。

又有一人说，他少年时曾无意中窥见了母亲的私处。那是他一生中最为亢奋也最为悔恨的事情，如今每次与女人做爱，那幅骇人的图景都会重现，历历在目，致使他不是早泄就是阳痿。“那是一个炎炎夏日的傍晚，血红色的阳光洒落在宿舍楼的墙上。刚刚用同一只猪肝色塑料桶轮流擦完澡的母亲和父亲，还是水淋淋闪闪亮的，就并排躺在了阳台的竹床上。父亲赤裸着带有田鼠味儿的上身，一言不发蜷缩着两腿，青蛙一样仰面朝天卧着。母亲蜷着小小的身子，仿佛很乖巧地睡在男人臭泥般的身旁，像一条犹犹豫豫逃出水田的鳝鱼。我清楚地记得，她那肥大如马桶的短裤衩上绣满大朵的屎粉色荷花，她两条白花花的大腿八字张开——这使得她的里面纤毫毕露。那时我正在青春期，忍不住好奇心，就偷偷看了一眼。于是我第一次知道了什么是女人。心中留下新鲜、兴奋和耻辱的印记，从此销蚀不掉。真后悔看那一眼呀。”

还有人，乃是幼时看到了母亲随手扔弃在洗手间废纸篓里的月经带，上面涂染着红猩猩的、发出恶臭味儿的鲜艳色块。这东西搁放了好几天都没有人去倒掉，就那样震撼地暴露在光天化日之下，颜色又慢慢变得黯黑，并淤结着吸引虫子和苍蝇的群聚。白天，父母上班去了，把孩子一个人扔在家里，他在空荡荡的房间里，每隔十分钟就忍不住走过去，怔立着目不转睛直瞅这奇异的物体，像见鬼一样惊恐，以至于后来再不敢去上厕所，屎尿都拉撒在裤子里，父母回来后挨了一阵好打。他们一边揍孩子，一边鸟雀般吱吱说笑，热烈议论着单位同事的绯闻。

对于有的男孩子而言，平生第一个女人，便是母亲。那是十二三岁的时候，性意识渐然觉醒，由于在追求同龄女孩方面遭受了人生的第一场挫折，回到家便把妈妈当作替代对象，模仿电影电视镜头，伸出稚嫩的小手试图抚摸妈妈的胸部，或者小兽般直接把她强行扑倒在床，凑过嘴去用力亲吻。后来一直难忘此情此景，长大后还不停回想母亲年轻时的样子，以及她嘴里臭烘烘的气味，沉迷于手淫，拒绝婚姻。

还有一位，小时候喜欢钻到母亲床上与她同睡。十四五岁时还这样。有一次，趁父亲不在，他钻进去，发觉母亲是赤裸的。“她没有拒绝我。我们就这样闭着眼，温柔地久久互相搂抱。我的心怦怦跳得十分厉害，但她似乎浑然不觉。也许，她以为我还是小孩子。但我其实长大了。我的手想往她的下面有所动作，却哪里胆敢。她的一个黑乎乎乳头就浮在我的脸侧，散发出的淡淡热气把我弄得好像产生了激烈的高原反应。我头晕目眩。最后，还是她的手好像不小心碰到了我硬起来的小鸡鸡，并在上面停住，随后又慢慢旋转起来……但只过了一会儿，她却猛地挣脱开来，一把把我推下了床。她用那样一种令我毕生不寒而栗的语气对我咆哮：‘滚开，流氓！’这永远伤透了一个男孩的心。”

这些资料都是警方精选并提供的，效果立竿见影。用正常人的眼光来看这些堪称变态的记录，参加会议的联防员们都很紧张而尴尬，心中渐渐浮出对母亲的憎恶。我的胃部也一阵痉挛翻腾，脑海里浓烈地蒸发出一种初尝深海鲜鱼般的新异刺激。大概，这一切原本正是平常之事，在我们周围天天发生，只是一直不被正视吧，相反还被反向神化。母亲不分青红皂白被尊为圣人，推上神坛。但她们无非便是如脱母者描述的那种丑样吧？她的本来面目终于被揭露了吗？脱母者才是这个国家里唯一直面真相的群体吗？他们才是勇敢而可佩之士吗？那么，我儿子的母亲，我亲爱的妻子……想到这里，我费力转动荆条般的脖子，鼓起勇气去窥视四周，见以男性为主力的联防员们都无力地咬紧浅滩般的嘴唇，潮红着脸儿纷纷低下头来。警队队长则用雄猪一般的目光，傲慢而不满地打量我们。他大概是要用影片来激发我们心中的仇恨和斗志吧。

因此，这还是我熟悉的人类吗？不管怎样，社会上潜滋暗长的脱母情结，就一直这么凝聚着，休眠火山一样终于迎来了喷发的时机。有的媒体报道甚至认为，在漫长的进化过程中，人类早就孕育出了脱母意识，并在不断累积，只是，许久没有作为一种集体行为公然表达出来。现在，或许温度啊湿度啊气压啊等等合适，终于找到一个突破口，登陆的肺鱼一样爬出阴暗深渊，起劲动弹着走向明处了。但又是一些什么样的环境因素，使得有关基因能够做出如此表达呢？这一点，生态学和进化学的专家们并未明说。至于这种运动会在地球上哪个国家、哪个地区、哪个节点爆发，也没有一致的理论。有学者认为这纯属随机。但为什么恰好是我国呢？为什么正巧在此时呢？又有人指出，不能仅仅归于偶然吧，因为偶然中一定有必然。总之，在这个国家，像历史上反反复复发生过的那样，又一次遭遇了巨大不幸。就这一点来说，人们倒是习惯了，因此不加深究。然而，单就事件本身的性质而言，却是五千年来未曾有过的变局……

为我们做报告的警队队长是组织派来的，他是一个瘦削而高挑的中年男人，戴副金丝眼镜，讲起话来文绉绉的："反人类的情绪正在流感一般爆发并传播。我们在内部私下讲，从性别社会学的角度来看，或许可以归于母亲与生俱来的不洁感。那是在散发着浓郁牡丹花香味儿的化妆品的掩饰下，躲在开衩到大腿根部的闪光丝绸旗袍后面的，不能被自我认识的恶，给人类后代造成灾难性的人格冲突。而由于年幼时不带警惕性的母子间过分亲密，一朝在不意间剥掉了母亲的伪装，呈现出真实面目时，心理落差就太大了。母亲的形象一旦崩溃便无可挽回，比任何别的事情的败坏还要来得更加厉害和迅猛。为了维护社会的稳定与和谐，为了捍卫母亲的形象和尊严，我们必须携手与脱母者战斗到底！”

我吃惊地看到警察竟然如此襟怀坦白和实事求是，如此慷慨激昂和正义庄严，不禁把因自惭而低垂的眼睑，又勉力抬举起来，好像重新拾回一些面对现实的信心。不管怎么说，在人类悠久的进化之旅中，某种不可轻视的突变发生了。若从生命之树的立场来讨论，枝杈分岔的意义大概才可称作深刻吧，而所谓的“正常人”，只能待在一旁观察、恐惧和防范，并警惕不要让自己及家人卷入。但我们也将因为不能成为变异者而被进化的大潮抛弃吗？我们将沦为被边缘化的少数人吗？所谓的正常人今后还能称作是正常的吗？虽然警察给了我们以勇气，但大家还是忐忑不安，感到缺乏依靠。宇宙间的万物则呈现出一片空白。

一个没有母亲的时代正在来临。

五、妻子和岳母

我没有告诉妻子我在单位里做的额外工作。自然，这是一项对社会有益的事业，然而与身为母亲的女人谈起此事，虽然也很光明正大，但总觉得难为情，好像做了什么见不得人的事，况且也不知道，会引发何种不确定的后果。我对妻子已经不像原本那样了解，她对我也不若先前那般坦诚。这段时间里，我和她大量接触脱母的新闻，这本身已然带来不乐观的影响，使双方都变得格外神经质。另外，新工作虽才做了不多时日，却已让我觉得，任何人都具有被列入脱母者名单的嫌疑，从理论上讲，包括我的亲朋好友，无一例外，就连我本人，也不能说没有危险。我正在滑坠入一个前途莫测命运难卜的深渊么，内心被疯狂而凄凉的感觉攫住，夹杂着按捺不住的躁动，怎么也无法理喻。我告诫自己要小心再小心。

那段时间，每次在陪同妻子回娘家的路上，我都会心虚地久久凝视她那净瓶般的陡峭背影，从日益变得不再轻飏挺拔的体型上，难过地想到，妻子生完孩子后，可不是这样。当时她恢复得很快，体型迅速回转至青春少女一般，像《西游记》中的妖精，看上去十分怪诞而有吸引力，甚至比生育前更多了一些风韵，加上妻子长得本就有几分浪荡气，致使她傍晚时分在大街上一个人行走时，也会有警察把她当作小姐，拦住加以盘查，而不去考虑她是一位贤妻良母。这个社会就是这样吧，不辨忠奸善恶……我于是情不自禁担忧起来，妻子会不会成为一名脱母者呢？根据抽样调查，脱母者的男女构成比例为十比三，其主要年龄段在七岁至四十五岁之间。妻子三十六岁，不正处在危险期吗？因为害怕被抓捕，即便面对至爱亲朋，也要隐瞒心灵真实的一面，这应该是当前为了避险而不得不采取的防范措施吧？她一直在对我撒谎吗？并倒打一耙装出怀疑我才是脱母者的样子，以此竭力维持这个家庭的稳定吧？对于一个女人来说，这是多么的艰难和煎熬，一天天忍辱负重，要鼓起多大的勇气、付出多大的代价啊，而她却连一个能说说心里话的人都没有，而她的潜在敌人则处处都是，甚至就有可能隐藏在自己家里，那便是她的老公啊。

想及此，我就很不好受，有愧疚之意，内心像藤葛绞缠，怎么也不敢针对妻子使用脱母探测机。这却是对组织的不忠。我在矛盾冲突的旋涡中挣扎。一人独处时，我常常负罪之人般对自己说：瞧你啊，是多么的虚伪、多么的不专一、多么的不忠诚啊。你这样做，既是戕害家庭、荼毒亲人，又是有负组织、愧对国家啊。如此下去，我怕是要去自杀了。

即便这样人格分裂着，我也要陪伴妻子来到她的家中。每个月都有此种例行聚会，既形而上又形而下，以维系家庭成员之间那种似真若假的亲热氛围。孩子见到外婆，高兴地扑过去，在她松软多褶的胳肢窝下又挠又笑。我一言不发，正襟危坐，紧张而担心地看着这不可测度的后代。妻子则昆虫般显得局促，心事重重。我想起第一次来她家的情形。当时，满脑子是“岳母最疼爱女婿”之类的念头，未免兴冲冲的。老太太待我的确很好，乃至超过对她的闺女，这或使妻子嫉妒，却也顾不上那么多了。我肩背疼痛时，岳母便像是自家院里失了火，急不可待给我实施按摩疗法，手段颇为内行，直弄得我全身像小虫子爬过一样红肿而舒坦。妻子的母亲就用这样的传统匠人般的娴熟技艺俘虏并掌控了我，让我扎扎实实成了她们家族的不二成员，成了她女儿一辈子的丈夫。而我的生母，那位远在乡下的没有文化的农妇，在我的印象中，从来没有与我发生过如此亲密的肌肤接触。这无论如何都是一种先天准备不足吧。我不知是遗憾还是庆幸。在主宰万物的岳母大人面前，我感到自己是一只小猫，与同样也是小猫的妻子形成竞争与合作关系。同时我情不自禁想到，那么，当岳母那青筋暴跳的竹竿般小手，熟练而仔细地挑到岳父身体的敏感部位时，又是如何的情形呢？她的按摩手法针对他又起到了什么作用呢？或者什么作用也无法起到？她原来只是对我一人这样吗？我才是她的特定对象吗？我便是无论如何也逃脱不了这种处境的一分子啊！我十分被动地享受着这陌生女人的好意时，便不由得这样浮想联翩，最终下体竟然滋生了射精般的冲动，内心喷发出对岳父的歉疚、妒意或敌意，感受到他无处不在的权威就这样轻易被瓦解了，同样作为男人，在这连亲属关系也错乱了的时代，是多么可怜啊。长辈小辈都很无力，因此需要组织的撑腰和帮助……我意识到自己思想的危险性，便在面部表情和肢体语言上竭力掩饰，心底深深自责，对自己的一举一动充满不信任，保持住警觉。

吃饭的时候，我的手触到装在口袋里的、没有打开开关的脱母探测机，我吓了一跳。我不敢把它启动，继续违背着组织的规定。饭桌上，岳母羞赧地微笑着坐在我身边，在我耳畔燕语莺声唠叨不停，藤缠树绕地执住我的手腕，却不怎么与她老伴说话。后者只是和气、腼腆而木然地不时打量我们一眼，倒也没有装作什么都看不见，那样或许更不自然。我却愈发忧心忡忡。家人们都成了这种样子，那么，人民之间的关系又是如何呢？一想到我正行使着监视敌对分子的使命，我就无地自容。妻子与我隔开了两个位置坐着，还是那样狗熊一般似笑非笑，偶尔不放心地朝我瞥来一眼，目光中似有一股青杏般的淡淡怜悯。我想着我们结婚这么多年，从两个完全不认识的人，变得谙熟对方身体每一个细枝末节，现在却又骤然陌生起来，颅内便有无形的钨棒“喳”地槌击一下，腔内的脏器也缸中之鱼般往外跳跃，顿然对妻子深感同情和怜悯，便笨重地站起身，走过去，往她碗里搛去一块红烧肉，却在半途被孩子砰地一筷子截住。小家伙咧嘴笑着，恶狠狠盯住我，却不看他母亲。场面僵住。我和妻子浑身一抖。像扔了一枚微型核弹，满桌大人发怔，空中的水汽也凝结了。一切看似无法收场。最后还是岳父站起来，客客气气说：“好啦，好啦。快吃，快吃。菜都是我亲手烧的。请不要嫌弃。”

——妻子与岳母走在一起时，常会让人产生神奇的错觉。妻子胖，岳母瘦，看上去，犹如姊妹花。不，大多数时候，我甚至会有这样的真实感受：岳母是妻子的女儿，或者，岳母是我的妻子。

这也便是我面对家人，难以启齿自己正在从事脱母监控的原因吧。我甚至担心脱母监测机会因此发生误判。继对妻子有了陌生感后，我也对自己感到陌生，并陷入恐惧。难道不能说我在与脱母者激烈鏖战的同时，也正在面对自己心中的恶魔奋勇斗争么？对此，我究竟又能做些什么呢？我会否辜负组织的期待呢？我只能在联防员集会上，声色俱厉大骂脱母者团体，大骂石柔，并控诉他们的流毒无处不在、无孔不入。总之，由于脱母运动传染病一样蔓延，各种人际关系变得微妙和令人作呕了。还好，我尚可庆幸我的父母远在乡下，目前不至于卷入这个旋涡，无形中，这缓解了社会和家庭施加予我的压力。

六、崩溃

警队队长在给我们上课时说，事实上，与施教者母亲划清界限一类的事情，历史上也不是没有过，但都不如脱母运动来得这般猛烈。然后他就出人意料讲起了脱母运动的环境应激诱因：

“总体来讲，这是一个母亲惯于把自己的愿望强加在儿女身上的时代。由于母亲主导下的娇生惯养，这一代中国人基本上是失去竞争力的一代，生活和工作能力都很差啊。童年时期的溺爱，酿成了苦酒。问题主要出在母亲这里呢。父亲在家里越来越只是一个摆设……当然从另一个方面来讲，孤掌难鸣，父母间的大量不和与离异，也培植了无处不在的怨憎。再就是通常所说的沉重的学习负担。在中小学里，孩子们从小就生活在以女童为主体的班干部掌控下的非正常环境中。这种儿时记忆在心灵上投下了有关母亲形象的犹如木星巨大暗斑的疑惧光影，说有多可怖，那就有多可怖啊！这还不激起儿女的反感吗？”这样一种鞭辟入里的阐释，听上去确是专业人士所为，使人想到我国二十世纪五六十年代基因与饥饿等应激因素或其他环境因素相互作用而导致的精神疾病发作，却又让人疑心警察是在以巧妙方式为脱母者进行义务宣传和辩解。就算作为内部掌握，亦需要相当定力吧。这位警队队长是公安大学科班毕业，受过严格的心理和身体方面的训练。

实际上，过去二三十年里，曾发生过孩子因为不堪忍受，而用榔头击杀母亲的事件，引起舆论大哗。但是，人们如今采取的行动，不再是杀死母亲，而是最为简约的脱母。这一代人已不屑于弑母，怕是弄脏了手吗？多么肮脏污秽的母亲啊。从脱母者的立场理解，这也算是文明的进步吧。这也是为了母亲的好吧。石柔认为，脱母最终将使得母亲得到净化。许多妈妈在强烈的罪感之中度过余生，而她们之前是那么喜欢不分场合表达对自己孩子的盲目骄傲，好像他或她天生就是天才神童，而全然不顾那孩子的自我感觉如何糟糕。她们也因此高扬头颅，买来昂贵的法国香水涂抹在脸上，甚至做出一副还要积极参政的样子，是多么的不自量力啊。现在呢，特别是，当孩子因为加入脱母运动而被判刑之后，一夜之间失去亲人的妈妈才会一家伙从空中摔到地上，并有了代儿入狱之感。她们也像是待在冰冷的铁窗后面，在咀嚼孤寂难耐之时，反思身为母亲的错误，逐渐对孩子奉持的理论深信不疑，并为自己的傲慢、自大、不洁和无知而自责，自杀的也有不少。不过，我很怀疑，这些可怜而可恨的女人们真的就能由此轻松地得到解脱么？

唯一让脱母者感到略微不安的是，因为脱母，不得不同时背叛相较而言还算值得尊敬的父亲。而父亲这个词实在是太暧昧。所谓父亲，那就是我们这类人物的形象代言人嘛。在这个世界上，啊呀，父亲……当然，父亲对于母亲，骨子里也是鄙视的，同时，又深感畏惧和压抑，常常背着她，一个人偷偷手淫，或者与组织的同好一起，三五成群，结伙到外面喝得烂醉，然后便去找小姐，夜不归宿。但是，这方面的关系又十分微妙而复杂，因为即使到了现代，父母联盟在理论上仍然牢不可破。这多半是为了维护一种视觉上的和谐假象。脱母者准确地看透了这一点，于是想方设法击破联盟，而且，他们深知这联盟在本质上的脆弱和简陋。母亲便是软肋和漏洞。于是，脱母者像一个楔子打入进来，彻底离间了父母关系，使之迅速破裂。父母反目成仇，互相指责是对方的原因，才使得孩子脱母，而他们自己呢，到了此时也不愿承担责任。一旦这种情况出现，脱母探测机就会发现双亲的脑电波异常——他们在臆想中互视对方为罪恶的妈妈，扮演了黑暗破坏者的角色，并后悔他们当初怎能结成如此混乱而肮脏的婚姻关系。这真是一桩更加令人发指的事情。我又想到了我和妻子之间最近的种种异状……

“最终，是家庭的崩溃，骨牌般的连续坍塌，从一座楼房到另一座楼房，从一条街道到另一条街道，从一个社区到另一个社区，从一座城市到另一座城市。随后，便是单位的粉碎瓦解，甚至，组织的分崩离析！国家的终结也就为期不远了。从前，曾出现过由于离婚潮而引发的社会危机，但与脱母运动相比，是小巫见大巫。”警队队长悲怆的呼啸犹如翼龙越过头顶，又仿佛合欢树般暗含欣悦的呓语，使人想起石柔在脱母运动万人集会上的演讲，雷霆万钧，摧枯拉朽。事实上我已经习惯把这位警察与石柔的形象叠加在了一起，他是在通过矫枉过正的宣示，来透析自己平时被封压的尿毒症般的情绪吧？但那具体是一种什么样的内容呢？怎样才能更好地理解队长在那样一种特殊环境中的真实感受呢？这么一想，我内心的罪感就如母亲们一般深重起来。

七、比自杀更需要勇气

在正常人看来，成为脱母者的最大困难，尤其是对于那些并没有机会目睹母亲私处呀毛囊呀月经带呀一类有形事物的人们来说，就是要克服血缘上与生俱来的依恋。这正是多年进化培养的生物本性。人们进一步意识到，单纯用“青春期反叛”一类的缘由，或者上述社会环境刺激的理论，并不能够深刻解释这一场运动的勃兴。因此，先天说也好，后天说也罢，仍然有大量谜团。我曾与处长讨论这个问题。他正在经历一场家庭的灭顶之灾：十五岁的儿子在留下一篇义正辞严的脱母宣言之后，离家出走了。

“如果说起克服心理障碍，这本身是一个不太恰当的措辞啊。实际上，他们好像根本没有什么心理障碍需要克服，那道坎儿一下就迈过了，比起中学课本中提到的早期革命者还要毅然决然，从此，母亲成了陌路人，甚至敌人。”处长打着散乱的、菜花般的手势，仿佛很熟悉脱母者底细似的夸夸其谈，却讳言本人家庭的变故。

我附和：“确实难以想象。对于任何生命而言，对母亲的依恋是最基本的天性。好比，幼鸟必定依偎母鸟。”

“不过，驱逐孩子的现象，在生物史上，好像也是有过的吧。比如，一种叫作巨犀的史前动物，在要生产新的幼子的前夕，便把年长一些的孩子狠心赶走。这样做，是担心食物不足，没办法同时养活更多的家庭成员。据说现时代幸存在我国西北自然保护区里的野生狼也是如此啊。”处长仿佛是在悲痛地叹息，也为自己的困境寻找着遁词。这段时间他一直在狂热学习相关知识。

“但，人类社会中出现的，却是相反的情况吧？是孩子在驱逐母亲啊，而且，食物好像也不成问题，大伙儿都是吃麦当劳和肯德基长大的，一个个肥胖得像是硕鼠。精神方面的情况不敢说，物质领域还算是丰裕甚至奢侈的呢。”我面对上司的着力掩饰，斗胆提出了不同的看法，似是为了达成某种平衡。

“因此，就更奇怪了不是？单是社会变化不足以说明问题啊。他们难道被什么神秘力量改造成了非人类？改造成了变形金刚？改造成了外星异形？或许，是大脑爬虫复合体中远古集体无意识的残留在作祟吧。国家遭遇了一场忽如其来的返祖灾难。好像是生物钟的定时器鸣响了，就这么哇啦一声，把懵懵懂懂的孩子们一下全唤醒了，把他们变成了恶魔撒旦，好端端的一个家庭便大祸临头了。真讨厌啊，几千年都血缘相传下来了，洪水，大旱，地震，饥荒，内乱，战争，革命，改革……都经历过了，一代代走到今天不容易咧。再简单一些来讲，看上去，他们已不再是为了吃喝和繁衍而存活着的人类了。怪物的产生，就算是与基因方面的问题有关，却不是做父母的故意要失职啊。我们创造的时代总的来讲没有问题。父母也是莫名其妙的牺牲品啊。”掌握着实权、每天被手持大把现金和支票的人们排队等着谒见的处长，女人般絮絮叨叨，右手做了一个喷气式飞机的手势，嘴里嘟嘟嘟嘟，又伪装出睡眼蒙眬、极不耐烦的表情来，使我顿觉自己漂浮在梦境的碎片之中。恐惧啊，再没有比这更恐惧的了。

但在另一个时间，在另一个场合，处长似乎又否定了他津津乐道的生物钟和返祖现象的理论，使我不由觉得，这个男人受到的打击实在太大，他不停地试图找到一个能够说服本人的理由，来应对这噩梦般的现实，从而把自己从人生的深坑中拔出来。

“喂，关于脱母运动，有最新的解释呢。是来自强奸的罪感噢。大多数人其实都想象过强奸生母。”处长凶狠地一把抓住我的衣领，又显出踧踖的样子。

我愣了一愣，一时没有接话，先思忖片刻，我是否臆想过要强奸我那位远在乡下的农妇母亲呢？我敢肯定说没有么？我不安了。忽然我觉得脱母运动也正在把处长变为非人，并把他的病状传染到我身上。他眼巴巴满怀期望地直视我，好像我才是他的救命之星，能用利器破除他胸臆中的纠困，甚至最好做他的替身。我则只是一阵心虚绝望，做贼般小声说：“新鲜、有趣而独到的说法，好像是重要的发现哦。但是，为什么一定要强奸母亲呢？”

说这话时，我又想起那位熟人的同学，便在脑海中学习电视台制片人，复原她八岁的儿子把她男朋友的阴茎切割下来并塞进母亲阴道的一幕，自己的下身不禁也有了明显反应，仿佛那个东西将要飞矢般脱弦逸出，太空船一样插入群星世界！这时传来处长那充满溺水挣扎感的应答：“因为，母亲其实是淫秽的、假正经的、寻租的、道貌岸然的、自私的、虚胖的、干瘪的、充气的……她果然是孩子成长过程中的最大不确定因素哪，因此也是最直接、最适时的危险。她老奸巨猾，而又伪善无比。任何一种‘以母亲的名义’的行径，都是虚伪而残忍的。凭个人经验想一想，不正是如此么？孩子们都在暗暗梦想有朝一日能以最严厉的手段处罚施教者，最简易可行之法，便是不费吹灰之力把她干了。这很安全，对此母亲也不好声张呀。毕竟是家丑。”他这时已经完全把自己当作仿佛没有干系的父亲而自居了，并在背地里咬牙切齿发泄中年男人积聚在心底的对于原配的不满，打定主意要逃脱承诺和责任。因此我觉得，处长的精神差不多已被脱母者击溃了。

我犹豫着要不要伸出援手打捞沉没中的处长，却似乎看到他的身后站着一个模糊的男性身影，便怵然中止了行动。但那又是什么呢？那东西一晃就不见了。是石柔么？传说他已经在新的“太空指令”下通过自我修炼，获得了瞬时远距离移物的超级能力，本人也可以像天使一样随时随地出现在需要开导的人的面前。

“可是，连女孩子也这样想么？”我冷汗淋漓、慌不择词问道。脱母者中也有一部分是女性。

“当然！她们潜意识深处，无不认为自己就是男人！”处长像是嫉妒地瞪圆红通通的眼睛。他一点儿也没有注意到身后的怪影。真危险啊。

“对不起，我还是无法完全理清这里面的逻辑呢。”我想到这些女孩子将来是拒绝生育的一代。

“哼，没有关系。是这样的，说到底，强奸什么的，那又仅仅是一种难以实现的被压抑的愿望吧。虽然，也有这样的情况记录在案，也就是比如孩子在紧张准备中考和高考的过程中，精神太过压抑，为了让他保持良好的心态，母亲就背着父亲在暗地里勾引他，满足他的性欲望——这也是力保他能考上学校，而发生的无私的、主动献身型的奸淫呢，但那仍然表明母亲是控制的一方，孩子当时是高兴了，但最终也会难受的，觉得受到了不良诱惑，甚至是被强奸的一方，特别是他在上重点高中和大学后，看到了有比母亲更年轻、相貌更好的女同学时，而自己却失去了强奸的能力或者男子汉的首发性……何况，就是那样子，还要受着父亲螳螂捕蝉、黄雀在后一般的监视啊。在现实生活中，因为害怕这种似是而非、毫无快感的强奸的真正发生，而使自己坠入万劫不复的、由成年人设计的、连底儿也看不到的陷阱，孩子们最后只得选择离开母亲，头也不回走向社会，用秘密集社的方式，悖逆家庭，以此来实施他们从幼时起就设计好了的、按照他们的模式来完成的处罚方案啊。这比起肉体上的用心良苦的强奸要来得更加威猛有力，是为着洗清中考和高考阶段的罪恶而进行的性的报复呢！”

大概是又想到儿子，处长的眼圈红了，他快一下慢一下抽动鼻子，好像一个受尽委屈不愿去上幼儿园的可怜小孩。我于是刹那间觉得，他的孩子不会是在与妈妈互相奸淫后，产生了受骗上当感，而愤然出走的吧？这一点，处长就不好拿出来当着下属讲了。

看到处长这副样子，我为他感到悲哀。说起来，我们单位也是一个颇有实权的机构，代表组织管理着这个地大物博国家的矿产资源，业务范围涉及储量调查、探矿权许可、采矿权审批、矿业权评估、用地权核准、开发规划的编制及实施、开发秩序的规范和整顿等等。处长身处一线，权力很大，说一不二，何曾像今天这样落魄无助呢？这些年来，为了满足如饥似渴的经济需求，作为有组织的垄断行为，单位主导发现并开掘了一批又一批的油田、气田和矿山，从东南沿海到中原大地，从东北平原到青藏高原，从黄河流域到秦岭山脉，从南海诸岛到洞庭湖畔……每一寸土地，都赤裸裸暴露在了刚烈悍猛的采油机、采气机、采煤机、采掘机、挖掘机、刨煤机、卷扬机、装药充填机、液压机、乳化液泵机、冲击钻孔机、掘进机、凿岩机、压缩机、汽车钻机、空气分离机、捣碎机、隧道推进机、筛分机、分离机、破碎机、碾碎机、研磨机、搅拌机、洗砂机、砂分机、清洗机、装载机、提升机、推土机、升降机、起重机、堆垛机、分级机、球磨机、磨剥机、干燥机、混合机、磨矿机、磨柱机、粉磨机、磁选机、压滤机、浮选机、离心机、除尘机的面前。我每次出差去工地督察，在脸孔长得都差不多的、大腹便便而酒气冲天的男性矿主们的陪同下，来到野外现场，目睹这些野兽模样的巨型机器，张牙舞爪，轰隆隆把遒劲坚硬的金属杆棒伸入大地体内，去攫取深藏的财富，便会产生难以形诸言辞的生理快感，就像亲手剖开女人的子宫，把胎盘里孕育的活物一丝不漏挖出来——把红血球一样的石油、白细胞一样的天然气挖出来，把皮下脂肪或淋巴一般的煤炭挖出来，把繁复骨骼似的铜、金、银、钽、铌挖出来，把呻吟着的肾脏模样的钨、锡、锑、稀土、钼、汞挖出来，也把状若膀胱和胰腺的锰、铬、钛、镍、铂、锶、锌挖出来，再把卵巢和乙状结肠般的重晶石、萤石、菱镁、石棉、硫铁、钾盐也挖出来……不管什么样的器官，我们悉数照单全收。这时我便会一边大口喘着粗气，一边在极具刺激的晕眩中看到，区分生命体与非生命体的确非常困难，就像植物和动物一样，矿物和宝石的身上也充满小气孔、小管、腔洞和条纹，它们似乎通过这些脉道来养育自身。在刚刚被挖出来时，它们还会鲜活淋漓地张嘴呼吸，而一旦被装入冰冷的车辆运走，进入城镇，投入炼炉，便都很快在窒息中尖叫着死亡，只在轮回征途中吐出怨恨的毒气，作为最后的报复，去污染大气和水源。在处长的指示下，我作为具体办事人员，一件件把大地母亲的尸块携带回来，一层层向上级奉献，就好像给另一个母亲进贡，而实际上，不就是为着那些千方百计想要弄到一片土地，而拼命地给处长行贿的老板们，共同的组织成员吗？他们用这些尸块大批量堆砌起别墅、商品房、度假村、加工厂和科技园区，处长则在其中拥有股份。虽然，有时，忍无可忍的大地母亲也会发怒，把采矿工人活埋于下，就好像她要死死摁住孩子不让他们降生来到外面这个可怕世界，但对于组织成员来讲，一切不过是几个子儿的赔偿费罢了，可别小看了处长和他的老板朋友的实力哦，还有我也沾了光呢。最后大不了干脆把地面炸成大豁口，把矿工们的尸体也一块儿挖出来算了，这样做成的石灰浆和混凝土更结实呢。这样可劲儿干下去，直到把每一块矿石挖完。这时候，废矿给人的感觉才会是干瘪的、枯萎的和贫瘠的，植物和动物都不再光顾，连接地球深处的脐带连根斩断了。她像贫困母亲一样四脚朝天死去。她生养的财富让人垂涎心惊，但并不制造亲人间的虚情假意。这样一来的确是少了点儿什么，心中空落落的，不太过瘾。现在想来，那也许就接近于脱母的感受吧，亦即彻底放弃，完全不与这伤痕累累、被掏空腔子的腥臭身躯进行肌体和精神的接触，把被利用完的废物甩到一边，就一了百了，眼不见心不烦，不再惭愧追悔。我似乎骤然明白了石柔意识深处的一些东西，于是内心中与这位未曾谋面的年轻人发生了慨然共鸣。这让我感到自己的可怕。

处长越哭越凶，我从不曾见过组织的骨干成员竟是这样，不禁战战兢兢，手忙脚乱，身子腾地一冷，往椅子中飞快缩回去，好像那里是个避难所。毕竟，生命是宇宙中最复杂、最神秘、最矛盾的现象，而人类又是如此的一种偶然。我便想，也不能怨怪处长，也许，是形势变化了，我们都不适应新时代。这是巨犀后代卷土重来的峥嵘岁月。那些早年间被驱逐的沉重幽灵已经生机勃勃从地下葬坑中复活，摩肩接踵进入人类花天酒地的俱乐部，要反客为主取而代之。于是，就在此时，我心底反常地滋生了对脱母者的一层敬意，并感受到与他们在精神上的隐秘联系。只有这群人，才敢于干干净净挣脱那张与生俱来、上苍赐予、组织加固的亲情之网啊，这张网早已破损不堪，漏洞百出，秽迹斑斑，沾满污血。脱母是一种比自杀更需要勇气的行为吧。为什么要为倒毙的母亲陪葬呢？母亲受到的惩罚难道不正是咎由自取吗？较之她白白嫩嫩初为人母的那一刻，毕竟这女人已经彻底蜕变了，自我堕落成了巫婆一般的家伙。

——佛陀说："一个人即使用左肩担负父亲，右肩担负母亲，任凭他们在肩膀上大小便，无论走多远的路，走多久，都没有办法报答父母之恩。"这个嘛，现在看起来，还有比它更虚伪无聊的吗？相较于流布于俗世的、徒具欺骗性的大众化宗教情感，脱母主义的信念更具金刚法力，无坚不摧。我下意识为我的想法而振奋，并感受到久违的性欲的冲击，不禁惊出一身冷汗，

处长哭泣着的六弦琴般的声音在晦暗的办公室中拉着长调，在这专属于男人的狭窄淫猥空间里徘徊不去，隐含一种地窟深处金石般哑灿的余味。处长的母亲是怎样生下这样一个无用的家伙来的呢？她又是如何得意地看着这臭小子攀爬到如此重要的位置的呢？同是母亲生

养的，这男人有什么德行对我发号施令？就听处长豚鼠般厉声叫道："绝不能再简单控诉脱母运动仅仅是社会的副产品了！公平一些看来，就像我那儿子一样，脱母者其实都是世界上最漂亮、最聪明、最可爱的孩子。不过是他们的自我保护意识更强一些罢了。他们就这样与社会自我隔绝，不再参与到我们认可的发展和进步中来，想开了这又有什么奇怪的呢？难道以前的生活是正常的吗？这些是连母亲都要怀疑和背叛的人们，那他们还有什么不可以怀疑和背叛的呢？啊，我们不如他们之处，不正在这里么？在他们心中，隐藏着最深的绝望与最大的希望，几千年来还不曾有过哩。这是何等的壮烈和沉着，何等的镇定及幸福，何等的创举与勇毅！他们难道不才是代表社会进步的真正方向的先进物种么？我们这些老朽的家伙已经没有后路啦！"听到处长这么声嘶力竭呐喊，我吓得差点冲上去用手堵住他的嘴。我顿然觉得我这联防员的工作也许不会长久干下去了。

八、巨腔

下班了。我终于可以暂时性放松身体，漫步在城市街头。浅水般的半空中飘行着蓝灰色的淫雨。熙攘的人群像无数紫色蘑菇在暴烈绽放。不打开探测机的话，根本看不出谁是脱母者，谁又不是。民众的额头上没有刻字。他们仿佛永远只是重大事件后面的一层模糊背景。大家都笼罩在海浪般新鲜的暗黑伞花之下，但现实情况已与历史几千年来沉淀的有所不同。这时，我不禁想到，脱母者脱掉的，说到底又是什么呢？

沿街尽是新兴的现代建筑，闪闪发亮耸入高空。我一眼看到那座叫作妇女活动中心的大厦，深陷的门庭和环状的主楼配合在一起，其造型活脱脱就是女人的阴户和子宫，整个似乎湿淋淋的，散发出早熟苔藓的味儿。而它附近的每一组楼宇，包括电视台那座骨盆脱臼、大腿开裂、仿佛跳着钢管舞的高楼，也酷似女人那玩意儿，如此公然，不顾羞耻，但以前我有眼无珠，不曾识出。大概是雨水终于冲刷出了真相吧，而我也窥见了房地产商心底那个小小的秘密。他们不会是最早的脱母者吧？是要把对女人的不屑与鄙视统统展示出来吧？是要在大庭广众下肆意污辱她们吧？还是要给大家以真相的启示呢？我们原来就生活在这样的昂贵城市里，每一平方米售价数万元。母亲的器官是这样买卖的吗？房地产商的行径使我觉出人类的卑鄙无耻和下流不堪，虽然同是组织的成员，但与我们对矿产资源的经营管理有所不同，房地产商从来不创造新的价值，他们只是把土地买下来，然后改头换面卖出去。这是粗暴的做法。然而，矛盾的是，我每当看到那些新建的大厦，就会为其设计工艺赞叹不已，它们在空白一片的大地上，试管婴儿一般孕生出来，一夜间伫立起巧夺天工的构造，具有如此统一的规划，以及如此精密的计算，如此阴柔的表情，汇集了大批建筑师、审计师、精算师、会计师的心血，催生了人体控制工程，又令计算机高速运转，混凝土则搅拌出了热力学、化学和电学的效应，兼及电路的布控，升降机的安装，成规模的拆迁，所有均基于设计，把细胞和原子重新组装，令它们陌生化和疏离化，最终成就了新的骨骼和肌肉，新的血管和经络，新的大脑结构，却完全吻合于这架巨大机器的运转法则，并使组织的成员们趋之如鹜，像赴夜总会一般，与之难舍难分。于是我又为我们是本星球最富于变化性和创作性的生物而暗自得意。

难道不正是凭借这样的精巧算计才推动了历史的发展吗？房地产商没有创造新的价值，却通过高价出售母亲的肉体而构建出世所罕见的经济奇迹。我们可不就是房地产商的同谋吗？正是他们每天手握支票，从五湖四海拥至京城，在我们单位办公楼的门外排着长队恭候处长的接见呢。所以处长受到脱母的惩罚也是咎由自取吧。

随后我来到广场。房地产协会的总部就在这里。我的目光落到它门前的一面旗子上。它月经带一般弯垂着柔软的身子，矜持地卷曲起一角，仿佛许多年也不曾换洗，现在倒也无所区别地猩红湿透了，毫不害羞地展示在每一名看客眼中。这种天然而失礼的咸湿让我有些想哭，意识到自己其实也是没有长大的孩子。而整个天地间滋生出了无数软绵绵的疣物，也无非是母亲渐渐失去弹性的肉体的一部分，正在蒸馏出隔夜馒头一样的气息。我们就居住在这巨型的发酵腔子里面，癌细胞在不间断扩散，堵住呼吸和血涌的去路，我们大部分人却体察不到，既不心存感恩戴德，也不怀抱深仇大恨。这种日复一日的麻木也就是早年间我们还不谙世事时，身处黑暗子宫中获得的遗传吧。那个圆形内凹的谷地已不像昔日那样舒适温暖，而变得犹如核冬天般寒冷异常，绷满来自内环境及外环境的巨大压力和辐射，孩子孤独地深陷其中，无力反抗挣脱，还要以亲切感慰之心去迎奉，并一辈子沦为它的奴隶。这难道真的是与生俱来的苦难吗？但如果出现了提前冻醒的人呢？则可以期许他大概会从内部去破坏母体，以此断绝房地产商的供货来源。然而很长时间里连这样的机会也未有过，胚胎们只是在营养稀缺或营养过度的空壳中虚假地活着，最后才被当作消费者或消费品扑哧一口吐出来。主流媒体称脱母运动是亵渎神圣，但我现在知道，这与神圣没有任何关系。脱母者们只是坚决听从本能的召唤，镇定地去做一件早在子宫中就确凿要去做的命定之事。石柔他们其实是不需要唤起咒怨的，这完全不同于一个阶级要推翻另一个阶级，与代沟什么的也是两回事呀。呸呸呸。

这时降旗了。围观者越聚越多，如同看凌迟女犯。旗子像妇女的内裤一样循着剔骨大腿般的笔挺旗杆哗哗褪下。房地产协会的大楼发出光熠。大家便一起乱哄哄鼓起掌来。剥剥的枪声般掌声中，有一瞬间，我觉得这不太可能是地球这颗行星上发生的事情，而只应该是金色池塘般的宇宙的衍射。有一种不明的、湖蛟似的力量从风平浪静的水面翻滚跃出，一言不发便入侵宏观现实，如处长所说，把人类在刹那间改造成非人。或许真如石柔自称的那样，它其实还是来自太空深处的指示吧，仿佛是引力场或真空能一类东西，也属于不可知。宇宙中的高级智慧生物早已发现了秘密，他们提早一步觉醒了，并开示我们。如果我们的身体里面真的滋生了什么怪兽，那也是受了由不得自己的诱惑。我想到此，内心凄惶，正准备偷偷离开广场，忽然在人群中看见了警队队长，他出人意料乔装成老百姓的模样，正歪着头，仰着脖，和大家一起痴迷地观看降旗，眼神中释放出淫荡表情，并趁人不注意，把左手伸进自己的裤裆，在那里面使劲探究和摩擦，脸蛋吃力地涨红了。而就在周围，他的同事们，那些身穿标准制服的警察正站在警车边上紧张地注视，都青紫着眼睛，外加许多同样光色的摄像头。似乎，这些观看降旗的人们马上就会变身成为暴徒。对于队长的怜悯，忽然从我心中油然而生。

这天晚上，我睡不着，便翻下床，取来梯子，爬到窗边，伸出脑袋，凝望夜空。世界忽然奇怪地晴朗了，晴朗得那样诡异可怕，仿佛一切脱去伪装，是连卫生巾都不再需要、连胎盘都已然抛弃、连万恶都排泄得一干二净的可怕，从而把圆润的恐惧直接浸沏到了膀胱和大肠的深处。

总之，连母亲这根纽带也断开了，那就是一切到了最后的关头。

九、宇宙的四种箭头

这年仲夏的时候，真的出现了外星使者。一个陌生的碟形探测器进入地月轨道，被我们的嫦娥七号飞船捕获。它显然是一个智能化人工造物。但它上面并没有以生命体形象呈现的乘员，于是，被认为是一艘无人驾驶外星飞船。随后从它携带的一张光盘上读出了有意义的信息，从这一点看，它似乎是来与地球人类沟通的。对于信息应该如何翻译引发了一场马拉松式的争论，最后大多数意见认为，它至少表明了一个核心意思：泛星际的地外生命已经结成一个松散的银河联盟，这艘飞船正是该联盟派往地球的使者。脱母运动的支持者很快注意到飞行器外壳上的星状标志，认为那正是天蝎座的图像。于是这件事情迅速被指称为与脱母运动有关联，外星人是亲自前来支持甚至领导地球的脱母运动的！该探测器代表的文明，就是给石柔发来神秘指示的那个深空存在。脱母者欢呼："这正是我们冲破重重阻力，顽强坚持到今天的最大动力！"然而，随后发现的更多情况却出乎意料。

生物学家物理学家天文学家计算机专家语言学家对外星信息进行了进一步研究，得出一个惊人结论，那就是，外星使者试图告诉地球人，雄性化正在宇宙各处减弱，银河系诸星系的公仔们正处于高速退化之中，而这代表的是生命演进的总体趋势。雄性独有的 Y 染色体无法自行修复变异造成的损伤，注定难逃灭绝的厄运，宇宙中最终将只有雌性存在。外星使者告诉人类，生命进化的基本模式是这样的：初级文明是雌雄同体，一级文明是雌雄异体，二级文明是雌雄变体，三级文明是不分雌雄，四级文明是完全雌化。因此文明的阶段并不是依照对能量的控制水平来划分的。像人类这样一种胎生哺乳动物，还基本处于一级文明阶段，正在朝二级文明也就是阴阳人的阶段迈进，其中的少数先知先觉者开始走向三级文明……最后，历史发展的方向是，随着 Y 染色体任由自己被变异造成的缺损基因推向衰亡，五千代之后的人类将只剩下女性。换言之，地球上男人们还能存活的时间只剩下约十二万五千年。在宇宙演化的长河中这仅是一瞬，但它与每个地球人都有关系。

这才明白，人类社会的脱母之争本质上涉及箭头方面的事情。宇宙中有三种箭头，都不可逆转。第一种是热力学箭头，方向是从有序到无序；第二种是心理学箭头，方向是从事件的感知到事件的记忆；第三种是因果箭头，方向是从原因到结果。外星使者高瞻远瞩地指出还有第四种箭头，那就是性箭头，方向是从雄性到雌性。这个箭头是更为基本的箭头，也就是说，它统率其他三个箭头，是其他三个箭头的纲领。这是有关万物起源与演化的一个绝大秘密。它决定了本无方向的宇宙中，方向的诞生，也定义了宇宙的基本常数和根本属性。在这个参量面前，统一场什么的，超弦什么的，圈量子引力什么的，就都是表面现象了，只能作用于低等生命的感官和智力。那么，箭头的目的是什么呢？外星使者传达的信息表明，那大约是为宇宙的终结做准备吧。再过一百五十万个地球年——不是一百五十亿个地球年——进化的列车就将驶达世界末日。到那时，宇宙的程序发动机将被某只看不见的手重新启动，整个世界将升级进入下一个阶段。用通俗的语言讲，宇宙将被全面阴性化，这跟电脑硬盘被彻底格式化是一个意思，携有旧信息的生命将不复存在——如果我们把生命的本质暂且定义为信息。新的生命将是什么呢？不，不能用此种口吻来谈论这个问题，这只是一级文明的思维模式。届时也许就不方便再用生命这种陈词滥调来描述“生命”了。生命只是为实现更加宏伟的目标而做的一场热身，而那美妙的终极境界与我们如今对时间、空间、物质和力的直观及抽象感受相去甚远。

“这就是宇宙吗？上帝是一名女性吗？跟我们那些站在紫金山巅的天文学家们宣讲的是多么不同啊！这群骗子！”神志不清的处长眯缝眼睛，大口吐出二氧化碳，用一种猩猩般被拯救或被厌弃的神态远远斜视电视台三套的画面，咬牙切齿咆哮起来。外星使者的来访成了时下最焦点的娱乐新闻正被直播。我不置可否，心中悲喜交集。如果宇宙终要阴性化，它真要重新把自己变成一个大子宫，那么，进化的目标应该是趋母而不是脱母才对呀。我们都应该膜拜在女上帝的石榴裙下才是呀。难道石柔错误理解了天蝎座发来的信息吗？如此深刻的矛盾究竟应该怎样解释？

不知道怎样安慰处长，也不晓得如何回答自己，我只好走进厕所，战栗着掏出阳具，用双手轻轻托住，第一次认真凝视它那内存条般的造形，仿佛其中寄寓着我蟋蟀模样的卑弱灵魂。它的表面青筋密布，好似手纹，记录了我命运的关键密码。这玩意着实令人欢喜，它能伸能屈，能张能弛，能大能小，能长能短，真的是不可多得呢。这个诡异万分、灵动至极而据说将要在一百五十万年后被格式化掉的插件，的确曾在宇宙中广泛而普遍地存在，如同星球、光子、夸克、蓝鲸和槐树，无处不有，并与母亲这个不清不白的事实发生着千丝万缕的联系——准确说是做了她可怜的影子，才好对历史进行润色吧。

就这样，来自天蝎座的外星使者向我们喻示了道的本质。

十、内心怯弱的男人女相者

由此产生了对脱母运动的几种最新认识——或者准确来讲，最新推测。

第一种：地球上波澜壮阔的脱母运动是对宇宙阴性化的一种幼稚反动。

对于宇宙阴性化的结局，在人类成员中，那些先知先觉者，率先感受到了进化之术的微妙，由此产生了连本人也无从觉察的下意识抗拒——任何一种生命都有抵制时间终结的本能冲动，对任何一个陌生的新阶段或新周期的开始心存畏惧。人类毕竟还没有把自己提升到外星人那样的高级而自觉的境界。脱母者于是产生了，他们希望远离那个异己的结局，表面激进的他们更加痴迷于退化而不是进步，用一句话讲，从骨子里看，人类是反宇宙的，是自杀驱动型的。人类具有一些能够导致其灭绝的弱点，比如低下的免疫性。从生物学观点来看这是十分自然的事情，因为猛犸就已经灭绝。而人类要消灭自己，如今有的是理由，比如气候变化，比如生物突变，比如电子病毒，比如纳米技术，比如核子战争。因此，脱母者究竟是勇敢，还是怯懦呢？但人类社会中产生了这样的突兀行为，也是可以理解的。毕竟是低等生命嘛，毕竟是一级文明嘛。也可以解释为欲予先夺、欲进先退。要脱掉的不过是自己内心的恐惧。而结合外星使者所携信息来看，脱母运动仅仅是汹涌的进化大河中泛起的一小股不明逆流，对大局并无决定性影响。脱与不脱，母亲都终将是孤独的胜利者。

第二种：脱母运动其实是由组织中的传统势力策划的阴谋。

这就说到了精子一旦退场，所留下的空虚，由什么来填补的事儿。房地产商很害怕，矿主们也很忧虑，但他们从不公开谈论这个。这帮家伙其实早已把这个时代的一切消费归结于性。那么，关于今后的情况，的确很让人恶心。作为雌化的单性人，为了维持物种表面的繁衍式繁荣，卵细胞与卵细胞的交融会是一种什么样的怪异感觉呢？虽然这从生物工程上讲，也是唾手可得，市场仿佛很大，却不是房地产商和矿主们擅长的产业，他们从心理和生理上都还没有做好准备，更无法通过行贿搞定处长进行垄断经营。而且为什么箭头会那样走？为什么会是一个阴性化的宇宙？上帝为什么会是一名女性？她为什么要让夏娃成为男人身上的一根肋骨而不是摩天大楼里的一根钢筋？从地质学、建筑学和冶金学上，以及退一万步来讲，即便从最近时髦起来的基因工程学上，都没有足够说服人的理由。所以，这是多么恐惧啊——对于单独由母亲来支配一切的恐惧，而她多半已成了非售品的鬼魂。于是，他们就找到了石柔这样的代理人，对他进行巨额投资，秘密发起脱母运动，及早争取主动，好继续霸占既有市场。听上去，仿佛是组织自己导演了脱母运动呀，却甚至隐瞒了处长这样的执行者，所以绝对是一个阴谋。

第三种：脱母运动是促使人类向高级阶段演化的必要过程。

也就是说，吻合了外星使者暗示的第三阶段，也就是非雌非雄的单性人。或者说，未来人类将出现第三性别来取代男性。石柔，就是这样一种新人类的先驱吧。如果对他进行染色体检测，也许能看出某些端倪。说起来，人类也是适应周围环境变化的产物，近一万五千年来出现了许多新基因，比如说那些能保证吸收碳水化合物和脂肪酸以及消化奶类的基因。正是有了它们，人类才能适应新的食物。再比如说白皮基因也是新出现的，人们在迁居北部地区之后才开始拥有它们。而人类的脸孔比一万年前小了三分之一，等等。如今，更加独特的新基因正在加快出现，绝对不能把它们说成是致病基因。从总体上讲，人类的基因库正在收敛。人类将不再分化。男女将不再有别。一句话，母亲不再是进化的必需元素。及早将其脱掉将有益于人类作为一个物种的整体进步。DNA 分子中的“空白”片段，以前人们没有弄清功用而被称作垃圾的，正在开始发挥作用。因为这是人体闲置下来用于对付时代剧变的某种储备，它的目的就是使人成为单一性的人。脱母运动意味着人类将经历自猿到人以来的最大一次演化。人类正在从沉睡状态中醒来。

——那么，到底哪一种，才符合事物发生和发展的必然规律呢？我颇感昏聩。此刻，电视上出现了新的直播画面。组织正在举行盛大集会，领导们整齐划一微笑着，对发现外星飞船的有功人员进行表彰。我清楚看到，这些大人物的确也都是男人女相的，他们可是这个行星上最有智慧的人了呢。这一切看来难道还能说是阴谋吗？我才多少放心。想必组织仍在宇宙中发挥主导作用，局面不会失控，苦难将得免除。我急忙把这个情况告诉处长，本以为他会欣慰起来，却见他立时面色惨白，身体飘动，状若一个被阉割的充气幽灵。这时，桌上搁放的脱母探测机哇啦一声鸣响了。处长像一张资料卡片般抽弹起来，跳过去把它狠狠关掉。

十一、迎接子宫般的外星飞船

八月底，组织集中资金，开始在内蒙古自治区呼伦贝尔大草原兴建一个外星飞船降落场，准备迎接预言中的雌性化宇宙高级生命莅临。装饰降落场跑道的，都是按照流行口味选定的女人喜爱的物品：香水、口红、项链、戒指、坤包、时装、长统袜、高跟鞋……这是组织下属的公关公司一手操办的。这些东西所起的作用并不仅仅是象征性。公关公司负责人说，相较于牛顿第一定律公式、氢元素符号和二进制算法，相较于 GPS 系统、陀螺仪和滑轮组，相较于石油燃料、液氧燃料和核燃料，这才是宇宙中更为通用的语言。否则，我们无法实现不同文明间的对话与交流。内蒙古的外星飞船降落场于是成为了世界上第一个外星飞船降落场，在联合国那里挂上了名。

“大概，是因为她们只可能选择降落在中国吧，因为我们这儿是脱母运动的发祥地，这是本民族无法回避的最大现实，现在也成了我们的荣光，很难说不是因祸得福呢。”处长干了一杯威士忌，两眼发青地盯着电视画面，像抓住救命稻草似的，重新变得亢奋。他现在吃喝拉撒睡都在办公室里进行，电视机二十四小时开着，仿佛那是他的呼吸机和起搏器。他似乎对儿子的出走已经失去记忆。他说：“因此，她们不会是来拯救我们的吧？事实上，几千年来，我们从来没有正经八百拥有过真资格的母亲。这些将要来到的雌性外星人，怕是会以严厉的、周到的、女娲那样的继母身份莅临吧！早该如此了。”

“大人物如此便可以卸去责任了，还有组织吧……”我侧目看了一眼桌上蜗牛一样沉寂的脱母探测机，心情复杂地说。

“说什么大人物呢，谁道，你就从来没有思虑过自己的未来吗？

贵夫妇究竟准备为可怜的孩子留下一些什么遗产呢？这便是最后的关头，考验人类的时刻到了，真奇怪你们的孩子为什么还没有脱母！以为这样侧身于组织之外假装纯洁地混下去，就能博得外星人的好感吗？”

处长收缩着被脏东西糊住的双瞳，毫无顾忌说出“你们”两字，好像恢复了往日里小官僚的狡黠，竟然变得有些得意扬扬了，似乎由此抓住了我家庭的什么把柄。我难堪而恼怒，心想怎么能说我侧身于组织之外呢。但我低下头不敢反驳，似乎处长说的更接近于一个人道主义问题……所幸，这时，伟大光荣正确的电视台三套，开始播出最新录制的节目。这在关键时刻挽救了我。没错，正是外星人的专题片。用电脑模拟的三维效果外星人，额头隆起一对粉红色丰乳。这是一种善于跟风的电视台制片人对于宇宙雌性的拙劣想象，却能让组织和大众感到满意。看到这里，我松了一口气。

“最有悬念的一件事是，今后，组织会寄居在外星人乘坐的那外形颇似子宫的飞船里吗？组织那虚弱的身体，因此会长生吗？重生吗？新生吗？会重新充满活力吗？这可是组织这些年里一直孜孜以求的呢。”处长发出让人心悸的嚣叫。

我意识到，处长似乎努力想要抓住正在失去的由组织奖赏给他的权力，他的地位由于孩子的脱母而变得岌岌可危了，这方面的问题已然比他的家庭危机更为严重和急迫。这不是人道主义，而是政治……我偷偷笑了，好像又扭转了胜负的天平。如果不能尽快找回脱母而去的孩子，甚至如果因此与妻子离异，处长必将接受组织的审查。如果交代不清楚问题，大概就会被免职喽。总之不管哪种方式，瞬间就把后半生玩完啦。但我现在怀疑的是，处长本人很可能就是一个潜在的脱母危险分子。他跟他母亲的关系，究竟到了什么地步呢？

十二、悲剧降临我家

但笑人不如笑己。就在这时，似乎是响应了处长的咒语，结果却是我的孩子失踪了。但跟处长之子不一样，他没有留下任何跟脱母有关的宣言。

这事不仅令妻子和岳父岳母惶惶，还揪紧了我父母的心。他们千里迢迢从陕西乾县农村赶来了。很多年没见面了，他们与年龄不相称的苍老憔悴面容让我心里沉甸甸的。二老与世无争在那个小山村生活，我知道的是，几千年来，该地就没有发生过什么根本性变化，连机械耕作的方式也不曾引入，一切靠的是人力和畜力，加上最近一些年青壮年都去城里打工，村中就只剩下老人和孩子孤苦留守了。此刻，二老满腹疑虑，沉默寡言，既不知道何谓脱母运动，也不晓得啥叫外星人，更不明白什么阴性化宇宙。他们好像来自另外一个世界。他们只是使尽浑身解数，用土得令我脸红的乡音，笨嘴拙舌安慰我和妻子："不要着急咧，俺们来了，娃一定会找到的。"就是这样，二老用他们朴实的善良和真挚的自信，努力帮助我和妻子重新打起精神。

父亲是一个标准的农村老头，没有什么好形容的。母亲不到一米五的小个子，皮肤上满是皱褶，肉缝中掖着泥土星子，头发如漂白的鸡毛，体格像一捆柴火，一对狭小的鼻孔紧缩着，如喇叭花朝天开放，胸脯干巴巴的一点儿水分都没有，扁平地几乎贴紧后脊梁，老远就可闻到她全身稀疏毛孔中散发的猪圈味儿。天哪，她当年是怎样饲育我的呢？我想象着老妪体内那一对动人心魄、牡丹花一般灿烂缤纷的X染色体链条，正是它们使得石柔这种怪物心生异动，图谋不轨。此刻，清晰地感应到它们对我发出了无声的急切召唤，我心怀鬼胎而歉疚丛生。但是，很快我就意识到自己的鄙陋。从纯技术的角度看，眼前萦动的是一台近于废品的基因机器，油尽灯枯，像荒芜的土地一样，如逝去的春天一般，不再能出产动物及植物的基本类型……我必须制止住自己脱缰的思维。

看到我的父母自天而降般忽然出现，妻子的情绪很不稳定。她怀孕的母狼似的在客厅里焦灼地走来走去，不时发出烈马般的嘶鸣，把室内的玻璃器皿震得啪啪暴响，有的立即粉碎掉。我紧张地看一眼她，又担心地看一眼我的父母。所幸岳母及时赶到了，这位大救星镇定自若地化了艳妆，脸蛋和嘴唇涂得红猩猩的，穿着不合身的绿色旗袍，下巴上挂着巫觋般的肤浅笑意，兵来将挡地保卫着女儿和女婿，却并不歇斯底里。这大概便是饱经风霜的城市女人的韧性吧，也显现出顽强的斗争经验，这一下可是把组织都给比下去了啰。这样的母亲怎么能被脱掉呢？石柔们未免太小儿科。妻子见到妈妈这样，便慑住般暂时安静下来。她们像是又变回了一对孪生姐妹，貌合神离相峙相依，使屋内的气氛趋于缓和。我的父母手足无措缩坐在角落里的一双矮木凳上，似乎觉察到儿子的家出了大乱子，但他们又说不清这究竟是什么。大家目光如蝇纷飞，却失去了捕捉目标的能力。

——但那是什么目标呢？毕竟，现在已经知道，所有人的最终归宿是银河中心。在那里无人谈论城市化和新农村。脱母者也好，反脱母者也罢，终将化为一体。

寻找孩子这项工作，我知道是没有结果的。我大致能猜到这是怎么一回事，但我不能告诉我的父母。

一天半夜，我把妻子弄醒。“你把他藏哪儿了？”没有开灯，凭着窗户格里漏进的几缕血红色的星光，我低声喝问。我看到她的五官犹如破冰船上解开的钢缆，一团团麻酥酥地散乱开来，在冷风中再也收归不拢，却坚固依旧。

“我只是觉得有个浑身是血的小毛鬼儿在追我，还吵闹着硬要从我的下面钻回到妈妈的肚子里，说那儿才是他最安全的宅子。他要永远定居在里面，再不来到这个世界。”女人委屈而悲戚地抽泣，我从来没有见过妻子哭得这么难看，她脸上翠色的肌肉在夜幕下发条般一道道拧紧，显现出极为复杂的分形结构，好像泄露出宇宙的终极秘密。

“他说得也对呀。”我说罢，立即意识到妻子在撒谎。千辛万苦离开了母体的孩子怎么会扭头回去呢？这不符合脱母运动的宗旨。我便伏下身，用一种伪善的怜惜姿势，强迫地把她一把抱住。她海狮般扑打四肢，竭力要挣脱，好像不需要我的保护或拘束。我感伤地觉察到她的身体开始冰冷下去。随后，她嘴角流出乌黑的液涎，翻起白眼，腿脚也不再抽搐，只轻蔑而麻木地盯住天花板，仿佛表现出一种似有若无的大义凛然。我不情愿地松开她，哆哆嗦嗦爬下床，找来一根晾衣棍，轻轻往上捅去。孩子的尸体从屋顶扑通一声掉下来，像栽倒一个暖水瓶，半空中似乎还朝我不满地瞪了一眼。我听见女人喉咙深处咕咚一响，像把一只死老鼠咽进去。这时她不哭了，末了，咯咯笑起来。

十三、我的父亲母亲

妻子情绪混乱地向我反复解释，她预感这孩子肯定会成为脱母者，所以必须及早剪除。而在这方面，她自己就能做出决定，不必征求丈夫的意见。我却善良地想到，她这是为了不让我卷入吧，她担心我妇人之仁，舍不得孩子，也害怕危及我那冠冕堂皇的工作，损害我在组织里的形象和地位。她这是为了保全这个家庭而做出的最后努力。一切可以放弃，但唯有丈夫，是不能放弃的。

我也判定，这大概是脱母运动的最新动向。一般而言，不管脱母者多么暴戾，母亲总是忍气吞声，逆来顺受，积极悔罪，却不会割弃对孩子的爱，不会对孩子下狠手，最多自杀了事。但是，现在，出现了来自母亲方面的极端行为，这颇不寻常。不幸或万幸的是，它发生在我的家中。

我犹豫再三，最后，还是按照组织的规定，大义凛然报了警。我说服自己相信，只有这样做，才有可能从根本上帮助妻子走出绝境。

妻子被警察带走时，我的父母哭得十分伤心，仿佛他们白来了。我则假装镇定地站在一旁。最初只是表面的平静，但慢慢心中也坦然起来，因为知道这是在救妻子。岳父岳母则流露出如释重负的表情，仿佛心中一块石头终于放下。这似乎证明了我的猜测：妻子早已是一名脱母者。她的父母一直替她隐瞒着这个秘密。他们一直在装。热闹的家庭聚会什么的，都是假的。这无疑是对组织的不忠，因此，有了包庇罪的嫌疑。但受着莫名情绪的摆布，我没有告发岳母。

我觉得，在此家破人亡之际，我作为当家男人，应该更多地做点儿什么，以显示我的责任感。我于是请求岳父岳母住在我家，大家同舟共济，度过这段艰难时光，同时，等待法院的开庭。我准备聘请最好的律师来为妻子辩护。但是，岳父岳母闻我所言，却如临大敌，拒绝与我及我的父母同住，立即转身逃之夭夭。

我只好与我那来自乡下的父母同吃同睡。他们实在可怜，无计可施，看到唯一的儿子都这样了，唯一的孙子死了，儿媳妇也被抓了，又左右不得这个他们弄不懂的世界，便重复陷入习惯性沉默，把这当作一面最后的盾。这时我会想起故乡的一些往事。那里有我国第一个女皇帝武则天的陵寝，非常的崔嵬雄丽。当地人都知道武则天是乖乖女，生时与丈夫感情笃好，死后合葬一处。唐高宗李治在世时，身体慢慢差了，他便把国是交与武氏定夺。那是公元七世纪的事情，轰轰烈烈的机器时代还没有来临，而女性在自由及自然的大环境下，生活得舒适得体，这由服饰便可见一斑——她们都下胸，姐妹们骑着高头大马，在街衢中及原野上奔来驰往，男装，胡气，子娶母，公娶媳，都不见怪，非今日之拘束局促所能比。我去过乾陵，见两座山头如乳房高耸，上面有巍峨阙楼，沿盘山公路而上，至有石马处，就是宽阔无边的墓道了。两侧石像生中有罕见鸵鸟，六十一名番邦使节皆被砍头。纵观整座陵寝，埃及金字塔亦无此气势。尽头才是梁山主峰，藏陵墓于其中。遥不可及，震撼非常。石狮子则不分性别，都是蹲位，访者至此，不禁对女人充满崇敬与爱惜之心。武则天也曾为少女，她追求为人，而不是生育机器。只有我泱泱中华，才是女性造人呀，才是女性为帝呀。故此我们的五千年存在，实是为了印证母亲并非生育机器，而是现世的神灵，是脱离了肉体感、不洁感的神灵，脱离了儿女私情而为宇宙的宏大而存在的神灵。一旦这个目的因为某些原因不再能够达到，就会爆发灾难。这才是脱母运动的真正起因吗？

我猜测母亲也在担心我有一天会离她而去，但她只是不善于把这种情绪表达出来。我亦害怕她或将因水土不服及心情不好而生病。妻子已经不在，万一母亲病重，我大概不得不像对待婴儿一样，为她擦拭身子，换洗尿布，作为异性存在的事实，赤裸裸面对亲人肉体的每一处细节。我想到我曾与她是那么接近，其深入程度彻底超过她与她的男人——亦即我的父亲。我把整个身体而不是身体的一部分置于她最神秘的器官中，亦不知当年在那暗黑之域有没有产生过非分想法，但行为则必定是有的，那是比拳交、臂交还要厉害一般，从头至尾塞满并穿越她湿漉漉、热烘烘的走廊，从头颅、胸脯直到小腹、大腿的摩擦碰刮，正如同用利器剖开大地之腔的感觉，至今回想起来，亦令我要兴奋窒息……但是，现在若要再来一遭，哪怕用小指头碰碰她，都要奇怪地脸红，心中装满羞耻。因此为了避免堕入此种难堪的绝境，从理论上讲也可以请保姆什么的，但是，我为了保持组织赐封的孝子形象，却不能不亲手侍候母亲。当然，如果邀请岳母留下来的计划能够成功，两个亲家老婆婆住在一起，情况恐怕就要好一些。岳母和母亲，一人为另一人擦洗身子，那还会是窘迫的行为吗？她们在默契地配合着完成此事时，会不会走神想到什么呢？在妻子离家而去后，她们有可能形成新的姊妹花组合吗？……在脱母运动继续发展的过程中，这些是值得深究的问题。

这时，我越来越怀疑，脱母运动或许正把章鱼一样的黑色触手，伸向了我那混乱不堪的大脑、身体和意识。运动变得越来越抽象，就越来越具体，越来越有势力，虽然是进化的方向，我却想逃得远远的，但又被一股莫名之力钉住不能动弹。那段时间里，我常常在梦遗中醒来，穿着溽湿的内裤，搬来梯子，抖动着钉子似的细腿，小心翼翼爬向窗口。我想象这是通往未来人生的一条必由之路。我试图对着袒胸露腹的宇宙大喊，声音却陷在茂密的层层肺叶中拔不出来。我没有看到半夜里出来捉人的警车，这令我失望。银河却像一位从小习练武术的娘子，鼓着一束二头肌，又有力收缩，紧巴巴团成一股钢钎，挑逗她的对手，令我嫉妒而畏缩。而我那孩子的尸体，便手舞足蹈，在星星的羊水中狡诈浮游。必定是妻子使他获得了新生、重生及永生，这是多么大的魄力啊，而他的爷爷婆婆还一无所知，正蚂蚱腿子一般彼此搂抱着，在梦中流淌口水，歪卧于床，鼾声大作。亲爱的组织啊，你注意到了这些吗?

十四、亲人相聚的盛大狂欢

两个月后，脱母者准备发动一场针对外星飞船降落场的袭击。据说是石柔忽然宣布这并不是来自天蝎座的飞船，而只是组织制造出来的一场骗局，目的是要从根本上打击脱母者的信心。他们现在有些气急败坏，变得更具暴力趋向。作为应对措施，组织紧急调动军队来控制局面。但部队还没有从驻地出发，敏锐的母亲们便不知从哪里得知了消息，集体从全国各地涌向内蒙古。据报道，她们似乎是要做最后一次英勇的努力，拯救自己的孩子。媒体称她们是这个时代“最可爱的人”。

电视台第三套节目派出一千架直升机进行直播。从画面上看到，总共有三百六十万名母亲，蚂蚁一般铺天盖地，租用了浩浩荡荡的大巴车队，沿着四通八达的高速公路，不舍昼夜滚滚前进，旅鼠一样穿行污染的城市，踏过空寂的乡村，翻越无雪的雪山，走出枯萎的森林，掠经荒芜的草原，跋涉苍凉的戈壁，向着她们离散的骨肉靠近、靠近、再靠近。这些年轻或不年轻的女人，颧骨较劲地坚挺着，乳房杂乱地斜支着，面容丑陋或美丽着，身体高贵或卑贱着，好像五百万年前的露西母猿杀了回来，热切的目光一致照向北方，把大气层烧得微微颤动。这么多的雌性动物集合在一起，散发出浓烈熏人的、难以形诸言语的奇异气息，像全国所有的巨型湖泊一夜间腐烂了。她们的头上戴着树叶编织的绿色花冠，好似荆棘，上面结满红色的果实，又有蓝白色的花朵点缀，不断有鸟儿飞来，在这花冠上停驻，开始筑巢。这些鸟儿，包括黄脚绿鸠和黑翅鸢，人们已经很久没有见到了，至少我在巡视矿山走遍山川大地时，是没有见过的。随后又飞来了朱鹮、鹘隼、小天鹅、凤头蜂鹰、高山兀鹫和白腹军舰鸟，还有不属于鸟类的鼠耳蝠和扁颅蝠，也在队伍上空盘旋飞行，好像是专为女人护航的战斗机。不久就看到陆地动物不知从哪里纷纷攘攘钻了出来，也跟着女人们兴奋跑动，小猫小狗，小鼠小蛇，小松鼠小白兔，又有大熊猫和华南虎，金丝猴和长臂猿，梅花鹿和大棕熊……兴高采烈开始了它们的长征，似乎只有这样才能逃脱在生态变迁之下悉数覆灭的命运。而在队伍途经的每一条江河、每一个湖泊、每一座水库，鸬鹚、鸳鸯、沙鸭、大鲵、白鳍豚们亦集合成群，喧闹欢腾，合和唱鸣……于是，汇聚成一个搅动不休、盘旋不止、如同强热带风暴或者银心黑洞般的超级物理场。这是宇宙中何其壮观的场面啊，任何魔法或科技都要甘拜下风，而这仅仅是母亲们为了挽救她们的孩子，在实施行动时洐生出来的副产品。人们以前的确低估了女性的意志和力量。大概，只有先知先觉的脱母者敏感而清醒地意识到了这一点吧，她们内心的畏怖因此怎么可能是凭空而生的呢？一个阴性化的宇宙难道不会在恐惧的驱使下成为最强大的进化引擎吗？

一路上，像是要尽情展示自己的性别魅力，女人们解手一样不间断地哗啦啦生育，把孩子生在路边，生在河畔，生在雪山，生在草甸，生在林中，生在岩上，生在高架桥下，生在铁路沿线……著名电视节目主持人采访一位刚刚在公共汽车里分娩的母亲："如果最终还是不能说服孩子回到你的身边，请问，又该怎么办呢？""那要问他的弟弟答不答应了！"她脸色还很苍白，却沉着而自豪地把目光投向怀里的婴儿，伸出手掌拍了拍他的屁股，随后坐直身体，与另外三位也是刚刚结束生育的母亲一起，热烈打起麻将。能说出这样水平话语的母亲，大概是觉悟了的新女性吧，已经彻底被外星使者招降。最大的变化是，作为女人及母亲，她们不再畏缩，不再自责，不再逃避，不再自杀。事态果然呈现了神奇的拐点。似乎是在外太空力量的调拨下，母亲们突破了自身的软弱及局限。以挽救运动面貌出现的、实质是与孩子们抗争到底的决战，渐渐上升成为主题。或许，将会有脱子运动出现吧？由大乱至大治，亦现端倪。我们朝着宇宙的终极目标又接近了一步。这时部队的尖刀排才刚刚到达。

就在母亲们来到外星飞船降落场边时，她们遭遇了脱母者的拦截。后者早有充分准备，没有一句言语，便直接四肢并用对母亲发起攻击，像要把身体偿还给她们。这是一场真正的恶战。拳打、手抓、牙咬，然后才是刀砍、剑刺、斧劈……女儿与母亲倒在一起，儿子与妈妈同归于尽，血肉模糊，惨不忍睹。奇怪的是，到了此时，部队仍没有介入。后来据说，他们的主力在行军中找错了方向，直接走到起降场另一头去了。另一种说法是基层连队中也打入了脱母者的卧底，士兵们受到策反，悉数放下了武器。最后一种解释是，官兵们只是在很远的地方形成包围圈，等待看脱母者与母亲们交战的结果，再决定怎么行动。

但组织还有另一手准备。

降落场四周的三十万个大喇叭一齐鸣响，播放出一首又一首献给母亲的颂歌。在过去几十年中，音乐家创作了大量这类歌曲。许多优秀作品的产生，受到了组织的鼎力支持和全面推广。看来，组织也是早做了周密策划的喽——

“噢，慈祥的母亲，是美人中的美人，噢，像那白度母一样心地善良”“再见吧，妈妈，再见吧，妈妈，军号已吹响，钢枪已擦亮”“你用那甘甜的乳汁，把我喂养大”“为了母亲的微笑，为了大地的丰收，峥嵘岁月何惧风流”……实际情况就是这样子的。战争最后升级成了一场真资格的狂欢。电视台制片人这下可得意了，他们终于录制了一台最棒的综艺晚会节目。至于现场，则更加的鲜血淋淋，光彩动人。歌曲的作者和演唱者们，你们想象过这一幕吗？

对此，陪着处长坐在电视机前的我没有丝毫吃惊。我仿佛看见我与妻子生育的孩子正坐在万米云端吹响号角，并从痴笑的嘴角喷洒出乳白的涎沫，化作解毒剂浇灭我们心中的阴辣之火。大概，我们的确早已在为一个雌性化的世界而做道具上的准备了，只是自己并不知晓。但我和处长要扮演的角色又是什么呢？这一点，组织却似乎反应迟缓，尚未下达通知。先解决迫在眉睫的问题吧。

电视画面显示，攻击者逐渐被海潮般的歌声包围，如同掉入神机军师朱武的魔法大阵，终于把持不住，拿捏不住，坚守不住，纷纷放下武器，斗志溃坝一般瓦解掉。面对怪物一样从天空和大地扑来的无数声波母亲，于是，孩子们做鸟兽散了。这是脱母运动遭遇的最大挫折。

等不及来年的春节晚会了，电视台就急切地在黄金时段把这台现场录制的综艺节目向全国播出，引起巨大反响。随后，社会中同情脱母者的势力开始上升，这回是对弱者的怜悯。赦免孩子们吧。他们还是我们中的一员，只是误入歧途。真正蒙受苦难的，乃是他们。

十五、第三条道路

到了十月中旬，单位换了新领导——却不知道他是不是脱母者。现在什么人都有可能成为脱母者。但对于组织的高层骨干，是不进行脑波探测的。紧接着，次年，国家废除了脱母罪。我理解，这当然不仅仅是新政的开明……效果摆在了那里：脱母运动由此产生分化，内讧的结果是出现了右翼和左翼。左翼在北京的城乡接合部建立了生态公社，这是一种自治团体，自给自足，丰衣足食。针对母亲的暴力行动，也渐渐告停。对此，我反倒觉得有一种不真实感，有关宇宙演化路径的认识，也又一次不清晰了。

妻子获得假释。她没有与我离婚，但我们不再住在一起。妻子选择加入了一个左翼生态公社。该公社有五万七千名成员，聚居在慕田峪长城之麓，发展循环经济和自然产业。我去探望妻子时，见她人倒是长好了，白白胖胖，心情也不错，连孩子的事情也忘记了。妻子兴奋地带领我参观公社。我见其文明形态是鲜活的，拥有完备的、新异的规则。果然是一种不同以往的人类基本制度，难以三言两语说清。你想象不到，那种情形，就像无数的牵牛花长出了肉脚，在一个大湖的水面上密集移动，向上涌起生机盎然的丰厚生命墙，人造船啊什么的，都闯不过去。我吃惊地看到长城一带被破坏的生态链正在逐渐恢复。

我虽也滋生了近似脱母的情绪冲动，但我最终没有加入他们。这时我遇到了曾经给我们上课的警队队长，不，他已成了警局局长，因为打击脱母运动的成绩而被破格提拔。但他和他的手下现在连执行正式任务时都不穿警服了。他告诉我，警察的使命如今也有变化。他们不再拿着盾牌和警棍战斗，更多时候是换上平民服装——不，不是便衣警察，而就是日常着装，实实在在的警民一家了，今后，不再区分谁是百姓，谁是警察。这意味着，我们身边的每一个人都有可能是警察……至少这样就可以更方便打入脱母者各个团体的内部，进一步分化它们了。我却想，局长的私心是什么呢？不就是为了更顺畅地把手爪探进裤裆里摸卵子吗？他害怕那东西忽然失踪和蒸发了吧。如果脱母运动持续发展下去，就算是警察，穿着那身老虎皮，也不可以随随便便当街盘查女人啊……

脱母者的左翼势力发展很快，并最终与石柔等早期领导人决裂，推选出自己的代表，进入主流社会的权力机构，在组织的层面上，与正常人类的精英们对话，取得谅解及和解。非对抗性的第三条道路似乎产生了。脱母者仿佛逐渐显露出了无害的一面，但其新的目标及纲领仍不十分明确，有待观察。

那些个晚上，作为目击者，我仍然总能看到污血一般的银河。它向内蜷缩成一个癌变的黑漆漆子宫，开始吞噬我那重生的孩子，令他的号角终于暗哑。而外星使者竟没有再来。这使我心中滋生新的疑惑。

十六、妓女的孩子

就是这样。预言中的雌性外星人终究没有莅临。人类未能目睹一个全部由女人构成的新社会的诞生。所谓的阴性化宇宙成了一个难以被证实的假说。但人们把失望吞进肚子，把它静悄悄消化掉，不让媒体提一个字。耗资巨大的降落场无人管理，也无人开发，连处长和房地产商都失去了兴趣，于是成了野草和老鼠的营地，生态倒也是一天天见好了。

此后许多年里，生活重归平静。我一直与父母住在一起，足不出户，照料他们。二老习惯了城市生活，不愿意回乡下了，也称说是在这个诡异难测、变化无常的世界上，放心不下我，要守护我照料我。是啊，天知道下一场动荡又是什么呢？在经历了脱母运动的暴风骤雨洗礼之后，我很是不安于父母的言行，并为此惭愧不已，私下觉得他们还是快些回到乡下为好，但他们却解释说农村已经不是以前那样，村子里没有几个人了，连村边的帝王陵墓都已出租给外地来的煤矿老板经营。这让我吃惊而难过。

幸好的是，擦洗身子一类事情，到目前还没有发生。后来母亲确实大病了一场，但总是父亲亲手在做贴身工作。这时候两位老人一言不发，面无表情对视良久。他们皱巴巴的萎缩形象显得神圣。他们的寿数竟比我想象中的要长许多，就像一切事实毕竟要高于思想。他们并没有受到城市污染的太大影响，反倒在喧嚣糜烂中找到了清静安宁，成为一对在钢筋混凝土的朽败洞窟中相依为命、互帮互助的修行老妖，形象也越来越秀美纯洁了。

我常常彻夜难眠，在蒙眬中有时看到，父亲把右手的食指和中指插入母亲的下体。这就像我曾经回乡探亲时有一次偶然看到的那样，白发苍苍的村委会主任把两根手指戳进那只与他过了一辈子的老母狗的生殖孔。这是乡村多年来的习俗，民间的传统，好像老乡们日复一日在艳阳高照的稻田里耕种和收获，终于要回归自然，天人合一，而城里来的挂职干部却只知道哆嗦着恐慌。而我惊诧发现，母亲尽管身患重病，竟也对父亲的爱抚产生了反应。于是我开始怀疑自己先前的想法。母亲也许并不是废品，她作为原子机器的生命，就像宇宙本身一样，在冷酷漠然中隐藏着可怕的永恒生机……

我恐惧而欣羡地用被子蒙住头，心想，作为农民的孩子，我老了的时候，大概也会这样吧。妻子先走了一步，大概是担忧这一天的来临，是对深不见底的宇宙的乡村式胆寒啊。更确切讲，不是害怕我，而是害怕我们的孩子，害怕我们的孩子看见我们这样，赤裸裸地把本该藏匿于天地间的千年果实展露于愚昧淫猥的大众眼前。所以，不如趁早打发他上路，免得他长大后犯下什么不可饶恕的罪行。那么，生活在生态公社制度下的变异了的脱母者又将要孕育出什么样的下一代呢？尚在酝酿中的新形式的颠覆性力量又潜藏在哪里呢？还有什么样的将要荡涤社会的运动在等待后人们发起呢？长城之下，是不一般的村寨啊……未来似乎仍旧是一团昏黑迷离的乱草，而我已是没有后代的人了，就是俗话说的断子绝孙吧。

于是，我辞去脱母联防员的职务，辞去单位和组织里的职务，回到家里，开始研究宇宙学。我研究的是3M理论（Mother，Matrix，Mystery），它认为阴性化的宇宙中不存在任何维度。这是最有希望对世界做出完美和谐解释的科学理论。我决定靠这打发余生。但就在我的研究即将取得关键性突破的时刻，我忽然想起一些往事。还在我年幼时，母亲为了我能上学念书，便到城里去做妓女。这是我后来才知道的——

在我第一次嫖妓时，那一瞬间，从那个二十二岁农村姑娘的身上，我顿然惊愕地觉察到，母亲年轻时一定也是做这个的。这是在她身体里待过的孩子才会感知到的。后来，当我鼓起勇气向母亲求证时，她毫不犹豫便承认了，然后撩起衣服遮住脸庞，嘶嘶地像蝉一样哭了。但只过了一小会儿，她就止住哭泣，擦了一把眼泪，脸上露出大大咧咧的笑容，又拍拍我的脑袋，转身去给我和父亲做饭了，好像什么事情也没有发生。

在我半岁时，母亲就与我的生父离异。这个大字不识的农妇曾经希望，在嫖她的客人里面，找一个男子，他能从物质上帮助她，把我养大成人。他哪怕经常给娘俩买些点心水果吃，在她回家时为她买一张火车硬座票，在我们生病时去医院看看，那也很不错了。但她一无所获，因为她的长相实在太丑，农民工只要花上二十块钱，就能跟她睡上一觉，到最后连他们也不要她了。她后来嫁给了我现在这位父亲，邻村的一个轻微智障者。她再婚后不久就又到城里去做那营生，但她一辈子与我的继父感情甚好。是母亲靠出卖身体资助我完成了大学学业，她一直干到快五十岁才退休。

现在，两位老人慢慢与城市建立了融洽关系。有时，在父亲出门买菜时，母亲也会撑着病躯，从床上一点点爬起来，勾着背，在地板上像个玩具动物一样半跪着，吃力挪动瓷盘般细小圆凸的膝盖，抖动瘦手把我掉落在地的头发一根根捡起来，远远举在老花的眼前查看一遍，再用从厕所里扯下的手纸小心包裹好。她包好一包，就不出声气地掖在她的枕头下面，然后，又取来一叠纸，去盛我更多的头发，又搁放起来。她这样做时，十分的宁静，连眼角余光都不扫一扫站在一旁大汗淋漓的我。而我也只能看到她狭小的胸脯以下部分，像动画片里的机器猫一般移动，这柔弱的身躯却尖利得仿佛可以洞穿我外观雄健的男性腔体，使我羞愧自己曾经无知地做过一回从她阴道中挣扎爬出的婴儿，给她带来肉体上的巨大痛苦。我在母亲的神态上读不出任何明白的关于所谓生存的深奥含义。她含辛茹苦一辈子，现在安详得像一只肉蛆，只在她尚能支配的方寸之间固执地反复爬行。这时，我忽然在母亲的身后看见了一团模糊的光影，那很像是一个天使模样的生物，长着一对黑森森的翅膀，端正地投射在窗棂上，摄像机一般静静地认真观察。石柔？我一下眩晕了，膀胱中泛起一股圣洁而敬畏的冲动。

我于是似乎知道了，如果说仅仅作为一位中国农妇的宿命，这原本就是怎么也解脱不了的，她是要忍受残酷的修炼的。但到了世界末日的那一天，则将由母亲代表上帝，来自由裁决宇宙的命运——是发洪水淹掉呢，还是用硫黄焚烧，但或许仅仅是改变一下引力子的自旋参量，就让万物同归于尽吧。总之，到那时，才会是一切的水落石出。所有的孩子因此都是阶段性的，只有来自遥远贫瘠乡村的母亲才属于永恒。虽然她现在暂时还不明白这个，但她又何尝有过丝毫不安呢？她从来不像她的儿子和儿媳一样患得患失。她从来就百分之百拥有着我，是那么的自信，知道我跑不掉，她哪怕仅仅拿住我的一根头发，就心满意足，因为她实际上拥有整个宇宙。这正是肉蛆的伟大境界。虽然妻子走了，孩子死了，但是，我还滞留在一条坚强的肉蛆身旁，蒙受她的恩惠、庇佑、启示和嘱托。我最终才没有以脱母者的实态公然出现，这本来是一件多么令人后怕的事情啊。但这世界上又有多少人能像我这样呢？我高兴还来不及呢。

然而，这一切是真的吗？外星人仍然没有现身。她们似乎要把自己当作一个秘密永远雪藏在时空的幕后。无人能向我举出有关她们存在的科学意义上的有力证据，3M 理论还处于假说阶段。没有办法。

我又一次徒劳从床上挣动下来，仓鼠般艰难爬近唯一的窗户。黑洞果然是宇宙中最厉害的组织，它坚强固守在银河系中心，指挥麾下的亿万星光，不要钱的金子一般，把苦难泼洒向我们这颗偏僻、落后、保守、荒唐的小星球，而星光本身的意义，却任人随意解释。我野猪一样呼哧喘气，无声流泪，在染色体程序的引导下，矛盾着，等待接受分配给我的下一个指令。

图书在版编目（CIP）数据

苦难 / 韩松著 . -- 南京 : 江苏凤凰文艺出版社 , 2018.10

ISBN 978-7-5594-2520-1

Ⅰ . ①苦… Ⅱ . ①韩… Ⅲ . ①中篇小说—小说集—中国—当代 ②短篇小说—小说集—中国—当代 Ⅳ . ① I247.7

中国版本图书馆 CIP 数据核字（2018）第 152434 号

书　　名	苦难

著　　者	韩　松
责任编辑	黄孝阳　汪　旭
出版发行	江苏凤凰文艺出版社
出版社地址	南京市中央路 165 号，邮编：210009
出版社网址	http: //www.jswenyi.com
印　　刷	鸿博昊天科技有限公司
开　　本	880 × 1230 毫米　1/32
印　　张	9.875
字　　数	205 千字
版　　次	2018 年 10 月第 1 版　2019 年 7 月第 2 次印刷
标准书号	ISBN 978-7-5594-2520-1
定　　价	58.00 元